에윌란의 모험
vol.2 얼음 국경

LA QUÊTE D'EWILAN
Volume 2: LES FRONTIÈRES DE GLACE

by PIERRE BOTTERO

Copyright©RAGEOT EDITEUR, Paris, 2003
International Rights Management: SUSANNA LEA ASSOCIATES
Korean Translation Copyright©SODAM PUBLISHING CO., 2009
All rights reserved.

This Korean edition was published by arrangement with RAGEOT EDITEUR C/O SUSANNA LEA
ASSOCIATES(Paris) through Bestun Korea Agency Co., Seoul.

이 책의 한국어판 저작권은 베스툰 코리아 에이전시를 통해 저작권자와 독점계약으로 (도서출판) 소담에 있습니다.
저작권법에 의해 한국 내에서 보호를 받는 저작물이므로 무단전재와 무단복제를 금합니다.

에윌란의 모험

vol.2 얼음 국경

피에르 보테로 지음 ▩ 이원희 옮김

소담출판사

엘윌란의 모험
vol.2 얼음 국경

펴 낸 날 | 2009년 1월 12일 초판 1쇄
2012년 11월 5일 초판 4쇄

지 은 이 | 피에르 보테로
옮 긴 이 | 이원희
펴 낸 이 | 이태권
펴 낸 곳 | 소담출판사
　　　　　서울시 성북구 성북동 178-2 (우)136-020
　　　　　전화 | 745-8566~7 팩스 | 747-3238
　　　　　e-mail | sodam@dreamsodam.co.kr
　　　　　등록번호 | 제2-42호(1979년 11월 14일)
　　　　　홈페이지 | www.dreamsodam.co.kr

ISBN 978-89-7381-964-5 03860
　　　 978-89-7381-966-9 (세트)

● 책값은 뒤표지에 있습니다.
● 잘못된 책은 구입하신 곳에서 교환해드립니다.

● **일러두기**
이 책의 본문에 표시된 * 부분은 뒤페이지의 '언아더월드의 용어 해설 및 등장인물' 에 자세히 설명해두었습니다.

궨달라비르의 비밀

"젊은이들이여……."

도움 필 바티스가 주름이 자글자글한 두 손을 대리석 교탁 위에 올려놨다. 시작부터 분위기가 심상치 않았다.

"젊은이들이여, 모두 자리에 앉고 조용히 해주겠는가?"

그러나 계단식 강당에서 왁자지껄하게 떠들어대는 소리는 계속되고 있었다. 학생 중 누구도 노인에게 관심을 보이지 않았다.

"모두 앉아서 입을 다물기 바란다……."

수염이 덥수룩한 도움 필 바티스의 얼굴빛이 갑자기 벌겋게 달아올랐다.

"빌어먹을! 모두 앉아서 입 다물라니까!"

쾅! 주먹으로 대리석 교탁을 내리치는 소리가 마치 벼락 치는 것처럼 강당에 울려 퍼졌다. 죽음 같은 침묵이 흐르자 노인이 고개를 끄덕였다.

"이제야 됐군." 노인은 일제히 자신을 쳐다보는 학생들을 쏘아보면서 이야기를 시작했다. "나는 제국의 연대기 작가 도움 필 바티스다. 예의를 갖추지 않으면 자네들이 자랑하는 알폴 최고의 아카데미를 허섭스레기들의 전당으로 격하하겠다. 모두 알아들었는가?"

질문으로 생각하고 혹시라도 대답하는 사람이 있을까 봐 도움 필 바티스가 얼른 손을 들면서 말을 이었다.

"해마다 그랬듯이 나는 에월란 질 사이얀에 관한 강론으로 시작할 것이다. 에월란의 눈에 퀜달라비르 제국이 어떻게 비쳤을지 상상해보지도 않고, 에월란의 운명을 좌우하는 세 가지 이유를 논의해보지도 않고 이 전설적인 인물을 이해하길 바란다는 것은 시간낭비일 뿐이다. 내가 말하는 세 가지 이유란 낯섦과 전쟁, 데생 기술이다. 첫째, 낯섦이라고 한 이유는 에월란이 다른 세상에서 왔으며, 우리가 사는 세상에 대해서는 존재조차 모르고 있었기 때문이다. 에월란은 퀜달라비르에서 태어났지만 그 사실을 몰랐다. 어린 시절에 대한 기억이 전혀 없을 뿐만 아니라 교통사고를 피하려다 우연히 이 땅으로 이동하게 된 날까지 양부모 밑에서 카미유 뒤시엘이라는 이름으로 살고 있었다."

연대기 작가는 학생들의 마음을 사로잡았는지 확인하려는 듯 이야기를 잠시 중단했다. 강론 때마다 늘 그랬듯이 연대기 작가는 학생들의 진지해진 분위기를 보고서야 흡족한 얼굴로 말을 이었다.

"둘째, 전쟁이라고 한 이유는 퀜달라비르 제국은 인간이 아닌 사악한 츨리쉬 종족의 조종을 받는 라이족과 싸워야 하는 어려운 상황에 직면해 있었기 때문이다. 이 전쟁의 판도를 뒤집을 수 있는 능력을 지닌 것은 파수병들인데 그중 한 명인 엘레아 릴 모리엔발이 배신하는 바람에 모든 파수병이 츨리쉬들에게 억류되어 있었다. 게다가 라이족의 침략으로 퀜달라비르 제국의 군대마저 궤멸되고 있는 때에 에윌란이 도착하였다. 하필이면 절망적인 때에……"

"그럼 세 번째 이유는 무엇입니까?"

호리호리한 여학생이 질문을 했는데 눈빛이 날카롭고 머리털은 새빨갰다. 도움 필 바티스는 기분 나쁜 내색을 하지 않았다.

"지금 이야기하려던 참이다. 셋째, 데생 기술은 에윌란을 전설적 인물이라고 하는 이유 중 핵심이 되기 때문이다. 따라서 오늘 우리가 공부할 내용이 바로 데생 기술이다. 다른 세상에서는 이 기술이 알려져 있지 않기 때문에 에윌란은 의지만으로 자신이 상상하는 것을 현실로 만드는 능력과 순간적인 공간이동, 즉 이 세상에서 다른 세상으로 순간이동하는 능력, 우리가 축지술이라고 부르는 능력이 있다는 걸 우연히 알게 되었다. 모두 알아들었는가?"

빨간 머리 여학생이 정중하게 고개를 끄덕이자 연대기 작가는 미소를 지었다. 모두 기본적인 교양을 갖춘 젊은이들이었다.

"에윌란에 대한 본격적인 이야기로 들어가기에 앞서 좀 전에 언급했던 엘레아 릴 모리엔발이란 인물부터 시작하겠다. 엘레아는 에윌란의 부모와 마찬가지로 열두 명의 파수병 중 한 사람이었다. 파수병들의 임무는 데시나퇴르들이 상상하는 것을 실재로 만들 수 있는 영역인 이미지네이션과 그 상상 세계를 돌아다니는 길을 뜻하는 스파이럴을 지키는 것이다. 그런데 엘레아 릴 모리엔발은 야심에 차 있고, 도덕 불감증이 심각한 여자였다. 그녀는 권력을 탈취할 계획이었기 때문에 츨리쉬 종족 외에도 사악한 인간 무리인 카오스 용병대와 손을 잡았던 것이다. 알탄과 엘리시아 질 사이얀은……."

"하지만 용병대는 유명한……."

이번에는 남학생이 끼어들었는데 태도가 건방지기 이를 데 없었다. 도움 필 바티스가 대뜸 역정을 냈다.

"한마디만 더 하면 내쫓아버리겠다! 내가 수년간 연구해온 역사적 사실에 대해 감히 나에게 설교할 생각인가? 시건방진 바퀴벌레 같은 놈!"

연대기 작가를 격노하게 만든 남학생이 몸을 움츠리자 주변의 학생들이 슬금슬금 물러앉았다. 노인이 심호흡을 했다.

"알탄과 엘리시아 질 사이얀 부부는 유일하게 엘레아 릴 모리엔발에게 반기를 든 파수병들이었다. 그러나 부부는 모리엔발에게 패했고, 얼마 후 행방불명되었다. 다행히 부부는 사전에 에윌란과 아키로를 다른 세상으로 안전하게 피신시켜놓고 아이들의 기억을 지워버렸다. 패했을 경우를 대비한 것이라고 봐야겠지. 그런데 엘레아의 상황도 좋지 않았다. 이번에는 그녀가 츨리쉬들에게 배신당했고, 다른 파수병 아홉 명과 함께 제국의 북부지방, 메르윈이 만든 전설적인 도시 알폴에 억류된 것이다. 그곳은 정체불명의 가공할 간수가 아무도 접근하지 못하게 막고 있었다. 이어서 츨리쉬들은 스파이럴에 빗장을 거는 것으로 이미지네이션의 통로를 막은 다음 라이족을 조종하여 제국을 공격했다. 따라서 데시나퇴르의 힘을 사용할 수 없는 궨달라비르는 간신히 버티고 있는 상황이었다. 알겠는가?"

연대기 작가는 학생들의 무반응에 눈살을 찌푸렸다. 해가 갈수록 학생들은 소심해지고, 전통이 사라지고 있었다. 그가 분통을 억누르면서 말을 이었다.

"이상이 에윌란과 소녀의 친구 살림이 도착했을 때의 상황이다. 에윌란은 대번에 아귀다툼의 소용돌이에 빠져들었다. 에윌란은 그 어떤 데시나퇴르보다 탁월한 능력을 지니고 있었다. 그걸 알아차린 츨리쉬들이 에윌란을 죽이려고 혈안이 되었고, 에윌란과 접촉하는 데 성공한 엘레아 릴 모리엔발은 식물인간 상태로 억류되어 있는 파수병들을 구하기 위해 오빠 아키로를 찾아오라고 했다. 그런데 데시나퇴르들을 식물인간으로 만들어버린 즐리쉬의 데생 기술은 아주 복잡한 것이다. 따라서 식물인간들을 깨우려면 비범한 능력이 필요한 것임을 잊지 마라. 다행히 제국의 군대 사령관이자 전설적인 전사 에드윈 틸 일란, 지금은 늙었지만 그 유명한 분석가 두옴 닐 에르그, 충성심이 강한 기사 비욘, 거인 병사 마니엘이 곁에서 에윌란을 도와주고 있어서……."

빨간 머리 여학생이 손을 들자 연대기 작가가 말을 중단했다.

"뭔가?"

"선생님께서 말씀하신 에드윈 틸 일란이 최초로 즐리쉬를 죽인 분인가요?"

"바로 그 사람이다. 자네의 총명함에 찬사를 보낸다."

"선생님의 혜안에 경의를 표합니다." 여학생이 영악하게 말했다.

여학생의 말에 여기저기서 킥킥거리는 소리가 났지만, 연대기 작가는 못 들은 체했다.

"얼마 후, 반항적인 것으로 이름난 그림자걸음 엘라나 칼딘이 에윌란 일행에 합류했다. 그들은 많은 위험을 무릅쓰면서 우리 제국의 수도 알제이트로 향했다. 두옴 닐 에르그 분석가는 엘레아 릴 모리엔발이 반역자이지만 그녀가 제안한 말에 동의했다. 에윌란의 오빠 아키로가 식물인간들을 깨울 수 있는 적임자라고 생각했기 때문이다. 그래서 그들은 아키로를 찾으러 갈 수 있을 때까지 에월란을 안전하게 지켜야 했다. 제국의 운명이 소녀의 손에 달려 있기 때문에."

불안해하는 속삭임이 들리자 연대기 작가는 헛기침을 하는 것으로 웅성거림을 그치게 했다.

"그러던 중 함정에 걸려든 에월란의 목숨을 구하려다 엘라나 칼딘이 중상을 입는 사고가 일어났다. 얼마 후 축지술을 할 수 있다는 자신감이 생긴 에월란은 더 이상 시간을 끌 필요 없이 친구 살림을 데리고 오빠를 찾아 나서기로 결정했다. 오빠를 설득해서 궨달라비르 제국을 구하기로 결심한 것이다. 불행히도 남매의 만남은 헛수고로 끝났다. 아키로는 모험할 생각이 없으며, 무엇보다도 사람들이 기대하는 임무를 수행할 만한 능력이 없는 듯 보였다. 에월란과 살림은 아키로 없이 제국으로 돌아가기로 했다. 그런데 뜻밖에도 한 가닥 희망이 생겼다. 에월란의 친어머니 엘리시아 질 사이얀이 딸과 접촉하는 데 성공한 것이다. 그녀가 살아 있었던 것이다."

연대기 작가가 입을 다물었다. 거의 경건한 침묵이 흐르는 가운데 학생들은 강연이 계속되기를 기다리면서 도움 필 바티스의 입술에서 눈을 떼지 않고 있었다. 연대기 작가는 물 한 잔을 꿀꺽꿀꺽 마시는 여유를 부리고 나서 손등으로 입을 닦았다. 그러고는 노련한 이야기꾼답게 미소를 머금은 얼굴로 이야기의 2부로 넘어갔다.

"그사이에 옹디안 수도원에서 에드윈과 일행은 에윌란이 돌아오기를 애타게 기다리고 있었다."

흡혈귀의 협로

1

이미지네이션은 다른 차원의 공간이며 비물질적인 상상 세계다. 스파이럴은 그 세계를 돌아다닐 수 있는 헤아릴 수 없이 많은 길이다. 데시나퇴르들은 스파이럴의 수많은 길을 이용하며, 상상하는 것은 무엇이든 실재, 즉 실제로 존재하는 물질로 만들 수 있다.

엘리스 밀 트루이프, 알제이트 아카데미의 데시나퇴르 교수

문이 회전하면서 수사복 차림의 남자가 석조 건물의 긴 복도로 들어섰는데 큰 키에 마른 체격, 삭발한 머리, 얼굴은 초췌했다. 남자가 주저하는 듯 발걸음을 옮기더니 민머리에 한 손을 올리고 심호흡을 했다.

옹디안 수도원의 명상 치료사 아르티스 발피에르*였다.

10년 전 명상에 전념하기로 결심하고 옹디안 수도원에 들어온 아르티스는 4서클에서 수련 중이었다. 얼마 후, 그는 옹디안 수도원이 연구와 명상을 넘어 훨씬 야심 찬 목적을 위해 정신을 함양하는 곳이라는 걸 깨달았다. 그러나 그 진상을 알기 위해서는 한 등급 높은 5서클에 입문해야 하는데 그러려면 아직 몇 년은 더 정진해야 했다. 현재로서는 수련해야 할 것이 많았다.

며칠 전, 나그네 무리가 중상을 입은 여자를 데리고 와서 도움을 청했다. 물론 드문 일은 아니었다. 명상 치료사들은 특별한 의술로 위급한 환자들을 구해주는 것으로 물질적 이득과 실리적 평판을 얻고 있었다.

의식이 없는 여자에게 데생 기술을 이용한 명상 치료를 할 때 아르티스 발피에르도 참여했다. 여자는 복부를 크게 다쳤는데 명상 치료사들의 도움이 없었다면 틀림없이 사망했을 것이다. 손상된 인체 기관을 재생시키기 위한 명상은 그들에게 어려운 일이 아니었다. 명상 치료사들은 인체에 대한 조예가 깊기 때문에 머리를 부상당한 몇몇 경우를 제외하고 모든 부상을 치료할 수 있었다.

그런데 부상자를 데려온 무리의 구성원이 아주 특이했다. 소녀와 소년, 알보르의 병사, 떠돌이 기사, 무리를 지휘하는 전사, 늙은 데시나퇴르 분석가. 아르티스는 수도원의 문을 두드리는 사람 중 그렇게 연령이나 신분이 다양하게 구성된 무리를 보기는 처음이었다.

옹디안 수도원에서 손님을 받아들이는 것은 아주 특별한 경우인데 수도원장이 늙은 데시나퇴르 분석가와 몇 마디 주고받더니 곧바로 숙식 제공을 허락했다.

더 놀라운 것은 수도원장이 아르티스 발피에르에게 부족한 것이 없도록 나그네들을 보살펴주라고 당부했다는 점이었다.

무리의 행동이나 돌아가는 상황이 아무래도 수상쩍다고 여긴 아르티스 발피에르는 수도원장과 면담하기로 결심했다. 안 돼, 이건 너무 심해, 이대로 보고만 있을 수는 없어!

카르보이스트* 수도원장의 방문 앞에 이른 아르티스 발피에르는 조심스럽게 문을 두드리고 들어오라는 허락을 기다렸다. 원장의 집무실은 서쪽 탑에 있고, 창문 중 세 개는 골짜기를 향했다. 널찍한 방, 벽면은 모두 책장이 놓여 있고 묵직해 보이는 시커먼 책상이 가운데 자리를 잡고 있었다. 누런 토기 항아리에서 훌름*이 부드러운 비브라토를 넣은 노래로 유인해보지만 곤충이 한 마리도 접근하지 않아서 식물은 배가 고픈 상태였다.

카르보이스트 수도원장이 책상 앞에 앉아서 글을 쓰고 있었다.

아르티스 발피에르가 앞에 와 서자 원장이 편지지에서 고개를 들었다.

"아, 아르티스, 무슨 일이오?"

수도원장이 단호한 목소리로 물었다.

아르티스는 결심이 흔들리는 것을 느꼈다. 이상하게도 수도원장

앞에만 서면 주눅이 들었다. 7서클에 입문해 있는 60대의 카르보이스트 수도원장은 건장한 체격이었다. 옹디안 수도원의 모든 수행자와 마찬가지로 수사복을 입고 있었다. 강렬한 눈빛만 봐도 범상치 않은 인물이라는 느낌이 들었다.

아르티스 발피에르가 침착해지려고 애쓰면서 마침내 말했다.

"나그네들의 일로 드릴 말씀이 있습니다."

"해보시오."

"도착한 지 얼마 되지 않아 두 아이가 사라졌다는 걸 알고……?"

"알고 있소." 수도원장이 말을 잘랐다. "그건 우리와 아무 관계가 없는 일이라고 설명하지 않았던가요."

"네, 그러셨습니다. 하지만 제가 말씀드리고 싶은 것은 그게 아니라…….."

수도원장이 한숨을 내쉬며 의자에서 몸을 젖혔다.

"말해보시오."

"엘라나는 회복되었습니다. 그런데…….."

"엘라나?"

아르티스 발피에르의 얼굴이 빨개졌다.

"나그네 일행이 데려온 부상당한 젊은 여자 말입니다. 이름이 엘라나 칼딘입니다."

수도원장이 아무 말도 하지 않자 아르티스가 계속했다.

"에드윈이라는 이름의 전사가 두 남자에게 전투 훈련을 시키기 위해 마당을 사용하고 있는데 아마도 원장님의 동의를 얻었을 거라고 생각합니다. 그러나 하루에 적어도 여섯 시간을 마당에서 보내는데 분수대 부근을 떠나지 않고 있습니다."

카르보이스트 수도원장이 답답해죽겠다는 얼굴을 했다.

"그것도 알고 있어요. 시끄러운 소리 때문에 우리 수행자들의 정신이 흐트러진다고 이미 불만을 토로하지 않았던가요? 그리고 닐에르그 선생이 우리 도서관을 들락거리는 것에 대해서도 항의했고요. 나는 그 모든 것을 허락하였소. 그런데 그게 칼딘 양과 무슨 관계가 있다는 겁니까?"

아르티스가 심호흡을 하고 나서 말했다.

"젊은 여자는 완전히 회복되었습니다. 그런데……."

"그렇다면 기쁘겠군요."

"그런데 오늘 아침부터는," 아르티스가 말을 더듬지 않으려고 애를 쓰면서 계속했다. "그 여자도 마당에서 다른 남자들과 훈련을 하고 있습니다."

"그게 다요?"

아르티스 발피에르는 감정이 폭발했다.

"그게 다라니요? 젊은 여자가 이목을 끄는데 제 수련생들이 어떻게 교육에 집중할 수 있겠습니까? 저는 가능한 한 빨리 조치를 취해야 한다고 생각하…….”

"그 여자가 예쁩니까?"

"네?"

"엘라나 칼딘이 예쁘냐고 물었어요."

"저…… 그게…….”

"아르티스, 내 질문에 아직 대답을 하지 않았습니다. 그 여자가 예쁩니까?"

당황한 아르티스는 수도원장의 질문이 진담인지, 농담인지 종잡을 수가 없었다. 괜히 찾아와서 말을 잘못 꺼냈다는 생각에 빨리 방에서 도망치고 싶은 심정이었다.

"네, 예…… 예쁩니다."

수도원장의 입가에 엷은 미소가 번졌지만 너무 당황해서 어찌할 바를 모르는 아르티스는 알아채지 못했다.

"그렇다면 그대의 수련생들이 여자를 쳐다보는 것이야 당연한 일 아니오." 수도원장이 단정적으로 말했다. "그대보다는 그 여자가 수련생들에게 꿈을 꾸게 할 겁니다. 서운해하지 마시오, 그건 인간의 본능이니까. 자, 아르티스, 그대의 질문에 대답했으니 이제 나가주면 고맙겠소. 그대와 이야기하는 것은 항상 즐겁지만 지금은 내가 할 일이 많아서 말이오."

아르티스 발피에르는 두 손으로 얼굴을 비비면서 한숨을 쉬었다.

준비해온 말이 있지만 상황이 여의치 않았다. 아르티스가 나가려고 할 때 수도원장이 불렀다.

"아르티스, 수련생들에게 가려면 마당을 지나갈 테니 가는 길에 닐 에르그 선생을 보거든 내 방으로 와달라고 전해주겠소? 몇 가지 의논할 게 있어서요."

아르티스는 아무런 대꾸 없이 고개를 끄덕이면서 물러났다. 그는 긴 복도를 지나 작업장으로 이르는 층계를 내려갔다. 그러고는 작업장을 지나 주방으로 들어가서 이번 주 식사를 담당하는 수행자들에게 수고하라는 인사말을 건넸다. 이어서 안쪽 정원을 통과해서 건물의 측면 쪽으로 접어들었다가 이어지는 복도를 지나 다시 층계를 내려간 다음 도서관을 지나쳐서 현관 쪽으로 향했다.

유리문을 통해 분수대가 있는 마당이 내다보였다. 금방 돌아올 거라는 말을 남기고 스승이 잠깐 자리를 비운 것인데도 수련생들은 거기 있지 않았다.

늙은 데시나퇴르 닐 에르그 선생은 그늘진 구석의 낮은 담에 걸터앉아 있고, 다른 사람들은 평소대로 훈련을 하고 있는데 이번에는 맨손으로 하는 전투 훈련이었다.

아르티스는 나그네들이 왜 마당을 떠나지 않고 있는지 이유가 궁금했다. 밤이고 낮이고 일행 중 한 명이 번갈아 마당을 지키는 것으로 보아 누군가를 기다리고 있는 것이 틀림없었다.

기사 비욘이 비명을 질렀다. 아르티스가 유리문에 이마를 바짝 대고 유심히 살폈다.

뙤약볕 속에서 상체를 드러낸 세 남자가 땀을 흘리면서 훈련을 하고 있었다. 검은색 얇은 면바지에 간편한 셔츠 차림의 엘라나도 땀에 흠뻑 젖어 있었다. 비욘이 힘겹게 몸을 일으켰다.

"자네 차례야, 마니엘!" 에드윈이 외쳤다.

병사는 두 팔을 벌리고 양손을 편 채 다가섰다. 비욘보다 10센티미터는 키가 더 크고 몸무게가 120킬로그램이 나가는 거구지만 근육질의 단단한 몸이었다.

앞에 서 있는 에드윈이 왜소해 보일 정도였다. 그러나 에드윈은 불안한 기색이라곤 없이 말했다.

"자네는 전투 병사가 아니다."

"네, 하지만 실력은 있을 겁니다."

에드윈이 어깨를 으쓱했다.

"마니엘, 할머니들이 아니라 진짜 전사와 벌이는 결투라는 걸 잊지 마라. 엘라나, 보여줘요!"

엘라나가 자신만만한 표정으로 나섰다.

"시작!" 비욘이 좀 멀찍이 떨어져 앉아 있다가 외쳤다.

마니엘이 한 발짝 앞으로 나서서 두 팔로 엘라나를 붙잡았다.

그의 생각대로 엘라나가 잡혔다면 좋았겠지만…….

엘라나는 달려드는 병사의 장딴지만 한 손목을 움켜잡고 빙 돌면서 그대로 메다꽂았다. 병사는 허스키한 비명을 지르면서 2미터 떨어진 데로 나가동그라졌다.

비욘이 웃음을 터뜨렸다.

"우린 너무 뚱뚱해요, 마니엘. 그래서 지는 거예요."

오만상을 찌푸리면서 일어난 병사가 다시 엘라나에게 다가섰는데 이번에는 신중한 자세였다.

"자네는 항상 방어 자세가 허술해." 에드윈이 한마디 했다.

에드윈의 말에 동의라도 하듯 엘라나가 재빠르게 몸을 숙이더니 발로 병사의 다리를 걸었고, 병사는 다시 땅바닥에 나가자빠졌다.

다시 일어난 마니엘이 풀 죽은 얼굴로 어깨를 으쓱하더니 결투를 중단했다.

아르티스 발피에르가 그 틈을 이용해 밖으로 나갔다. 그는 두옴닐 에르그를 향해 걸어가면서 등을 문지르고 있는 엘라나를 애써 외면했다. 그녀가 에드윈에게 말했다.

"한 번 할까요?"

"원한다면."

마니엘과 비욘이 조심스럽게 물러났다.

엘라나와 에드윈은 날렵한 몸놀림으로 우아하게 움직였다. 몇 초가 흘렀고 엘라나가 달려들었다.

엘라나는 마니엘과 대적할 때보다 훨씬 민첩하게 움직였다. 오른쪽 다리로 에드윈의 턱을 향해 원을 그리던 엘라나는 발목을 잡히는 느낌이 들면서 중심을 잃었다. 그녀는 가까스로 중심을 잡고 다시 방어 자세를 취했다.

"경계심이 많은 사람과 대적할 때 선부른 발길질은 효과를 거두기 어렵다는 것을 절대 잊지 말……."

그때 두옴 닐 에르그가 외치는 소리에 에드윈이 말을 중단했다.

옆에 와 있는 아르티스 발피에르를 전혀 개의치 않고 벌떡 일어난 두옴이 손가락으로 분수대를 가리키고 있었다.

"데생이 느껴진다! 그들이 오고 있어!" 두옴이 소리쳤다.

모두 두옴 닐 에르그가 가리키는 곳을 향해 일제히 돌아섰다.

아무것도 없었다. 하얗게 부서지는 햇살 속의 마당은 텅 비어 있었다.

이윽고 분수대 부근에 실루엣 둘이 유형화되었다.

카미유와 살림이 돌아온 것이다.

2

축지술! 최고의 능력! 강력한 데시나퇴르가 구사하는 축지술은 한 곳에서 다른 곳으로, 한 세상에서 다른 세상으로 순간이동할 수 있는 능력이다.

엘리스 밀 트루이프, 알제이트 아카데미의 데시나퇴르 교수

"누나야, 이번에는 물속이 아니라 분수대 앞에 도착했다! 아주 잘했어."

주위를 둘러보던 살림이 반갑게 뛰어오는 에드윈 일행을 발견하고 환하게 웃었다.

카미유는 가슴이 뛰는 걸 느꼈다.

돌아오지 않았다면 얼마나 끔찍했을까. 카미유는 자신이 뿌리를 내리고 살 곳은 이곳이라는 걸 깨달았다. 그리고 파리를 선택한 오빠를 생각했다. 오빠와 너무 빨리 헤어진 것은 아쉽지만, 만약 오빠에게 능력이 있어서 궨달라비르 제국을 구하러 가는 것을 승낙했다면 자기는 프랑스에 남아야 했을 텐데⋯⋯ 과연 그걸 견딜 수 있었을지 자신이 없었다.

"에윌란, 살림, 이렇게 다시 만나다니 정말 기쁘구나." 에드윈이 말했다.

모두 에드윈 옆에 둘러서서 진심으로 기뻐하는 얼굴로 눈을 반짝였다. 카미유는 가슴이 뭉클했다.

그러나 두옴 선생님은 걱정스러운 얼굴로 물었다.

"어떻게 된 거니, 에윌란? 아키로를 찾지 못했니?"

"아니, 찾았어요." 카미유가 짤막하게 대답했다.

"그런데 아키로는 어디 있어? 그 아이에게 무슨 일이 있는 거니? 내 메시지는 받았니?"

두옴 닐 에르그가 대답을 기다리지 않고 질문을 연달아 퍼붓자 엘라나가 웃음을 터뜨렸다.

"내 생각에는," 엘라나가 말했다. "아이들이 그늘에서 이야기를 하고 싶어 할 것 같네요. 이왕이면 시원한 음료수라도 마시면서."

엘라나가 물러서 있는 아르티스 발피에르를 향해 돌아섰다. 카미유와 살림이 도착하는 장면을 목격한 명상 치료사는 너무 놀라서 어리둥절해 있었다.

"마실 것을 부탁해도 될까요?" 엘라나가 아르티스에게 물었다.

엘라나는 늘 그랬듯이 똑바로 쳐다보면서 말했고, 아르티스도 늘 그랬듯이 얼굴을 붉혔다.

"그…… 그야 물론이죠." 아르티스는 어물어물 말했다.

아르티스가 서둘러 멀어져 가자 엘라나는 미소를 지었다. 엘라나는 눈빛만으로 남자들을 제압하는 놀라운 재주를 갖고 있었다.

"맞는 말입니다." 에드윈이 말했다. "얘기를 듣더라도 목 축일 시간은 줘야지요."

"목이 마르기도 하지만 너무 졸려요." 카미유가 한마디 했다. "그리고 씻고 싶어서 죽을 지경이에요."

엘라나가 에드윈을 밀어내고 카미유의 양어깨를 잡았다.

"당신들은 정말 예의라는 게 없군요." 엘라나가 남자들에게 말했다. "이 아이가 기력을 회복할 때까지는 말 시키는 것 금지예요."

그러고는 몇 분 전에 두옴 선생님이 앉아 있던 그늘진 곳으로 카미유를 데려갔다.

"그럼 나는요?" 살림이 항의했다. "나도 피곤한데……."

비욘이 살림을 붙잡아서 두 팔로 끌어안았다.

"넌 내가 있잖아. 내가 돌봐줄 거니까 걱정 마!"

"됐어요, 비욘. 내가 알아서 해결할게요."

비욘은 귓등으로도 듣지 않았다.

"무슨 소리! 넌 특별한 대우를 받을 자격이 있는데."

비욘이 단숨에 살림을 답삭 안아서 어깨에 둘러멨다.

"비욘, 이러지 마요, 제발!" 살림이 엄살을 떨었다. "엘라나 좀 봐요. 카미유에게 얼마나 부드럽게 대하는지!"

"사람마다 방법이 다른 거야." 거구의 비욘이 걸어가면서 응수했다. "이게 내 애정 표시거든."

"난 고릴라의 애정은 필요 없다고요." 살림이 소리를 질렀다.

비욘은 그냥 웃음을 터뜨렸다. 그러고는 그늘에 모여 있는 무리 옆에 살림을 내려놨다. 카미유는 이미 이야기를 시작하고 있었다.

카미유는 아르티스 발피에르가 마실 것을 가져오자 잠시 말을 중단했다. 아르티스는 소녀가 하는 이야기를 듣고 싶었지만, 카미유는 그가 오는 걸 보면서 입을 다물었다. 아르티스가 큼직한 음료수 병과 잔이 담긴 쟁반을 낮은 담 위에 내려놓는 것을 모두 쳐다보고 있었다. 아르티스가 자리를 떠나지 않고 꾸물거리자 눈치 빠른 엘라나가 말했다.

"고마워요. 당신은 매력적인 남자예요."

살림은 얼굴이 빨개져서 허둥지둥 달아나는 아르티스를 쳐다보면서 어깨를 으쓱했다.

"매력적이라는 말을 들어본 적 없죠?" 살림이 비욘에게 말했다. "왜 그런지 알아요?"

대답을 기다리지 않고 살림이 계속했다.

"매력과 상관없는 것만 다 갖추고 있잖아요!"

그 말에 비욘이 손으로 툭 쳤는데 그만 살림은 2미터쯤 떨어진 데로 나가동그라졌다. 카미유는 눈길도 주지 않고 하던 얘기를 계속했다. 멘타이를 언급하는 대목에서 카미유가 말을 중단하고 엘라나를 돌아봤다. 잠든 카미유를 죽이려는 카오스의 용병을 막다가 중상을 입은 사람이 바로 엘라나가 아니었던가. 카미유는 아직까지 엘라나에게 고맙다고 말할 기회가 없었다.

"그때는 엘라나가 의식을 잃은 상태라서 고맙다는 인사도 못하고 떠났어요. 그 은혜는 절대 잊지 않을게요. 나는 너무 어려서 당신이 에드윈에게 한 것 같은 맹세는 할 수 없지만 내가 살아 있는 한 두고두고 갚을게요."

엘라나가 미소를 지으면서 고개를 끄덕였다.

"그래, 말 잘했어, 에윌란." 에드윈이 맞장구를 쳐주었다. "이제 하던 얘기를 계속해주겠니? 다음을 듣고 싶어서 죽을 지경이야."

슈쇼테르가 나타나는 대목에 이르자 카미유는 주머니에 손을 넣었다. 그러고는 슈쇼테르를 꺼내서 무릎에 올려놓고 부드럽게 쓰다듬었다.

"정말 희한한 일이구나." 두움 선생님이 지적했다. "이 동물이 너와 계속 같이 있었단 말이니? 슈쇼테르는 독립적인 동물이야. 말하자면 한 인간에게 매여 있는 걸 아주 싫어하는데 무슨 영문인지 모르겠구나."

"그 말에 동의할 수 없어요." 살림이 말대꾸했다. "게다가 얘는 아주 별나서……."

카미유가 손짓을 하자 살림이 입을 다물었다. 카미유는 어머니가 보낸 메시지와 그 역할에 대해서는 말하고 싶지 않았다. 아직은 때가 아니었다.

얘기를 계속하면서 카미유는 설명을 많이 해야 하는 부분은 건너뛰고 사람들이 가장 관심 있어하는 오빠와 만나는 대목으로 넘어갔다.

두옴 선생님이 유심히 듣고 있다가 눈살을 찌푸렸다. 분석가는 무슨 말인가 하려고 했지만 에드윈이 어깨에 손을 얹으면서 당부했다.

"끝까지 들어보죠, 두옴 선생님. 애들이 어떻게 용병을 해치웠는지 알고 싶어요. 그래도 멘타이였는데……."

카미유가 얘기를 끝냈을 때 에드윈은 흐뭇한 얼굴을 했고, 감정 표현에 인색하지 않은 비욘이 박수를 쳤다.

"브라보!" 비욘이 탄성을 질렀다. "그래, 그런 놈들은 그렇게 해줘야 돼. 15톤쯤 나가는 바위 덩어리로 그냥 쾅!"

두옴 선생님은 낯빛이 어두웠다. 잠시 후, 두옴 선생님이 더 이상

참지 못하고 폭발했다.

"마냥 기뻐할 일이 아니야. 어리석기는! 어린아이들이 어려운 상황을 용케 벗어난 것에 대해서는 나도 기쁘지만 우리는 곤경에 처해 있단 말일세. 최악의 경우 우리의 마지막 희망이 날아간 건데!"

"무슨 말씀이세요?" 비욘이 놀란 얼굴로 물었다.

"머리에 투구만 썼지, 자넨 정말 미련한 곰이로구먼." 늙은 분석가가 탄식했다. "제국이 살려면 가능한 빨리 파수병들이 있어야 해. 그런데 파수병들은 능력을 잃고 옴짝달싹 못하는 상태로 억류되어 있어. 그들을 괜히 식물인간이라고 부를까! 만약 아키로에게 능력이 없다면 누가 파수병들을 깨우겠나?"

무거운 침묵 속에서 모두 카미유를 쳐다봤다. 카미유가 희미한 미소를 지어 보였다.

"제가요!" 카미유가 자신 있게 대답했다.

"하지만 너는……."

두옴 선생님이 말하는데 카미유가 가로막았다.

"다른 가능성이 없잖아요. 선생님이 직접 말씀하셨어요. 상황이 심각하다고. 이 임무는 물론 힘들고 위험하지만, 도움을 줄 수 있는 사람이 저밖에 없잖아요. 제가 식물인간들을 깨우겠어요."

"에윌란의 말이 맞습니다!" 에드윈이 어떤 말도 허락하지 않겠다는 목소리로 딱 잘라 말했다. "에윌란은 할 수 있어요. 아니, 해낼 겁니다. 에윌란을 돕기 위해 우리가 여기 있는 것이고요.”

두옴 선생님이 입을 열려다가 에드윈이 보내는 눈짓 때문에 침묵을 택했다.

“에윌란은 할 수 있습니다! 확신해요! 에윌란이 가는 길을 가로막는 자가 있으면 누구든 우리가 해치울 겁니다!”

긴 여정이 시작된 뒤로 마니엘이 가장 길게 한 말이었다. 어찌나 확신에 차 있는지 두옴 선생님의 입가에 미소가 감돌 정도였다. 바로 그 순간에 아르티스 발피에르가 돌아와서 수도원장이 응접실로 초대한다는 말을 전했다. 그들은 일어나서 아르티스를 뒤따랐다. 현관문으로 들어서는 순간 살림이 비욘의 팔을 잡았다.

“두옴 선생님의 예리한 관찰력에 감동했어요. 머리에 투구만 썼지, 미련한 곰이야, 라고 한 말! 정말 적절한 비유였어요.”

순간 엉덩이에 날아오는 발길질 때문에 살림은 안으로 떠밀려 들어갔다.

3

> 훌름: 커다란 잎을 반짝거리는 식충식물. 훌름은 노래를 불러서 곤충을 유인한 다음 순식간에 덩굴손으로 사로잡는다.
>
> 지식과 힘의 백과사전

카르보이스트 수도원장이 고원 쪽으로 나 있는 창문 앞에 서서 지평선을 응시하고 있었다. 수도원장은 손님들이 응접실에 들어오자 돌아서서 그들을 맞았다. 수도원장이 맞아들인 방은 참나무 재질 금빛 마루판이 깔려 있고, 옹디안 수도원의 다른 곳들과 마찬가지로 밀랍 냄새가 났다. 실내장식은 간소했고, 묵직한 가죽 소파와 낮은 가구가 주를 이루고 있었다. 식충식물 훌름이 덩굴손을 부드럽게 흔들고 있었지만 노래는 부르지 않았다.

"자, 모두 앉으세요." 수도원장이 말문을 열었다. "나의 동료 발피에르가 방금 두 아이가 돌아왔다고 알려주었습니다. 여러분이 곧 떠날 거라는 생각이 들어서 모두 오시라고 했습니다."

아르티스는 수도원장이 자신을 호명하면서 가리키는 순간 얼굴이 달아오르는 걸 느꼈다. 다행히 아무도 쳐다보지 않아서 아르티스는 얼른 태연한 체했다.

그들이 자리에 앉는 사이에 두옴 선생님이 카미유를 향해 몸을 숙이고 귀엣말을 했다.

"수도원장의 관대한 태도에 넘어가지 마라. 정직하지만 알고 싶은 것을 어떻게든 알아내고야 마는 영리한 사람이야."

카미유가 고개를 끄덕이면서 엘라나 옆에 앉았다. 카르보이스트 수도원장이 카미유를 응시하면서 대뜸 말했다.

"발피에르를 깜짝 놀라게 한 손님이 바로 너로구나."

카미유는 곤란한 상황에 처할까 두려워서 대답할 용기가 나지 않았다. 수도원장이 무엇을 알고 있는지도 모르는데 무슨 말을 할 수 있단 말인가. 카미유가 두옴 선생님을 힐끔 쳐다봤지만 냉담했다. 눈치 빠른 살림이 친구를 도와주었다.

"저도 같이 도착했는데요. 이분을 놀라게 한 사람이 저라고 확신해요."

비욘이 즐겁게 맞장구를 쳐주는 바람에 분위기가 누그러졌다. 비욘은 그 기회에 화제를 돌렸다.

"이 녀석이 정말 골칫덩어리거든요."

카르보이스트 수도원장이 미소를 지었지만 눈길은 여전히 카미유에게 고정되어 있었다.

"걱정하지 마라 소녀야, 네 비밀을 알아낼 생각은 없으니까. 나의 친구 닐 에르그가 내 귀를 뽑아버리려고 할 텐데……. 게다가 네 친구와 너는 많이 피곤해 보이는데 시원한 것을 마시고 좀 쉬는 게 좋겠구나. 여러분이 동의한다면 저녁 식사 시간에 다시 봅시다."

마치 두옴 닐 에르그 일행이 자신의 제안을 받아들였다고 생각하는 듯 카르보이스트 수도원장이 일어나자 옹디안의 수행자가 모두 따라 일어났다.

"이 수도원은 남자들만 사는 곳이야." 엘라나가 카미유에게 설명했다. "여기 수행자들이 나를 피하기 때문에 그동안 방을 혼자 썼는데 욕실이 있어. 나랑 같이 지내도 괜찮겠니?"

"방해가 되지 않는다면 저야 물론 괜찮지요!" 카미유는 흔쾌히 수락했다. "욕조와 침대가 있는 방이 얼마나 그리웠는지 몰라요!"

"그럼 따라와. 그런데 말이야, 나한테 너무 깍듯하게 대하지 않아도 돼. 나 그렇게 나이 많지 않거든! 스무 살밖에 안 됐으니 언니뻘이지 할머니가 아니라고."

"오케이." 카미유는 하품을 억누르면서 대답했다.

남자들이 계단을 올라가는 사이에 카미유는 반대쪽 복도로 향하는 엘라나를 따라갔다.

"이따가 봐, 누나야. 얌전하게 지내." 살림이 외쳤다.

"저 아이는 늘 저러니?" 엘라나가 미소를 지으며 물었다.

"그렇지는 않은데 흥분은 좀 잘하는 편이죠. 지금은 아마 많이 피곤해서 저럴 거예요."

　　　　　　　　　✦

엘라나와 카미유는 수도원의 절반 이상을 가로질러서 북쪽 측면 끝자락에 이르렀는데 산을 등지고 지은 낮은 건물이었다. 널찍한 방에 기본적으로 있어야 할 가구들이 있고 한가운데에 폭신한 침대가 놓여 있었다.

카미유는 침대에 다가서서 손으로 만져보다가 경탄하는 대신에 걱정스러운 얼굴로 엘라나를 돌아봤다.

"수도원장님이 원하는 것이 뭘까요? 중요한 얘기도 하지 않을 거면서 왜 우리를 불렀을까요? 그리고 두옴 선생님이 왜 나에게 조심하라고 했는지 이해가 안 돼요."

"수도원장이 원하는 게 뭔지는 나도 몰라. 그렇지만 나는 사람들을 관찰하는 습관이 있는데…… 그가 원하는 것을 얻었다고 확신해."

"그럼……."

"하지만 그게 뭔지는 몰라. 자, 욕실은 이쪽이야."

엘라나가 낮은 문을 밀자 바위를 통째로 깎아서 만든 욕실이 나타났다. 천창이 있어서 밝았다. 수많은 발길에 닳아서인지 반들거리는 바닥이 갑자기 낮아지면서 만들어진 욕조에 맑은 물이 가득했다. 카미유는 탄성을 지르지 않을 수 없었다.

"그렇게 좋아할 것 없어." 엘라나가 말했다. "샘물이라서 얼음장같이 차갑거든. 수정같이 맑지만 물이 너무 차가워서……."

"몸이 어찌나 지저분하게 느껴지는지 빙산 밑에 들어가서라도 목욕할 수 있을 것 같아요." 카미유가 대꾸했다.

"그럼 망설일 필요 없지."

목욕하고 싶어서 참을 수가 없는 카미유는 옷을 벗고 다가섰다. 발가락을 물속에 집어넣는 순간 소름이 돋았다. 정말 얼음장 같았다. 카미유는 이를 악물고 욕조로 들어갔다. 목까지 물이 차오르자 온도에 적응이 되면서 조금씩 긴장이 풀어졌다.

"둘이 같이해도 충분하겠지?" 엘라나가 물었다. "에드윈이 우리를 어찌나 끌고 다니는지 나도 목욕하고 싶어."

카미유가 미소를 지었다.

"욕조라기보다는 수영장 같은데 당연히 충분하죠."

엘라나가 비누 덩어리를 건네주면서 욕조 안으로 들어왔고, 둘은 장난을 치면서 씻었다. 이윽고 카미유가 이를 딱딱 부딪기 시작했다.

"얼어붙는 것 같아서 나가야겠어요."

"침대 옆을 봐. 내 옷인데 튜닉은 그리 크지 않을 거야."

잠시 후, 엘라나도 욕조에서 나왔다. 그녀는 배에 나 있는 흉터, 하마터면 목숨을 잃을 뻔했던 끔찍한 부상의 흔적을 응시했다. 몇 번이나 죽을 뻔했지만 이번만큼 죽음을 가까이에서 느낀 적은 없었다. 명상 치료사들 덕분에 가까스로 목숨을 구했으니……

엘라나가 침실로 가보니 튜닉을 걸친 카미유가 침대에 가로누운 채로 잠들어 있었다. 슈쇼테르는 카미유의 목에 기대어 웅크리고 있었다.

엘라나는 소파에 앉아서 카미유를 관찰했다. 수백 년의 시간 차이는 있지만 자신의 어린 시절과 비슷했고, 카미유에게서는 신선한 기운의 독특한 오라 같은 것이 빛나고 있었다. 엘라나는 카미유를 자게 내버려두다가 창문을 통해 지는 해가 보이자 부드럽게 어깨를 건드렸다.

카미유가 눈을 번쩍 떴다.

"어머, 내가 잤나 보죠?"

"딱 두 시간 잤어. 깨워서 미안한데 저녁 먹으러 갈 시간이야."

카미유가 기지개를 켰다.

"내 옷이 엉망인데 뭘 입죠?"

"내가 빨았는데 아직 안 말랐어. 오늘 저녁은 그 튜닉을 입고 있어도 될 것 같다. 무릎까지 내려오니까 허리띠만 하면 괜찮을 거야."

엘라나가 당장 카미유의 허리에 가죽띠를 채워주었는데 단검이 꽂힌 칼집이 매달려 있었다.

"그런데 이건······." 카미유가 놀라는 얼굴을 했다.

"언니가 주는 선물이야. 나는 허리띠에 단검이 꽂혀 있지 않으면 벌거벗고 있는 느낌이 들어. 이왕 내 허리띠를 차는 거니까 너도 단검을 지니고 있는 게 나을 거야. 그런데 네 바지 주머니 안에 뭔가 있던데······ 나는 건드리지도 않았어." 마지막 말을 하는 엘라나의 어조에 특별한 기색은 없었다.

카미유는 엘라나가 의자 등받이에 걸쳐놓고 말리는 옷에 다가갔다. 주머니에서 스피어그래프를 꺼내 들고 엘라나를 향해 돌아섰다. 카미유는 엘라나가 이 특별한 돌을 봤는지 확신할 수가 없었다. 궨달라비르에 처음 왔을 때 발견한 것인데 두옴 선생님은 이 돌이 이미지네이션, 즉 상상 세계 속을 돌아다니기 위해 츨리쉬들이 사용하는 강력한 물건이라면서 인간들은 만질 수 없다고 말했다.

확신이 없을 때는 가만히 있는 것이 낫다는 속담을 떠올리면서 카미유는 엘라나에게 츨리쉬의 돌에 대해 아무 말도 하지 않았다. 그러고는 선물에 대해 다시 한 번 고맙다고 말한 다음 엘라나와 함께 식당으로 가기 위해 방을 나왔다.

천장이 반구형인 식당은 아주 널찍했고, 묵직한 탁자들이 길게 줄지어 있었다. 옹디안의 명상 치료사 50여 명이 식사를 하고 있었다. 에드윈 일행이 음식을 차려놓은 식탁 주위에 둘러서서 카미유와 엘라나를 기다렸다.

"드디어 왔군!" 그들이 오는 걸 보면서 비욘이 외쳤다. "휴, 배고파죽는 줄 알았네!"

"당신이야 항상 배가 고프죠." 엘라나가 놀렸다. "그리고 숙녀들은 원래 기다리게 할 줄 알아야 한답니다."

"하지만 오늘 오후에 당신이 마니엘을 메다꽂은 뒤로 나는 숙녀라는 말이 당신에게 어울리는지 다시 생각하고 있는 중이라서 말이죠!" 비욘이 응수했다.

티격태격 말싸움하는 소리를 들으면서 카미유가 미소를 지었다. 기분 좋은 얼굴로 옆자리에 앉자 살림이 몸을 숙이면서 말했다.

"정말 씻었나 보네."

"이틀 전부터 씻는 게 소원이었어. 너는?"

"비욘이 나를 분수대 수반에다 거꾸로 처박다시피 했어." 살림이 고개를 설레설레 저으면서 말했다. "그러고는 모래로 북북 문지르는데 내 살가죽을 홀랑 다 벗겨버리는 줄 알았다니까!"

우거지상이 된 친구의 얼굴에도 불구하고 카미유는 웃음을 터뜨리지 않을 수 없었다.

음식이 차려지자 에드윈이 입을 열었다.

"카르보이스트 수도원장님께서 괜찮다면 우리는 내일 아침에 다시 떠날 생각입니다."

"그거야 내가 왈가왈부할 일이 아니지요. 다만 어디로 떠나는지 물어봐도 되겠습니까?"

"알제이트로 갈 겁니다."

"알제이트라고요? 거기는 아닐 거라고 생각했는데……." 수도원장이 깜짝 놀라는 얼굴을 했다.

"왜 그렇게 생각했나?" 두옴 닐 에르그가 물었다.

수도원장이 두옴을 향해 몸을 숙였다.

"우리가 하루 이틀 아는 사이도 아니고 돌려서 말하지는 않겠네, 두옴. 자네처럼 나이 든 분석가가 츨리쉬들이 스파이럴에 빗장을 걸어놓았는데도 친위대 대장뿐만 아니라 축지술을 할 수 있는 소녀와 동행하여 먼 길을 나선 것이 어디 예삿일이라고 할 수 있겠나?"

두옴 닐 에르그가 심기가 불편한 듯 헛기침을 하는 반면에 수도원장은 카미유를 응시했다.

잠시 무거운 침묵이 흘렀다.

"이야기를 하나 하지요." 수도원장이 말을 이었다. "내 나름대로 상상해본 건데 한번 들어보겠습니까? 한 나라, 아니 한 제국이 위험한 적으로부터 위협을 받고 있습니다. 제국을 구할 수 있는 것은 파수병이라고 불리는 이들밖에 없는데 그들은 지금 아무도 모르는 곳에 억류되어 있지요. 절망에 빠져 있는 때에 한 소녀가 나타났어요. 소녀는 자기 어머니와 똑같은 보랏빛 눈이고, 어머니처럼 엄청난 능력을 지니고 있습니다. 친위대 대장은 까다롭기로 이름난 내 오랜 친구의 지원을 받아 소녀를 데리고 파수병들을 구해내 츨리쉬라는 사악한 괴물들을 무찌를 계획을 세웠지요……."

에드윈이 손을 드는 것으로 말을 잘랐다.

"이제 그만하셔도 됩니다. 카미유는 엘리시아와 알탄 질 사이얀의 딸 에월란입니다. 그리고 에월란이 식물인간들을 깨워줄 우리의 마지막 희망인 것도 사실입니다. 우리는 식물인간이 된 파수병들이 현재 어디에 있는지 알고 있지만 먼저 폐하를 만나서 중요한 정보를 얻은 다음에 그들을 구하러 떠날 겁니다. 이 정도면 만족하시겠습니까?"

카르보이스트 수도원장의 얼굴에 당황해하는 기색이 역력했다.

"아, 물론이오. 무엇보다도 내가 그렇게 경거망동하는 사람은 아니오."

"무엇보다도 그러면 안 되지요." 비욘이 살림의 귀에 대고 속삭였다.

"여러분의 목적이 무엇이든 이 일을 비밀로 하는 편이 낫다는 것은 나도 압니다." 수도원장이 말을 이었다. "그렇지만 여러분을 도울 수 있을 거라고 생각합니다."

"그래주면 고맙지." 오랜 친구와 사이가 틀어질까 걱정하던 두옴닐 에르그가 흔쾌히 받아들였다. "그래, 어떻게 도와주겠나?"

"가는 길이 안전하다고 볼 수 없으니 의술에 능통한 명상 치료사가 있으면 큰 도움이 될 걸세."

에드윈과 두옴 선생님이 눈길을 주고받았다. 마침내 에드윈이 고개를 끄덕이자 분석가가 미소를 지었다.

"자네의 제안을 기꺼이 받아들이겠네."

"그럼 누군가를 선출해야겠군." 수도원장이 결론을 내렸다. "내가 없어도 여러분은 식사를 마저 끝내기 바랍니다."

수도원장이 손을 흔들면서 식당을 나갔다.

수도원장이 나가자마자 엘라나가 폭발했다.

"당신들은 지금 어린애들처럼 이용당하고 있는 거예요! 수도원장이 제안하는 것은 치료사가 아니라 스파이라고요!"

"속단하지 말고……." 두옴 선생님이 말을 시작하려는데 에드윈이 선수를 쳤다.

"그 스파이가 부상자의 상처를 봉합하여 목숨을 구해준다면 가치가 있다고 생각하지 않아요?"

엘라나는 에드윈의 말을 일단 인정하면서도 한마디를 덧붙였다.

"그 말은 맞아요. 내가 주장할 위치에 있는 사람은 아니지만 그래도 수도원장이 뭔가를 감추고 있다는 생각에는 변함이 없어요."

"명상 치료사들은 항상 뭔가를 감추고 있는 사람들이네." 두옴 선생님이 말했다. "수세기 전부터 그래왔고, 또 우리가 건드릴 수도 없는 사람들이고. 카르보이스트는 알보르의 영주, 사이 힐 무란에게 조언을 하는 중요한 인물이지. 아무튼 우리에게 긍정적인 영향을 줄 사람이라는 건 부인할 수 없어. 정보가 필요했을 게 틀림없어."

"어쨌든 우리는 내일 아침에 알제이트로 출발합니다." 이번에는 에드윈이 딱 잘라 말했다. "이번 여정은 십여 일 걸릴 겁니다. 일단 알제이트에 도착하면 폐하를 만나서 모든 설명을 할 겁니다. 그런 후에 알제이트를 출발해 북쪽 길을 따라 셴 호수로 간 다음 폴리마즈 강을 따라 폴 산맥의 지맥까지 북진할 생각입니다. 그러면 라이 족과 전투 중인 격전지에 이를 것인데 아마 우리의 여정 중에서 가장 힘든 곳이 될 것입니다. 하지만 알제이트로 가는 것이 먼저니까 벌써부터 걱정할 일은 아니지요."

"총 얼마나 걸리는데요?" 카미유가 물었다.

에드윈이 잠시 생각하다가 대답했다.

"한 달쯤. 아마 더 걸리면 걸렸지 덜 걸리지는 않을 거야."

비욘이 고기를 더 갖다 먹는 사이에 살림이 기지개를 켰다.

"저는 졸려서 더는 못 견디겠어요. 모래 마사지도 졸음을 쫓아내지는 못한 모양이에요."

아침에 출발한다는 걸 의식했는지 모두 침실로 가기 위해 일어났다. 피로가 몰려오지만 카미유는 등줄기를 따라 전율이 이는 느낌이 들었다. 모험이 계속되고 있었다!

4

 궨달라비르 제국의 경제구조는 길드 조직을 토대로 하고 있다. 상인, 농민, 유리 제조공, 항해사…… 등이 경제적 실권을 쥐고 있다. 명상치료사, 그림자걸음, 조각가…… 등 비밀 조직도 있지만 궨달라비르의 경제 균형에 필요한 길드이다. 근본적으로 파괴적이고 위협적인 카오스의 용병 조직만이 유일하게 불필요한 길드이다.

카르보이스트 수도원장, 7서클의 회고록

 동이 트자마자 그들은 옹디안 수도원의 마당에 집합했다.
 카미유는 어찌나 깊은 잠에 빠져들었는지 피곤했다는 기억만 남아 있었다. 살림의 얼굴이 우거지상이었다.
 "두옴 선생님보다 비욘이 코를 훨씬 더 심하게 골아." 살림이 친구에게 투덜거렸다. "어휴, 송풍기를 삶아 먹었나 봐……."
 카미유의 허리춤에 달려 있는 단검을 발견한 살림이 놀란 눈을 반짝였다.
 "와, 멋지다! 이걸 엘라나가 선물로 줬단 말이야?"
 "응, 하지만 내가 사용할 일이 있을지 모르겠어."
 "귀찮으면 나한테 버려도 되는데. 난 이런 칼을 갖는 것이 소원이었어."

"너에게는 그런 게 필요 없지." 비욘이 끼어들었다. "가는 동안 내가 도끼와 검 다루는 법을 가르쳐줄 테니까 단검은 여자들과 겁쟁이들에게 넘겨."

"그건 안 돼요, 비욘!"

화들짝 놀란 비욘이 갑자기 말을 가로막는 엘라나를 돌아봤다.

"살림에게 그런 걸 가르칠 생각은 하지 마요. 근육질 체격이 될 아이는 아니니까 살림은 내가 맡을 거예요."

"하지만……."

"하지만은 무슨! 살림은 전사가 될 아이가 아니라고요. 이 아이의 몸을 봐요. 모르겠어요?"

비욘이 엘라나에게 대답할 말을 궁리하고 있을 때 에드윈이 일행에게 말했다.

"수레를 끄는 말을 제외하면 우리에게 말은 다섯 필입니다. 일행이 한 명 늘었다는 것만 빼놓고 변한 것은 없습니다. 따라서 알보르를 출발할 때와 같은 방법을 택합시다. 두옴 선생님이 수레 고삐를 잡으시고 에윌란과 살림은 짐칸에 타. 비욘과 마니엘은 밀착 경호를 하고, 엘라나와 나는 정찰 책임을 맡을 겁니다. 질문 있습니까?"

"나는 어디에 탑니까?" 마당에 막 나타난 아르티스 발피에르가 들고 있던 큼직한 자루를 수레 짐칸에 올리면서 물었다.

"선택된 것이 기쁘지 않은 것 같아." 살림이 카미유에게 귀엣말을 했다.

에드윈이 잠시 아르티스를 쳐다보다가 물었다.

"말이 없습니까?"

"옹디안에는 말이 없습니다. 하지만 나는 말을 탈 줄 알고 돈을 갖고 있으니 기회가 생기면 말을 사겠습니다."

아르티스는 평소보다 자신 있어 보였다. 엘라나가 살며시 미소를 지었다.

"여행이 우리의 새 동지에게 힘을 주나 보네." 엘라나가 나직한 소리로 말했다.

에드윈이 결단을 내렸다.

"일단 한스의 말을 타시오. 말을 사야 할지는 나중에 두고 봅시다. 모두 준비됐습니까?"

카르보이스트 수도원장이 두옴 닐 에르그에게 몇 마디 속삭인 다음 카미유에게 다가왔다. 그는 손에 들고 있던 두툼한 종이 두루마리를 내밀면서 말했다.

"이건 궨달라비르 지도야. 지도를 보면 네가 있는 곳이 어디인지를 알 수 있고, 어쩌면 기억을 되찾을지도 모르지. 하지만 여섯 살이었으니 네가 제국의 지리를 알고 있었을지 모르겠구나."

카미유는 공손하게 고맙다고 인사했다. 질문을 하리라고 예상했던 수도원장이 카미유가 아무 말도 하지 않자 좀 실망하는 것 같았다.

"순조로운 여행길이 되길!" 수도원장이 한 발짝 뒤로 물러서면서 말했다. "나의 모든 생각이 여러분과 함께합니다."

에드윈은 아르티스 발피에르가 말에 오르기를 기다렸다가 출발 신호를 했다. 두옴 선생님이 고삐를 당기자 수레가 움직이기 시작했다.

그들이 옹디안 수도원의 문을 넘는 순간 해가 높은 암벽을 환히 비추고 있었다.

"드디어 새로운 모험을 위한 출발이다!" 살림이 외쳤다.

총안 뚫린 벽은 이내 시야에서 사라졌다. 그러나 연거푸 뒤를 돌아보는 아르티스 발피에르를 보다 못한 엘라나가 결국 한마디 했다.

"수도원을 떠나는 것이 그렇게 힘들어요?"

아무런 대답도 못한 채 얼굴이 빨개진 아르티스는 이때부터 앞만 똑바로 쳐다보았다. 에드윈이 엘라나에게 신호를 보냈고, 두 사람은 정찰을 하러 앞서나갔다.

수레 짐칸에 타고 여행하는 것은 그리 쾌적하지 않았다. 카미유가 옆에 앉자 두옴 선생님이 미소를 지어 보였다.

"에윌란, 여기 있어서 행복하지?"

"네, 진심으로 행복해요! 마침내 내 나라에 있는 느낌이에요."

"양부모에 대해서는 걱정 안 되니?"

"네, 전혀. 멘타이의 공격으로 양아버지가 좀 다쳤지만, 신문에서 중상은 아니라는 기사를 읽었어요. 금방 회복될 거예요."

"네가 사라져서 양부모가 슬픔에 잠겨 있을 거라고 생각하지 않니?"

"그분들을 몰라서 하는 말씀이세요. 그분들은 절대로 나를 사랑하지 않는다고 확신해요. 아마 좀 놀라서 기분이 상하고 당혹스럽겠지만, 슬퍼하지는 않을 거예요."

양부모와 사이가 얼마나 안 좋았으면 이럴까, 두옴 선생님은 가슴이 아파서 화제를 바꿨다.

"슈쇼테르는 여전히 주머니에 있니?"

"아뇨, 어제저녁에 사라졌어요. 오고 싶을 때 돌아올 거예요."

"그 동물에 대해 잘못된 생각을 할까 봐 걱정이구나. 슈쇼테르가 왜 그렇게 오랫동안 너를 따라다녔는지 모르겠지만 다시는 슈쇼테르를 보지 못할 가능성이 커."

카미유가 빙긋이 미소를 짓자 두옴 선생님이 놀라는 듯했다.

"내 말을 믿지 않니? 아니면 나한테 뭔가 숨기는 거니?"

그때 살림이 두 사람 사이에 얼굴을 들이밀고 끼어들었다.

"두옴 선생님, 묘수가 없다면 우겨봐야 소용없을 거예요! 얘는 말 안 하기로 마음먹으면 절대로 입을 열지 않거든요."

카미유가 한숨을 쉬었다. 멀지 않은 데서 마니엘과 아르티스 발피에르가 나란히 말을 몰면서 열띤 대화를 하고 있었다. 살림이 의외라는 얼굴로 말했다.

"마니엘이 저렇게 말을 잘할 줄이야. 말 못하는 벙어리인 줄 알았더니……."

카미유가 살림의 귀를 잡고 비틀었다.

"말을 못해야 하는 사람은 바로 넌데! 계속 그렇게 나불거리면 비욘을 불러서 모래로 목욕시키라고 한다!"

"나야 언제나 네 뜻에 따를 거니까 말만 해!" 그들의 대화를 들었는지 비욘이 외쳤다.

귀를 비틀어대는 친구의 손아귀를 간신히 빠져나온 살림이 수레 짐칸 구석으로 물러났다.

"여기서는 아무도 나를 좋아하지 않아." 살림이 툴툴거렸다. "이럴 줄 알았으면 집에 있을걸."

카미유가 탐색하는 눈길로 유심히 살피자 살림이 얼른 찡그린 얼굴을 풀면서 말했다.

"농담이야, 누나야. 어제 했던 말에 변함이 없으니까 걱정 마."

카미유가 보내는 매혹적인 미소를 보는 순간 살림은 가슴이 쿵

내려앉는 것 같았다.

"정말 미치겠어요. 저렇게 나올 때는 어떻게 해야 하죠?"

"네 귀를 잡아당긴 것, 아니면 저 예쁜 미소? 뭘 말하는 거야?" 비욘이 물었다.

"둘 다겠지!" 두옴 선생님이 웃음 가득한 얼굴로 내뱉었다.

5

검을 든 에드윈 틸 일란과 대적하는 것은 굶주린 초원의 호랑이에게 맨몸으로 덤비는 것이나 다름없다. 난다 긴다 하는 이들이 괜히 그런 말을 할까. 발톱을 세우고 달려드는 굶주린 호랑이를 누가 물리칠 수 있다고!

사이 힐 무란 영주, 항해일지

해가 중천에 떠 있고, 숨막힐 듯한 더위가 기승을 부릴 때 카미유 일행은 에망트 강을 따라 길게 이어지는 작은 마을에 당도했다. 그들은 아주 동그란 잎이 무성한 아름드리나무 그늘 아래의 노천 테라스에 자리를 잡고 앉았다. 아르티스 발피에르는 마니엘을 따라 말을 사러 갔고, 두옴 선생님이 식사를 주문했다. 그러고는 근심 어린 눈으로 돈주머니를 들여다봤다.

"황제께서 내 돈주머니를 다시 채워주시면 좋겠는데. 비용이 너무 많이 들어."

"무일푼이 되더라도 무슨 일이 일어나는지 직접 보시려고 따라 나섰으면서 왜 또 그러세요?" 에드윈이 응수했다.

"그건 그렇지." 두옴 선생님이 인정했다. "마음이야 더 많은 것도 내놓고 싶지만 그래도 실 아피안 황제가 돈을 준다면 마다하지 않을 생각이네."

에드윈이 미소를 지으면서 카미유에게 앞으로의 여정에 대해 짤막하게 설명했다.

"오늘 오후에 여러 개의 마을을 지날 텐데 사람이 많이 사는 곳이라 그리 위험하지는 않을 거다. 저녁때쯤 오스텐가르드 호수에 이를 것이고 거기서 야영할 생각이야. 내일은 타즈 언덕에 닿을 텐데 남부지방에서 가장 야생적인 곳 중 하나인 대초원이 있어. 거기서는 조심해야 해. 위험한 것이 많거든."

"위험한 것들이라면……" 살림이 물었다. "인간이요, 짐승이요?"

"인간과 짐승의 잡종. 야생적인 언덕이라서 현재까지는 제국 군대가 길목을 지키고 있지. 그런데도 지난번에 지나갈 때 식인귀*들의 흔적을 발견했단 말이야."

"뭐의 흔적이라고요?"

"식인귀. 옹브르 숲 남쪽에는 없을 거라고 생각했는데 타즈 언덕에 숨어 있었던 모양이야."

"겁주려고 농담하는 거죠?" 살림이 의심쩍은 얼굴로 물었다. "식인귀는 동화 속에서나 나오는 괴물이라고요!"

살림이 식탁에 둘러앉은 어른들을 차례로 쳐다봤다. 엘라나가 글쎄, 모르겠다는 표정을 지어 보였지만, 비욘이 단언했다.

"아니, 식인귀들은 존재해. 박제로 만들어놓은 것을 내가 봤거든. 제발 살아 있는 놈을 만나는 일은 절대 없기를 바랄 정도로 무시무시한 놈들이지."

"어떻게 생겼는데요?" 카미유가 물었다.

"3미터에 이르는 키에 몸통도 1미터 50센티미터가 되는 놈들이야." 에드윈이 설명했다. "무지막지하게 공격적이고 육식을 하는 종족인데 단독으로나 작은 무리를 이루어 살지."

살림이 휘파람을 불었다.

"끔찍한 동물이네요."

"하지만 엄격하게 말하면 동물은 아니지." 두옴 선생님이 말했다. "사회생활을 하고 아주 기초적이지만 언어를 사용하니까. 연장과 간단한 무기도 사용하고 옷을 걸친 놈들도 발견되었거든."

"그런 것들이 또 있어요?" 살림이 불안한 얼굴로 물었다.

"북부지방으로 올라갈수록 놀라운 것이 많아지지." 에드윈이 말했다. "흡혈귀*나 불을 지르고 다니는 방화꾼들에 비하면 식인귀는 아무것도 아냐. 그리고 그런 괴물들을 양식으로 이용하는 국경지대 사람들도 있으니까."

"국경지대 사람들이요?"

"북쪽 국경지대 요새에 사는 주민들이지. 대대로 산을 감시하고 있는데 그들은 특히 폴 산맥에서 유일하게 통행이 가능한 얼음 국경을 감시하고 있어."

"라이족이 산을 통과할 때 거기서 전쟁이 일어났겠군요." 카미유가 지적했다.

"그래 맞아. 하지만 거기 요새에 사는 국경지대 주민들은 살이 어찌나 가죽처럼 질긴지 라이족의 이빨에도 끄떡하지 않아. 제국이 무너져도 그들만은 계속 살아남을 거란 말이 떠돌 정도니까."

뜻밖에도 자랑스러워하는 것 같은 에드윈의 말에 카미유는 호기심이 동했다.

의문을 풀어준 것은 두옴 선생님이었다.

"너희가 눈치채지 못한 것 같은데 우리의 대장 에드윈이 바로 국경지대 요새에서 태어났단다. 거기서 자라서 지금의 훌륭한 전사가 되었지. 안 그런가, 에드윈?"

마니엘과 아르티스가 돌아왔기 때문에 대화가 중단되었다. 회색 얼룩말 한 필을 사 온 두 남자는 다른 말들과 같이 묶어놓았다.

그들은 화기애애한 분위기 속에서 식사를 한 다음 이른 오후에 다시 출발했다.

"이상하게 옛날부터 여기 살았던 느낌이 들어." 살림이 카미유에게 말하면서 수레에 올라갔다.

카미유가 고개를 끄덕였다. 자기 역시 친구와 똑같은 느낌이 들었던 것이다.

그들이 오스텐가르드 호수에 도착했을 때는 날이 아직 훤했지만, 에드윈은 결정한 대로 휴식을 지시했다.

"왜 좀 더 가지 않고요?" 비욘이 놀라서 물었다.

"밤에 언덕으로 가는 것은 미친 짓이지." 에드윈이 설명했다. "앞으로 두 번은 언덕에서 잠을 자야 할 텐데 그걸로 충분해. 어쨌든 여기만큼 괜찮은 야영지를 찾을 가능성이 전혀 없으니까."

실제로 그곳은 야영하기에 최고의 장소였다. 삼나무처럼 생긴 거대한 나무들이 맑은 호숫가까지 줄지어 있었다. 땅바닥에는 바늘잎이 켜켜이 쌓여 있고, 기슭에서부터 물속까지 커다란 회색 바위들이 비죽비죽 보였다.

더위를 참고 있던 카미유와 살림이 호수를 향해 뛰어들었다.

"저녁 식사거리를 사냥하러 가야겠는데……. 비욘, 자네 활 쏠 줄 아는가?" 에드윈이 물었다.

"웬만큼 쏘죠." 비욘이 대답했다.

에드윈이 쳐다보자 엘라나가 말했다.

"웬만큼이 어느 정도인지 모르겠지만 백 보 떨어진 데서 화살로 동전을 맞힐 수는 있죠."

비욘이 의심쩍은 눈초리로 엘라나를 빤히 쳐다봤다.

"증명해 보일 수 있는데…… 동전을 손가락 사이에 끼우고 저 나무에 기대서 있어볼래요?"

비욘이 갑자기 당황하는 것 같았다. 그러나 엘라나는 능력이 있다는 걸 확실하게 보여줬다고 생각하는지 더는 우기지 않았다. 엘라나가 자루를 뒤져서 휘어진 막대기 세 개를 꺼내더니 눈 깜짝할 사이에 조립했다. 에드윈의 커다란 활과는 아주 달랐지만 위협적으로 보이지 않는 건 아니었다. 엘라나가 가죽 화살집을 둘러메고 나서 에드윈을 향해 돌아섰다.

"준비됐어요."

그들은 숲으로 사라졌다.

비욘이 물속에서 노는 아이들을 부러운 눈으로 쳐다봤다.

"별다른 지시를 내리지 않고 에드윈이 떠났다는 것은 위험이 없다는 뜻이겠지." 두옴 선생님이 말했다. "그러니까 자네도 가서 미역이나 감지 그러나."

비욘이 마니엘과 아르티스를 돌아봤다.

"동지들, 우리도 오랜만에 물장구나 좀 칠까요?"

명상 치료사 아르티스가 즉시 거절했지만, 마니엘은 기꺼이 수락했다. 호숫가 둔치에 앉은 두옴 선생님과 아르티스 발피에르는 그들이 물속으로 들어가는 것을 바라봤다.

"우리와 함께 있는 것이 그리 행복하지 않은 모양이네." 두옴 선생님이 말했다.

"행복하고 말고의 문제가 아니라고 생각합니다. 저는 복종을 맹세하였습니다. 카르보이스트 원장님이 여러분을 따라가라고 당부하셔서 동행하고 있는 것뿐입니다."

"듣기 좋은 말은 아니로군." 두옴 선생님이 지적했다.

"무슨 말씀인지 모르겠습니다."

"중요한 말은 아니네." 두옴 선생님이 한숨을 내쉬었다. "아이들이 노는 동안 야영 준비나 하세."

자이언트 토끼처럼 생긴 설치동물 두 마리를 들고 돌아온 에드윈과 엘라나가 호수에서 웃고 떠드는 소리에 이끌려 호숫가로 걸음을 옮겼다.

살림을 어깨에 태운 비욘과 카미유를 어깨에 태운 마니엘이 몸싸움을 벌이게 두 아이를 부추기면서 고래고래 소리를 지르고 있었다. 살림, 비욘 조가 중심을 잃자 카미유, 마니엘 조가 환호성을 질렀다.

"우리도 들어갈까요?" 엘라나가 에드윈에게 제안했다.

"좋죠."

수레 옆에 서 있던 아르티스의 눈이 동그래졌다.

"설마 옷을 벗지는 않겠지요?" 아르티스가 두옴 선생님에게 물었다.

이 말을 들은 엘라나가 대꾸했다.

"내 몸매를 그렇게 형편없다고 생각하는지 몰랐네요. 당신의 말 때문에 기분이 팍 상해서 옷 벗고 싶은 마음이 싹 달아났어요. 당신에게는 안된 일이지만……."

아르티스의 얼굴이 빨개졌다.

카미유는 나란히 물속으로 들어오는 에드윈과 엘라나를 쳐다봤다. 아주 잘 어울리는 커플이라고 생각하면서 카미유는 빙그레 웃었다.

"무슨 생각하는 거야?" 살림이 물었다.

"아무 생각도 안 해, 꼬마야! 너무 깊이 알려고 하지 마, 지금은 말해줘도 너는 어려서 이해하지 못하니까!"

미역을 감고 물에서 나오자마자 에드윈이 불을 피웠다. 그리고 나서 설치동물을 꼬챙이에 꿰고 있을 때 엘라나가 살림을 불렀다.

"준비됐니? 첫 번째 훈련 시간이야."

살림이 환한 얼굴로 일어났다.

"내가 가서 봐도 돼요?" 카미유가 물었다.

엘라나가 잠시 생각하다가 고개를 좌우로 흔들었다.

"미안하지만 안 돼! 정식으로 훈련을 시작하는 건데 보는 사람이 있으면 부담이 될 거야."

엘라나의 표정이 너무 진지해서 카미유는 우기지 않았다.

엘라나와 살림이 숲 쪽으로 멀어져 가는 사이에 비욘이 말했다.

"설마 그림자걸음으로 만들려는 건 아니……." 비욘이 말을 끝맺지 못했다. 카미유가 팔꿈치로 옆구리를 쳤던 것이다.

"나 때문에 그럴 필요 없어요." 아르티스 발피에르가 말했다. "나도 함께 칼딘 양을 치료했기 때문에 그녀가 그림자걸음이라는 걸 알고 있으니까요. 그 물증과 흔적도 봤고요."

"흔적? 무슨 흔적이요?" 비욘이 물었다.

아르티스의 얼굴이 다시 빨개졌다. 두옴 선생님이 불안한 웃음을 터뜨렸다.

"그림자걸음 길드는 아주 신비한 집단이지. 그래서 그들의 팔다리를 노출시켜놓고 살필 수 있는 사람이 드물어. 안 그런가, 아르티스?"

아르티스는 대답하지 않았다.

"무슨 말인지 도무지 모르겠어요." 비욘이 중얼거렸다.

두옴 선생님이 손을 내저었다.

"중요한 얘기 아니니까 몰라도 되네."

어둠이 내리고 고기가 다 구워질 무렵에 살림과 엘라나가 야영지로 돌아왔다. 살림이 어찌나 환하게 웃고 있는지 카미유가 이제껏 본 적이 없는 모습이었다.

"굉장해, 정말 굉장했어." 똑같은 말만 반복할 정도로 살림은 몹시 흥분해 있었다.

얼마 후, 불이 거의 꺼져가고, 야행성 동물들의 울음소리가 들리기 시작할 때 모두 잘 준비를 했다.

에드윈은 꼭 필요해서라기보다는 습관 때문에 보초 순서를 정했다. 마니엘이 첫 번째 차례가 되자 카미유는 그들을 지키다가 목숨을 잃은 한스를 생각했다. 친해질 겨를도 없었는데 죽은 한스가 내내 마음에 걸렸기 때문에 카미유는 마니엘에게 신경을 많이 썼고 이제는 꽤 친해져 있었다. 카미유는 진심으로 또 다른 사건이 일어나지 않기를 바라고 있지만 그 소원이 이루어지지 않을 것 같은 느낌이 들었다.
　잠을 이루려고 뒤척이는 소리가 여기저기서 들렸다. 카미유는 어느새 잠이 들었다.

6

츨리쉬는 도마뱀과 사마귀를 교배해놓은 것 같은 도저히 믿어지지 않은 생김새를 하고 있지만 기생생물과 비슷한 행동을 한다. 죽음의 시대에 츨리쉬들은 인간을 지배하면서 노예로 부리거나 잡아먹었다. 마치 공생 관계인 개미와 진딧물처럼……

엘리스 밀 트루이프, 알제이트 아카데미의 데시나퇴르 교수

"이랴, 코코트! 이랴, 부리숑!"

가파른 비탈길에 이르자 두옴 선생님이 큰 소리로 말들을 독려하면서 수레를 몰았다. 때리는 걸 좋아하지 않는 선생님은 어쩔 수 없는 경우에만 말들에게 가벼운 채찍질을 했다.

그들은 새벽이 되기 조금 전에 일어났고, 약초 빵을 먹은 뒤에 서둘러 출발했다.

타즈 언덕은 울창한 나무, 무성한 잡목, 칡넝쿨과 가시덤불 등의 식물로 빽빽하고, 매복하기에 좋은 바위가 삐죽삐죽 솟아 있었다.

에드윈은 긴장했다. 그가 시야를 벗어난 곳을 정찰하는 사이에 엘라나는 일행과 함께 말을 몰았다. 비욘과 마니엘은 수레 옆에서 말을 몰았는데 더위에도 불구하고 둘은 갑옷에 가슴받이를 걸치고

투구까지 쓰고 있었다.

아르티스는 군대식으로 움직이는 사람들 속에서 어찌할 바를 몰랐다. 그는 뻣뻣한 자세로 회색 얼룩말을 몰면서 무성한 나뭇잎과 덤불숲을 향해 연신 곁눈질을 했다.

경보를 울린 것은 아르티스였다.

"저, 저, 저기!" 그가 손가락으로 가리키면서 고함을 질렀다.

아르티스가 계속 소리를 지르는데 덤불숲이 갈라졌다. 식인귀 셋이 소름 끼치는 괴성을 지르면서 달려들었다.

카미유가 상상했던 대로 정말 흉측한 괴물들이었다.

두옴 선생님의 말이 맞았다. 벗어진 이마에 굽은 등, 식인귀들은 인간처럼 걸어 다닐 뿐만 아니라 나무를 깎아서 만든 몽둥이를 들고 있었다. 그중 둘은 키가 작은데도 2미터 50센티미터가 넘어 보였다. 몸은 황갈색 털로 뒤덮여 있고, 커다란 송곳니들이 삐죽삐죽 나와 있었다. 나머지 한 놈은 훨씬 위압적이었다. 키가 3미터에 이르고 몸집이 사람 둘을 합해놓은 것 같았다.

비욘이 가까스로 말을 돌리고 도끼를 쳐들 때 놈들이 달려드는 걸 보고 놀란 말이 다리를 구부렸다.

카미유는 비욘이 중심을 되찾을 거라고 생각했지만, 머리 위로 쳐든 전투용 도끼의 무게 때문에 휘청거리다 땅바닥으로 나뒹굴었다. 식인귀 하나가 비욘을 덮쳤다. 그사이에 다른 식인귀 둘이 수레를 들이받았다.

 수레가 거의 수직으로 세워질 정도로 엄청난 충격이었다. 마부석에서 튕겨나간 두옴 선생님이 덤불숲으로 내동댕이쳐졌다. 흔들거리던 수레가 마침내 쿵, 하면서 다시 수평이 되었다. 그 충격으로 짐칸의 가로장에 매달려 있던 카미유가 붕 뜨는 순간, 갑자기 짐칸으로 뛰어오른 식인귀가 커다란 아가리를 벌린 채 침을 흘리면서 소녀를 향해 다가왔다.

 이번에는 마니엘이 수레에 펄쩍 뛰어올랐는데 투구를 쓰고 있었다. 마니엘이 창을 쳐들었지만 거리가 너무 가까워서 공격할 수가 없었다.

 식인귀가 몽둥이를 놓고 재빠르게 돌아서더니 무지막지한 두 팔로 마니엘을 조르기 시작하면서 날카로운 송곳니로 목을 물려고 했다. 그러나 마니엘은 힘이 장사라서 일단 싸우기로 결정하면 결코 호락호락한 상대가 아니었다. 이번에는 마니엘이 괴물의 상체를 졸랐다.

 카미유는 한쪽 구석에 웅크리고 지켜봤다.

 두 다리를 벌린 자세로 버티고 선 마니엘과 식인귀는 탐색전을 벌이고 있었다. 마니엘이 괴물의 숨통을 끊기 위해 초인적인 힘을 발휘하고 있는데 조르는 힘 때문인지 갑옷 가슴받이가 으스러지는 소리가 났다.

한편 비욘은 멀리 떨어진 도끼를 집으려고 애를 쓰면서 연거푸 날아오는 괴물의 공격을 피하고 있었다.

덩치가 제일 큰 세 번째 식인귀가 몽둥이로 아르티스 발피에르의 말을 내리쳤다. 몽둥이에 옆구리를 얻어맞은 말이 옆으로 펄쩍 뛰는 바람에 중심을 잃은 아르티스가 땅바닥으로 떨어졌다. 식인귀는 분노의 거품을 뿜으면서 아르티스 위에 버티고 섰다. 아르티스는 첫 번째 몽둥이를 피하면서 데굴데굴 굴렀다. 바로 그때 엘라나가 전속력으로 말을 몰고 달려왔다.

카미유는 엘라나가 안장을 딛고 일어서는 모습을 보았다. 아르티스에게 달려드는 식인귀를 발견한 엘라나가 고삐를 놓고 공중제비를 돌면서 장딴지에 차고 있던 단도 두 개를 뽑아 들었다. 그러고는 식인귀의 등으로 뛰어내려 두 다리로 놈의 상체를 휘감았다. 눈 깜짝할 사이에 괴물의 목에 단검이 깊이 꽂혔다. 엘라나는 뒤로 공중제비를 돌아서 3미터쯤 떨어진 데에 가볍게 착지하여 전투 자세를 취했다. 이번에는 현란한 손놀림으로 허리춤에서 또 다른 단검 두 개를 꺼냈는데 5초도 걸리지 않았다.

식인귀는 목에 칼이 꽂혀 있는데도 아랑곳 않고 분노의 괴성을 지르며 엘라나에게 달려들었다. 식인귀의 몽둥이가 위협적인 곡선을 그리고 있지만 엘라나는 자세를 낮추면서 피했다. 그러고는 어느새 괴물의 팔 밑을 파고들면서 단검 두 개를 배에 꽂아놓고 재빠르게 달아났다. 칼들이 배를 관통했는데도 괴물은 엘라나를 쫓았다.

잡아먹을 듯 거칠게 달려드는 식인귀와 대결을 벌이는 비욘을 보면서 카미유는 불안했다. 기력이 딸리는 비욘이 점점 더 힘겹게 괴물의 공격을 물리치고 있었다.

그사이에 슬그머니 다가선 살림이 마치 용수철처럼 오른쪽 다리를 뻗더니 발꿈치로 식인귀의 턱을 가격했다. 강력해서라기보다는 턱을 정통으로 맞힌 것에 놀랐는지 식인귀가 새로 나타난 공격자를 향해 고개를 돌렸다. 살림은 기다렸다는 듯이 식인귀의 눈두덩을 팔꿈치로 세게 쳤다. 식인귀에게 가소롭기 짝이 없는 공격이었지만 주의를 흩뜨리기에는 충분했다.

살림이 도와준 덕분에 비욘은 도끼를 집어 들 수 있었다.

비욘이 무릎을 꿇고 있는 힘을 다해 도끼를 날렸다. 날카로운 도끼날이 식인귀의 목에 박히면서 새빨간 피가 콸콸 쏟아졌다. 비욘은 힘겹게 일어나서 다시 싸울 준비를 했지만 식인귀가 비틀거리다가 푹 쓰러지더니 더는 움직이지 않았다.

엘라나는 불리한 상황에 처해 있었다.

"당신의 칼, 빨리 줘요!" 엘라나가 정신 나간 얼굴을 하고 있는 아르티스 발피에르에게 외쳤다.

엘라나가 손을 내밀었지만 아르티스는 꿈쩍도 하지 않았다. 카미유는 엘라나를 향해 다가서는 식인귀를 봤다. 카미유는 어쩔 수 없는 위급한 사태가 일어나지 않는 한 데생을 그리지 않겠다고 두옴 선생님에게 약속했지만 무심코 이미지네이션으로 뛰어들었다.

지난번보다 훨씬 속도가 빨랐다.

식인귀가 엘라나를 붙잡는 순간 그녀의 손에 번쩍이는 단검이 나타났던 것이다. 엘라나는 단검의 손잡이를 두 손으로 움켜쥐고 힘껏 찔렀다. 피가 콸콸 쏟아지기 시작하자 식인귀는 턱을 관통한 단검을 뽑느라고 엘라나를 조르고 있는 힘을 풀었다.

엘라나는 자신이 방금 사용한 것이 카미유가 만든 단검이며, 또다시 도와주리란 걸 느낌으로 알아차렸다. 엘라나가 두 팔을 활짝 벌리자 이번에는 양손에 단검이 하나씩 유형화되었다. 엘라나는 두 손으로 식인귀의 옆구리 양쪽을 깊숙이 찔렀다.

식인귀는 목에 중상을 입었는데도 울부짖었다. 눈빛이 흐리멍덩해지더니 식인귀가 비틀비틀거리다 쿵, 쓰러졌다.

바로 그 순간에 에드윈이 검을 휘두르면서 전속력으로 말을 달려 왔다. 마지막 전투가 끝나고 있는 중이었다.

마니엘이 엄청난 근육질의 팔로 있는 힘을 다해 식인귀를 조르고 있었다. 빠져나올 수가 없는 식인귀는 포효하려고 했지만 공기가 폐에 이르지 못했다. 마니엘이 더 세게 졸랐다. 우지끈거리는 소리가 두 번째로 나자 마니엘이 조르기를 풀었다. 식인귀가 맥없이 고꾸라질 때 수레가 크게 흔들렸다. 마니엘이 주위를 힐끔 쳐다봤다. 전투가 완전히 끝난 걸 확인한 마니엘이 카미유를 향해 돌아섰다.

"내 갑옷, 내 갑옷 좀 풀어줘."

카미유가 달려들었다. 식인귀가 가슴받이를 완전히 박살 냈기 때문에 마니엘은 거의 숨을 쉬지 못하고 있었다. 카미유는 엘라나가 선물로 준 단검을 꺼내서 가죽끈을 잘랐다. 깨진 가슴받이 조각이 후드득 떨어졌다. 마니엘이 주저앉아서 두 손을 무릎에 올려놓고 숨을 몰아쉬었다. 카미유는 마니엘의 상태를 보고 안심했지만 다른 사람들이 걱정되었다.

살림은 마니엘과 상태가 비슷한 비욘의 갑옷을 풀어주고 있었다. 엘라나가 여전히 땅바닥에 앉아 있는 아르티스를 거들떠보지도 않고 자신의 단검을 회수하는 사이에 말에서 내린 에드윈은 잠자코 싸움터를 응시했다.

"두옴 선생님!" 카미유가 갑자기 소리쳤다.

카미유가 수레에서 펄쩍 뛰어내리자 모두 뒤를 따랐다. 덤불에 널브러진 두옴 선생님은 의식이 없는 상태였다. 에드윈은 조심스럽게 두옴 선생님을 안아서 땅바닥에 눕혔다. 가슴에 귀를 갖다 댔다.

"살아계시다!" 에드윈이 잠시 후에 외쳤다. "심장이 뛰고 있어. 아주 약하지만 심장이 뛰고 있어."

아르티스 발피에르가 두옴 선생님 옆에 앉았다. 그러나 싸움이 벌어지는 동안 보여준 행동에 화가 난 엘라나가 아르티스를 경멸하는 시선으로 바라봤다. 엘라나는 간신히 입을 다물고 있다가 도저히 참을 수 없다는 듯 홱 돌아서서 자리를 떴다.

카미유는 아르티스에게 정신을 집중했다. 명상 치료사가 두옴 선생님의 머리를 부드럽게 만지고 있었다. 카미유는 데생이 그려지고 있는 걸 느꼈지만 놀랍게도 윤곽이나 색깔을 식별할 수 없었다. 아르티스가 데생하고 있는 것은 확실한데 아무것도 알아챌 수가 없었다. 카미유는 두옴 선생님의 말이 기억났다. '명상 치료사들은 데생을 이용하는 그들만의 고유한 기술을 사용하지.'

에드윈의 말에 따라 그들은 명상 치료사를 방해하지 않기 위해 멀찍이 물러났다.

마니엘과 비욘이 갑옷의 상태를 살폈다.

"내 것은 끝장났어요!" 비욘이 말했다.

"내 것도!" 마니엘이 아까워죽겠다는 얼굴이었다.

두 남자는 서로를 쳐다봤다.

"몸 한번 심하게 풀었다고 생각하지 않나요?" 비욘이 평을 내렸다.

마니엘은 고개를 끄덕이면서 갈비뼈를 만졌다.

"왜요? 부러졌어요?" 엘라나가 걱정스러운 얼굴로 물었다.

"그런 것 같지는 않아요. 정신없이 얻어맞긴 했지만 그래도 갑옷이 막아주었으니까 뼈는 부러지지 않았을 겁니다."

엘라나가 수레에 뻗어 있는 식인귀를 쳐다봤다.

"어쨌든 브라보! 이런 괴물의 숨통을 끊어놓는 남자가 있을 줄이야, 정말 대단해요."

"단검으로 이런 괴물을 죽이는 여자가 있을 줄이야, 당신도 정말 대단했어요." 마니엘이 응수했다.

"내가 도움을 받은 것 같은데 맞지, 에월란?"

카미유는 식인귀가 쓰러져 있는 수레를 돌아서 다가왔다. 엘라나가 카미유의 어깨에 두 손을 얹었다.

"고맙다, 동생아. 네 단검이 내 목숨을 살렸어."

카미유는 동생이라고 불러주는 엘라나에게 행복한 미소를 지었다.

그러고는 엘라나에게 당한 식인귀를 유심히 살폈다. 데생으로 만든 첫 번째 단검이 여전히 식인귀의 목에 꽂혀 있었다. 다른 단검들은 사라지고 없었다. 카미유의 눈길을 좇던 엘라나가 다가와서 단검을 뽑았다.

"내 단검들은 이미 다 회수했어. 이건 네 거야."

카미유가 눈살을 찌푸렸다. 두옴 선생님은 데시나퇴르가 만든 사물은 제한된 시간, 고작 몇 초 동안 존재하다가 결국은 사라진다고 말했다. 그렇지만 이 단검은 아직 그대로 있었다. 면도칼처럼 날이 선 단검이 광채를 번쩍였고, 손잡이에 동그란 크리스털이 박혀 있었다.

"오랫동안 사용할 수 있을지 모르겠지만 이 칼은 언니가 가져요. 동생이 주는 선물이에요."

엘라나가 카미유를 포옹하고 나서 살림을 돌아봤다.

"너 어떻게 된 거 아냐? 딱 한 번 훈련을 받았을 뿐인데 그런 공격을 하다니!"

살림이 건방지게 미소를 지었다.

"배운 대로 한쪽 다리에 힘을 주고 발을 쭉 뻗었는데…… 잘된 거 아닌가요?"

"그건 맞아. 하지만 네 발목이 부러지지 않은 게 천만다행인 줄 알아!"

그때 비욘이 달려왔다.

"묵사발이 될 뻔했는데 네가 내 목숨을 구해줬어, 살림. 정말 고맙다, 살림. 이제부터 우리는 전투로 맺어진 형제야."

"카미유에게는 언니가 생겼고, 두옴 선생님은 우리의 할아버지고, 또 나는 방금 형이 생겼으니 우리는 멋진 가족이라고 할 수 있네요."

너스레를 떨던 살림은 비욘이 두 팔을 벌리자 펄쩍 뛰어오르면서 목을 끌어안았다.

"두옴 선생님은 곧 괜찮아질 거야." 그들에게 돌아온 에드윈이 말했다. "그냥 기절한 것뿐이야. 말들은 어떤가?"

그 말에 당황한 비욘과 마니엘이 난처한 눈빛을 주고받으면서 말들을 향해 뛰어갔다. 비욘의 말은 무사했지만 아르티스의 말이 다친 것 같았다. 마니엘이 조심스럽게 옆구리를 만져봤다.

"뼈 한두 개에 금이 간 것 같군." 마니엘이 진단했다. "며칠 동안은 말을 타지 말아야겠어."

에드윈이 죽은 식인귀를 수레에서 들어내게 했다. 그들은 길가에 널브러진 다른 식인귀들 옆에 옮겨놨다.

"다른 놈들이 또 있을까요?" 카미유가 물었다.

"가능성이 커." 에드윈이 걱정스러운 얼굴로 대답했다. "세 놈이 죽었으니 남은 무리가 혈안이 되어서 우리를 찾아다닐 테니까. 여길 빨리 떠야겠다."

명상 치료사가 시키는 대로 그들은 두옴 선생님을 수레에 실었다. 늙은 분석가는 아직 깨어나지 못하고 있었다. 아르티스가 고삐를 잡았고, 일행은 길을 떠났다.

"더 밀집한 대형을 이뤄야겠다." 에드윈이 말했다.

카미유는 남몰래 미소를 지었다. 에드윈이 전투에 대해 아무 말도 하지 않았지만 굳은 얼굴로 보아 자존심이 상한 것 같았다. 그는 위험을 알아채지 못했고, 전투는 그가 없는 동안에 벌어지지 않았는가. 그것은 에드윈 틸 일란 같은 전사가 받아들이기에 힘든 일이 틀림없었다.

7

스파이럴을 돌아다니는 데시나퇴르는 어딘가에서 데생이 그려질 때, 특히 그 방법이 위협적일 경우에는 대번에 알아차린다. 어떻게 알아차리는지는 개인마다 다르다. 본다고 하는 이들, 들린다고 하는 이들, 느낀다고 하는 이들도 있다. 상상을 실재로 만드는 걸 어떤 감각이라고 표현할 수 있을까. 적합한 어휘가 과연 존재할까……

엘리스 밀 트루이프, 알제이트 아카데미의 데시나퇴르 교수

두옴 선생님이 정오 휴식 시간 직전에 깨어났다.

가는 도중에 명상 치료사 아르티스는 두옴 선생님의 상태를 살피기 위해 여러 번 살림에게 고삐를 맡겼다. 살림은 딱 한 번 그것도 아주 짧게 수레를 몰아봤다는 말을 차마 고백하지 못하고 대신 마부석에 앉았다. 어쨌든 살림이 수레를 잘 몰았다기보다는 온순한 말들이 일정한 속도를 유지했다.

깨어난 두옴 선생님은 무슨 일이 있었는지 잘 기억하지 못했다. 점심 식사를 하는 동안 카미유가 식인귀들과의 전투 상황을 자세히 얘기해주었다.

"또 데생을 했단 말이지!" 두옴 선생님이 걱정했다.

"아주 사소한 것이었어요." 카미유가 대수롭지 않다는 듯이 대꾸

했다.

"그걸 말이라고 하는 거니?" 두옴 선생님이 나무랐다. "너의 데생은 아무리 하찮은 것이라도 스파이럴에서 소란을 일으키기 때문에 츨리쉬가 대번에 눈치를 챈단 말이다. 네가 만들었다는 단검을 보여다오."

엘라나가 단검을 내밀자 두옴 선생님이 이마에 주름을 잡으면서 유심히 살폈다.

"이건 실물이야, 에윌란." 두옴 선생님이 마침내 말했다.

"알아요. 하지만 다른 데생들과 똑같은데 좀 더 오래가는 거겠죠. 그리고……."

"아니! 이건 완전한 실물로 변했어. 500년 후에도 이 단검은 여전히 반짝거리고, 날이 서 있을 거다. 어떤 상상을 하면서 만들었니?"

"모르겠어요. 위급한 상황이었고 깊이 생각할 겨를이 없었어요."

"그러면 안 되지!" 두옴 선생님은 완고했다. "항상 행동에 옮기기 전에 먼저 깊이 생각해야지! 어떤 상상을 하면서 만들었는지 잘 기억해봐!"

"단단하고 날카로운 단검을 상상했던 것 같아요. 아주 강력한 칼이요!"

"당연히 그랬겠지." 두옴 선생님이 한숨을 내쉬었다. "에윌란, 지금부터 내 말 잘 들어. 대부분의 데시나퇴르는, 대부분이라는 건 거의 전부를 뜻하는 것이야, 일시적인 사물만 만들 수 있어. 또 그래야 하고. 정말 타고난 몇 명 안 되는 데시나퇴르도 그렇게 하려고 애쓰고 있어."

"왜요?" 카미유가 깜짝 놀랐다.

대답 대신에 두옴 선생님이 느닷없이, 비욘이 살피고 있는 갑옷 위로 칼을 던졌다. 금속 부딪는 소리는 났지만 두옴 선생님이 단검을 뽑아 햇빛에 비춰보니 칼날은 온전했다.

"단단한 칼을 상상했단 말이지? 날카로운 칼을 상상했단 말이지? 자, 봐라!"

두옴 선생님이 수레 가장자리에 칼을 꽂았다. 마치 나무가 아니라 버터에 박히듯 칼날이 쑥 들어갔다.

"데시나퇴르는 천부적인 능력으로 장난을 치지만 위반하지는 않아. 그런데 네가 만든 것은 일시적인 사물이 아냐. 이제 이해하겠니?"

카미유는 잠자코 고개를 끄덕였다. 두옴 선생님이 내미는 단검을 받아 든 엘라나는 유심히 살피고 나서 허리춤에 꽂았다.

"이런 칼을 데생하면 지난번에 만든 소나기보다 훨씬 요란한 표시를 낸다는 것을 알아야 한다. 츨리쉬들은 이제 네가 돌아왔다는 걸 알 거야. 네가 어디 있는지도 알고!"

카미유는 부끄러운 마음에 사과했다.

"죄송해요."

"이미 엎질러진 물인데 이제 와서 그런 말을 해봐야 무슨 소용……." 두옴 선생님의 말을 엘라나가 끊었다.

"그만하시죠! 얘는 내 목숨과 자신의 목숨 그리고 선생님의 목숨과 다른 사람들을 구했어요. 비욘과 마니엘이 각각 식인귀에게 당하고 있는데 그럼 어쩌라고요? 우리가 다 죽고 나면 에드윈 혼자서 식인귀 세 놈을 해치울 수 있었을까요?"

"나는……."

"아뇨! 선생님은 이 아이가 식물인간들을 깨우기를 바라고, 완전 무결한 데생을 그리기를 바라고, 또 완벽하길 바라면서 어떤 실수도 용납하지 않는군요. 하지만 어리석은 노인께서는 비판을 집어치우고 아이가 알아야 하는 것을 가르치는 게 우선 아닌가요?"

긴 침묵이 흘렀다.

엘라나가 열변을 토하는 동안 아무도 감히 입을 열지 못했다. 당황한 두옴 선생님이 아무 말도 못하고 있자 마침내 아르티스 발피에르가 헛기침을 하면서 말문을 열었다.

"어쩌면……."

아르티스는 입을 열지 말았으면 좋았을걸! 아르티스의 참견에 엘라나의 분노가 진정되기는커녕 폭발했다.

"당신, 당신은 입 다물어요! 한심하고 비겁하고 멍청하고 아무짝

에도 소용없는 주제에! 어른이 되어가지고 어린 살림만도 못한 사람이 무슨 할 말이 있다고! 아이들이 싸우는 동안 당신은 납작 엎드려 있었어요. 정말 역겨워서 쳐다볼 수가 없었단 말입니다!"

한 마디 한 마디 날아오는 말에 아르티스는 따귀를 맞는 것 같았다. 얼굴이 빨개졌다가 창백해진 아르티스는 목소리를 떨지 않기 위해 애를 쓰느라고 뺨에 경련이 일어났다.

"내가 당신의 손을 봤다는 걸 잊었나 보군요." 아르티스가 마치 자신의 말이 독이라도 되는 듯이 말했다.

휙, 하는 소리가 나더니 엘라나의 주먹에서 칼날이 번뜩였다. 마니엘이 끼어들려고 했지만 에드윈이 막았다.

"그냥 두게. 아르티스가 해서는 안 될 말을 했어."

에드윈의 단호한 목소리에 마니엘은 끽소리도 못하고 도로 물러나 앉았다.

엘라나가 천천히, 뭐라고 표현할 수 없는 유연한 걸음으로 아르티스에게 다가서는 순간 카미유는 최면에 걸리는 것처럼 정신이 몽롱해지고, 말이 목구멍에 달라붙은 것처럼 소리가 나오지 않았다. 엘라나가 뭐라고 중얼거리는 소리가 들리는 것 같았다. 아르티스가 힘겹게 일어났고, 엘라나는 1미터 앞에 서 있었다.

그 순간 주문에 걸린 것처럼 모두 마비가 되었다. 숨소리조차 들리지 않을 정도였다.

카미유는 마음과 달리 손 하나 까딱할 수가 없다는 걸 깨달았다. 카오스의 용병과 맞닥뜨렸을 때 정신이 몽롱해지던 기억이 났다. 느낌이 똑같았다.

그림자걸음 엘라나가 팔을 뻗더니 아르티스의 목덜미를 잡았다. 그러고는 다른 손으로 아르티스의 목에 칼날을 들이댔다. 이어서 그녀는 목덜미를 끌어당기면서 귀에 대고 말했다. 정적이 흐르고 있지만 그녀가 하는 말은 한 마디도 들리지 않았다. 파랗게 질린 아르티스의 이마에 송송 맺힌 굵은 땀방울이 뺨을 타고 흘러내렸다. 엘라나가 놓아주었을 때 아르티스의 목에 빨간 칼자국이 길게 나 있었다. 엘라나는 경멸하는 태도로 쳐다보다 돌아섰다.

"저쪽으로 가서 바람 좀 쐬어야겠어요. 출발할 때 불러요."

엘라나는 대답을 기다리지 않고 멀어져 갔다. 아르티스 발피에르가 주저앉는 사이에 비욘이 꿈에서 깬 것처럼 고개를 흔들었다.

"도대체 무슨 일이에요? 엘라나의 손이 그렇게 특별한가요?"

"궁금하면 가서 물어보든가!" 에드윈이 퉁명스럽게 대꾸했다.

"뭐 그럴 것까지는 없고요!"

"그럼 입 다물고 못 들은 척해야지!"

카미유는 에드윈이 누구에게 화를 내는 건지 알 수가 없었다. 그러다 에드윈이 아르티스에게 다가갔을 때 비로소 알았다.

"엘라나는 그림자걸음이네." 에드윈이 감정을 싹 지워버린 담담

한 목소리로 말했다. "자네를 위협하는 동안 그녀는 우리를 움직이지 못하게 하려고 천부적인 재능을 이용했지. 그림자걸음 길드의 기술을 몇 가지 알고 있는 나도 움직일 수가 없었네. 하지만 분명히 말하는데 그녀가 자네의 목을 베기로 결정했다고 해도 나는 말리지 않았을 걸세."

아르티스의 표정이 일그러졌다. 에드윈이 최후의 일침을 가했다.

"자네의 목숨은 유보 상태야, 아르티스. 엘라나는 언제든 생각을 바꿀 수 있네. 내가 그녀라면 주저치 않을 거야."

그렇게 말하고 나서 에드윈이 아연실색한 얼굴로 듣고 있는 사람들을 향해 돌아섰다.

"이제 출발이다! 여긴 위험해."

일행이 출발하는 순간에 엘라나가 합류했다. 그녀는 아르티스와의 일을 털어버린 것 같았고, 예의 미소도 되찾은 상태였다. 게다가 두옴 선생님에게 사과까지 했다.

"제가 좀 격했네요. 용서하세요."

"아니, 자네는 당연히 할 말을 한 것이네. 말투는 좀 듣기에 거칠었지만." 두옴 선생님이 인정했다. "어쨌든 우리가 에윌란에게 너무 많은 걸 요구하고 있는 것도 사실이니…… 나도 반성을 하고 앞으로는 좀 더 배려하도록 노력하겠네."

주의 깊게 듣고 있다가 고개를 끄덕이는 카미유를 보면서 두옴 선생님은 깨달았다.

"공부를 하자, 에윌란. 인내심 있는 선생이 되도록 노력하마."

두옴 선생님이 이어서 엘라나를 돌아봤다.

"그럼에도," 두옴 선생님이 인상을 쓰면서 덧붙였다. "자네가 나를 또다시 어리석은 늙은이로 취급한다면 그땐 가만있지 않겠네."

엘라나가 웃음을 터뜨렸고, 그 웃음소리에 일행 모두가 미소를 지었다. 뒤에서 말을 모는 아르티스 발피에르만 우울한 생각에 잠겨 있었다.

8

3000년! 궨달라비르에 인간이 존재한 것으로 추정하는 기간이다. 그렇다면 그 이전에는? 우리가 다른 세상 출신이라는 생각을 하게 만든다. 집단 이주라는 표현이 적합하다면 우리의 조상들을 이 땅에 이르게 한 것은 축지술이다!

엘리스 밀 트루이프, 알제이트 아카데미의 데시나퇴르 교수

한낮에 라이족이 공격해왔다.

그들이 협곡에 이르렀을 때였다. 살림이 끝없이 이어지는 오르막길을 바라보며 두려움을 느끼고 있을 때 고함 소리가 났다. 에드윈이 돌아보면서 욕설을 내뱉었다. 직선으로 난 길이라서 그들이 방금 통과한 고개 위로 라이족 무리가 뚜렷이 드러나 있었다.

카미유는 구역질이 났다. 라이족이 적어도 300미터쯤 떨어져 있지만 얼마나 흉측한지 충분히 보였기 때문이다.

라이족은 인간보다 키가 작지만 훨씬 다부진 체격이었다. 몸을 흔들면서 걷는 걸음걸이에 몸짓이 컸다. 조잡한 갑옷 차림에 검과 창, 도리깨 모양의 무기와 몽둥이 등 잡다한 무기를 휘두르고 있었다. 야만적인 고함을 내지르며 라이족이 비탈을 달려 내려왔다. 50여 놈

쯤 되는 것 같았다.

주위를 둘러보던 에드윈이 오르막길을 유심히 살피더니 명을 내렸다.

"말에서 내려라! 무기를 제외한 모든 것을 두고 나를 따르라!"

에드윈이 숲으로 들어가면서 가능한 한 빨리 전진하려고 애를 썼다. 뒤얽힌 잡목 숲을 뚫고 지나간다는 것은 거의 불가능한 일이기 때문에 카미유는 에드윈이 미친 게 아닐까 생각하면서 따라갔다. 게다가 라이족은 카미유 일행이 지나가면서 터놓은 통로를 이용하고 있으니 3분도 안 돼서 놈들이 몰려올 것이 아닌가.

갑자기 비포장도로라고 해도 될 정도로 넓은 길이 나타났다. 에드윈이 속도를 높였다.

카미유는 이내 숨이 가빴지만 두옴 선생님에 비하면 아무것도 아니었다. 두옴 선생님이 숨을 헐떡이며 간신히 걸음을 떼고 있었다.

라이족의 고함 소리가 더 또렷이 들렸다.

에드윈과 카미유가 선두를 유지하고 살림과 엘라나가 뒤를 따랐다. 녹초가 된 두옴 선생님이 아르티스의 뒤를 쫓아가고 비욘과 마니엘이 맨 뒤에서 달려오고 있었다.

교차로에 이르자 에드윈이 잠시 땅바닥을 살폈다. 마침내 방향을 결정한 에드윈이 다시 달리기 시작했다. 카미유는 한순간 오솔길이 사라질 거라고 생각했는데 잡목림 모퉁이에서 또다시 사람 둘이 지나갈 정도로 넓은 길이 나타났다.

뒤에서 비욘이 두옴 선생님을 격려했다.

"조금만 더 힘을 내세요! 곧 도착합니다!"

카미유가 속으로 말했다. 어디에 도착하는데? 정말 저 괴물들을 떨쳐낼 수 있을까?

카미유는 비욘이 두옴 선생님에게 용기를 주면서 두려움을 떨쳐 내려고 애쓰고 있다는 걸 알아차렸다. 라이족의 괴성이 아주 가까워졌다. 카미유는 위험을 무릅쓰고 뒤돌아보다 쫓아오는 라이를 발견했다.

인간과 유사한 땅딸막한 체구에 멧돼지 얼굴, 송곳니 두 개가 아랫입술 밑으로 삐죽 나와 있고, 푸르스름한 피부는 오톨도톨한 혹이 덮여 있었다. 침과 칼날 같은 것이 비죽비죽한 얇은 갑옷을 입은 라이가 끝이 구부러진 검을 들고 있었다. 그 뒤로 흉측하게 생긴 라이족 넷이 뛰어왔다. 싸움을 피할 수 없다는 걸 느낀 마니엘이 걸음을 멈추고 홱 돌아서서 창을 내밀었는데 첫 번째 라이가 찔렸다.

이번에는 비욘이 멈춰 섰다. 그가 묵직한 도끼를 휘두르면서 마니엘 옆에 섰다. 그 순간 에드윈이 카미유의 어깨를 잡고 명했다.

"뛰어!"

카미유는 복종했다.

갑자기 싸우는 소리가 약해졌다. 카미유는 심장이 오그라드는 느낌이 들었다. 비욘과 마니엘이 나를 살리기 위해 희생된 것일까?

에드윈은 어마어마하게 큰 나무 밑동, 헤치고 들어갈 수 없는 잡목, 위협적인 가시덤불 사이를 요리조리 피하면서 카미유를 이끌었다. 카미유는 낮은 나뭇가지를 피하기 위해 허리를 숙이고, 그루터기를 뛰어넘어야 했지만 그들이 따라가는 길은 마치 잘 다져놓은 오솔길 같았다.

바로 뒤에서 살림과 엘라나가 보조를 맞추며 뛰어왔다. 카미유는 자신만 힘들어하는 것 같았다. 심장이 두방망이질 치고, 옆구리가 결리고, 다리가 점점 무거워졌다. 오솔길이 큰 바위들 사이로 구불구불 이어지고 있었다. 카미유는 어찌나 숨이 찬지 가슴이 터질 것 같았다.

갑자기 에드윈이 걸음을 멈추었다. 그 바람에 뒤따라오던 이들과 하마터면 충돌할 뻔했지만, 에드윈이 입 다물라는 신호를 보내며 귀를 기울이는데 시선은 앞쪽으로 향해 있었다.

이번에는 두옴 선생님과 아르티스 발피에르가 도착했다. 창백한 얼굴로 숨쉬는 것조차 힘든지 가슴을 부여잡은 두옴 선생님을 아르티스가 부축했다.

에드윈은 여전히 귀를 기울이고 있었다.

마침내 에드윈이 동지들을 향해 돌아섰다.

"내 신호를 기다리고 있다가 직진한다." 에드윈이 나직한 소리로 지시를 내렸다. "가파른 내리막길을 따라가다 보면 주도로에 이를 것이다. 우리가 아까 수레를 두고 떠났던 장소에서 그리 멀지 않은 곳이다. 무슨 일이 있어도 멈추면 안 된다!"

엘라나가 질문을 하려고 했지만 에드윈이 손짓으로 막았다. 에드윈이 이번에는 뒤쪽을 향해 귀를 기울였다. 뛰어오는 발소리가 울리자 에드윈이 안도의 미소를 지었다. 비욘과 마니엘이 오솔길 모퉁이에 나타났다. 그들은 피투성이였지만 부상을 입지는 않은 것 같았다.

비욘이 상황을 설명하려는데 에드윈이 조용히 하라는 명을 내렸다.

몇 초 후, 라이족의 괴성이 들리자 깜짝 놀란 살림이 도망치려고 했다. 에드윈이 살림의 어깨를 잡았다.

"기다려!"

첫 번째 라이가 10미터쯤 앞에 나타났다. 그렇게 가까이에서 그들을 본 것에 놀랐는지 라이가 속도를 늦추었다.

"자, 가자!" 에드윈이 외쳤다.

에드윈이 카미유의 팔을 잡아끌면서 달렸다. 일행도 뒤를 따랐다.

에드윈의 판단은 옳았다. 처음에는 완만하다가 점점 경사가 심해지는 내리막길이었다. 주위의 바위들이 점점 더 높아지고, 울퉁불퉁한 땅에 발길이 차이지 않게 조심해야 했다.

갑자기 지면이 평평해지면서 식물이 듬성듬성해졌고, 그들은 빈터에 이르렀다. 라이족이 바짝 뒤쫓아왔다.

허름한 오두막이 옹기종기 모여 있고, 거기 식인귀 열두 명이 보였다.

느닷없이 인간들이 들이닥친 것에 어리둥절한지 식인귀들은 즉각적인 반응을 보이지 않았다. 식인귀들이 움직이기 시작했을 때 카미유 일행은 거의 빈터를 통과하고 있었다.

그러나 언제 왔는지 식인귀 하나가 길목을 가로막고 섰다. 에드윈이 주저 없이 어깨 뒤에서 검을 뽑아 들더니 휙, 휙, 번개같이 공기를 갈랐다.

식인귀가 푹 쓰러졌다.

그들은 숲 기슭에 이르렀다.

"무조건 뛰어!" 에드윈이 명령했다. "나는 곧 따라갈 것이다. 비욘, 선두에 서!"

비욘이 복종했고, 에드윈은 멈춰 섰다. 엘라나가 옆에 섰다. 에드윈은 미소만 지을 뿐 아무 말도 하지 않았다. 나머지 일행은 숲 속으로 사라졌다.

한편 빈터에서는 라이족과 식인귀 무리가 충돌했다. 분노의 고함 소리가 들리면서 접전이 벌어졌다. 엘라나는 미친 듯이 날뛰는 식인귀가 라이의 몸을 들어서 빙빙 돌리며 주위를 물리치는 장면을 보았다. 칼에 찔린 또 다른 식인귀가 포효하면서 라이들의 머리통을 부수고 팔을 뽑아버리고 있었다. 식인귀들이 우세한 것이 명백해졌을 때 에드윈이 엘라나를 돌아보며 말했다.

"이제 가도 되겠소."

엘라나가 감탄하는 눈길을 보냈다.

"식인귀들이 여기 있다는 걸 어떻게 알았어요?"

"이 지역에서 오랫동안 살았으니까요. 특히 그쪽에 식인귀가 많았지요. 게다가 식인귀들은 대개 예측 가능한 행동을 하기 때문에 그들을 찾아내는 것쯤이야 어려운 일이 아니죠."

엘라나가 고개를 끄덕였다.

"우리를 쫓아오지 않을까요?"

"식인귀들은 그리 영리하지 못해요. 그리고 라이들이 있으니 적어도 일주일은 먹을 것이 생겼는데 우리를 쫓아올 리가 없지요. 놈들은 오직 배를 채우는 것이 중요하니까. 자, 갑시다."

라이들이 갈가리 찢기고 있는 빈터를 마지막으로 힐끔 쳐다본 뒤에 에드윈과 엘라나가 오솔길을 향해 달렸다.

그들이 주도로에 이르렀을 때 일행이 흩어져 있는 말들을 끌어왔다. 두옴 선생님이 눈짓으로 에드윈에게 물었다.

"잘됐습니다." 에드윈이 말했다. "츨리쉬들을 만날 때까지는 안심해도 됩니다."

"그런데 라이족이 어떻게 여기서 나타나죠?" 비욘이 이해할 수 없다는 얼굴로 물었다. "라이족은 지금 북부지방에서 제국 군대와 싸우고 있는 걸로 알았는데요."

"거기서 싸우고 있지." 에드윈이 대꾸했다. "저놈들은 츨리쉬들이 보낸 것이 틀림없어."

"내 데생 때문에 츨리쉬들이 우리의 위치를 알아낸 거예요." 카미유가 말했다. "그런데 츨리쉬들은 작전이 제대로 수행되었는지를 어떻게 확인하죠?"

두옴 선생님의 상태가 더 나빠질 경우 빨리 손을 쓰기 위해 명상 치료사 아르티스가 곁을 지켰다. 두옴 선생님이 힘겹게 대답했다.

"츨리쉬들도 가만히 앉아서는 알 수가 없어. 어쨌든 츨리쉬들이 북부지방으로 보내려고 했던 라이들이 죽었으니…… 내 생각에는 네가 죽었는지 확인하기 위해 놈들이 축지술을 사용할 가능성이 있어. 그러니까 에윌란, 지금부터는 어떤 데생도 그려서는 안 돼. 에드윈, 가능한 한 빨리 여길 떠나야 하네."

에드윈이 고개를 끄덕였다.

"말은 쉽지요. 타즈 언덕을 통과할 때까지는 다른 길이 없습니다. 이틀 후에는 선택할 길이 많지만."

"그럼 오늘 밤은 쉬지 말고 계속 가면 되겠네요." 살림이 감히 제안했다.

"그러면 내일 저녁에는 언덕을 벗어날 수 있겠지. 하지만 우리가 너무 지쳐서 악당들과 마주치면 위험해질 텐데 괜찮을까?"

살림이 괜히 말을 꺼냈다는 얼굴을 했다.

"함부로 끼어드는 게 아닌데 죄송합니다."

"그렇게 자책할 필요는 없다." 에드윈이 안심시켰다. "네가 바보 같은 말을 한 건 아니니까. 게다가 나는 위험을 무릅써서라도 언덕을 빠르게 통과할 생각이거든. 두옴 선생님, 아르티스와 수레 짐칸에 오르세요. 아니, 아무 말 마세요, 그래봐야 소용없으니까. 살림. 네가 수레를 몰아, 알았지?"

살림이 어깨를 쭉 폈다. 살림이 미처 허풍을 떨 겨를도 없이 에드윈이 말을 이었다.

"에윌란, 너는 살림 옆에 앉아. 비탈길에서는 좀 무겁겠지만 선택의 여지가 없어. 엘라나와 마니엘 그리고……."

"한스의 말을 탈게요." 카미유가 말을 잘랐다.

"말 탈 줄 아니?" 에드윈이 놀랐다.

"몰아본 적은 없지만 할 수 있을 것 같아요." 카미유가 태연하게 대답했다.

에드윈이 카미유를 잠시 쳐다보다가 승낙했다.

"안 될 것 없지. 네가 말을 몰 줄 알면 수레 짐칸에서 교대로 휴식을 취할 수 있으니까 순조롭게 전진할 수 있겠지."

"내 말 뮈르뮈르를 타." 엘라나가 제안했다. "근육을 많이 사용하는 전투용 종마보다는 더 온순한 말이니까."

엘라나의 검정 말은 다른 말들보다 몸집이 작고 날씬한 데다 눈빛이 온화하고 영리해 보였다. 카미유는 처음 보는 순간부터 멋진 말이라고 생각했다.

카미유는 어른들이 하는 걸 눈여겨봤기 때문에 말에 다가서서 눈 사이를 부드럽게 긁어주었다. 말이 얌전히 있었다.

"제법인데!" 관찰하던 엘라나가 말했다. "말 타는 건 아무 문제 없을 것 같구나. 뮈르뮈르가 이미 너를 좋아하고 있거든."

엘라나가 기본적인 기술을 빠르게 설명하고 나서 안장에 올라앉게 도와주었다.

"어때? 기분이 어떠니?"

카미유는 선뜻 대답할 수가 없었다. 말을 많이 타본 것처럼 익숙한 느낌이 드는데 그것이 오히려 혼란스러웠다. 머리가 기억하지 못하는 것을 몸이 기억하는 걸까?

"야호!" 카미유가 마침내 탄성을 질렀다.

"그럼 출발!" 에드윈이 외쳤다.

살림은 말에 올라탄 친구를 부러운 얼굴로 바라보았지만 자신에게도 임무가 있었다. 고삐를 잡자 카미유 못지않게 중요한 존재라는 느낌이 들었던 것이다. 살림이 미소를 되찾았다.

"이랴, 코코트! 이랴, 부리숑!" 살림이 소리쳤다.

오르막길에서 수레가 몹시 흔들렸다. 뮈르뮈르에 올라탄 카미유는 아주 편안했다. 말이 마치 카미유의 생각을 읽고 있는 듯 알아서 움직이면서 중심을 잃지 않고 편안함을 느끼게 신경을 써주었다. 엘라나가 카미유 바로 옆에서 한스의 말을 몰았다.

"놀라운 솜씨야! 계속 말을 타고 살아온 사람이라고 해도 믿겠어."

9

명상 치료사들은 스파이럴을 돌아다니지 않고 데생을 그린다. 우리의 데생 기술은 인간의 신체 기능, 수족의 움직임, 세포조직의 구조에 집중되어 있다. 우리는 명상을 하고, 우리의 명상이 치료한다.

카르보이스트 수도원장, 7서클의 회고록

밤이 되었지만 그들은 별빛에 이어 달빛을 받으며 계속 전진했다. 한밤에 말을 모는 것은 황홀한 경험이었다. 언제 왔는지 에드윈이 수레에 가서 자라고 말했을 때 카미유는 깜짝 놀랐다.

"피곤하지 않은데요."

마지못해서 말에서 내린 카미유가 마니엘이 방금 비워준 자리에 누웠다. 여전히 두옴 선생님 곁을 지키는 명상 치료사 아르티스는 근심 어린 얼굴이었다. 두옴 선생님이 의식이 없는 상태인데도 가슴에 통증을 느끼며 힘겹게 숨을 쉬고 있었다.

"아직은 뭐라고 진단할 수가 없어요, 아가씨." 아르티스가 설명했다. "선생님이 극도로 피로한 상태라서 정확한 진단을 내릴 수가 없거든요. 기다려봐야 알겠어요."

카미유는 할 말이 없었다. 두옴 선생님은 죽지 않을 거란 생각을 하면서 카미유는 눈을 감았다.

한밤중에 엘라나가 깊이 잠든 카미유를 깨웠다. 살림은 카미유 옆에서 웅크린 자세로 자고 아르티스가 수레를 몰았다. 두옴 선생님은 움직이지 않고 있었다. 어둠 속이라 카미유는 선생님이 깨어 있는지 알 수가 없었다.

"뮈르뮈르가 기다리고 있어." 엘라나가 속삭였다.

카미유가 미소를 지으면서 일어났다. 검정 말이 수레 가로장에 옆구리를 붙인 채 걷고 있어서 펄쩍 뛰면 등에 오를 수 있었다. 엘라나는 카미유가 있던 자리에 누웠고, 긴 밤이 이어졌다.

얼마나 지났을까, 동틀 무렵에 잡목림에서 또다시 바스락거리는 소리가 났다. 주행성 동물들이 보금자리를 나오고 있었다. 카미유는 긴장이 풀리면서 행복한 느낌이 들었다.

차츰 별빛이 희미해지면서 날이 샜다. 에드윈이 아침을 먹기 위해 시야가 탁 트인 장소에서 정지 명령을 내렸다.

"이제는 큰 위험이 없을 것이다. 따라서 서두를 필요는 없을 거라고 생각한다. 한낮에 언덕을 벗어날 것이니 이제부터 알제이트로 가는 길은 순탄할 것이다. 적어도 폴리마즈 강을 건널 때까지는."

두옴 선생님은 여전히 상태가 좋지 않았다.

"휴식이 필요하십니다." 아르티스 발피에르가 말했다. "육신이 회복되지 않으면 제 기술은 소용이 없지요."

수레 짐칸에 누운 두옴 선생님은 얼굴이 아주 창백했고, 가슴과 왼팔에 통증을 호소했다.

"명상 치료사가 아니라도 선생님의 심장에 무리가 있었다는 것쯤은 알아요." 엘라나가 내뱉었다. "그 나이에 그렇게 뛰었는데……."

아르티스가 대꾸하려는 순간 에드윈이 나서서 말했다.

"그래도 뛰지 않았으면 죽었을 거요. 지금부터 내 말을 잘 들으시오! 타즈 언덕을 넘었다고 해도 알제이트에 도착한 것은 아니오. 무사히 도착하려면 우리는 하나가 되어야 하고 어리석은 말싸움으로 에너지를 소비하지 말아야 합니다."

짤막한 질타였지만 효과가 있었다. 엘라나가 입을 다물었고, 아르티스는 고개를 돌리고 환자를 돌봤다.

아침나절은 거의 정적 속에 지나갔다. 각자 생각에 잠겼고, 몇 마디를 주고받더라도 10분도 안 돼서 대화가 끝났다.

살림은 자신에 대해 생각했다. 카미유를 따르기로 결정한 것은 이제껏 알고 지내온 모든 사람, 가족이 살고 있는 세상과 관계를 끊는 것임을 새삼 느끼고 있었다. 지금은 행복하지만 미지의 세상이 제공하는 알 수 없는 미래는 불안하기 짝이 없었다. 전쟁은 언젠가 끝날 것이다. 그럼 어떻게 되는 거지? 그때는 어디로 가야 하지? 카미유와 계속 같이 지낼 수 있을까?

최근에 함께 지내고 있는 어른들을 유심히 살펴봤다. 그들은 이미 가족보다 더 가까운 사이가 되어 있었다.

거인 마니엘. 알보르의 병사, 훈련과 군기로 단련된 직업군인. 마니엘은 동료 한스가 죽은 뒤로 마음을 열었다. 그는 너그럽고 호의적인 진짜 얼굴을 보여주기 시작했지만, 살림은 결코 병사가 될 수 없다는 걸 느꼈다.

기사 비욘. 살림은 기사가 어떻게 살아가는지 알 수가 없었다. 어린 나이지만 모험을 찾아 방방곡곡을 돌아다니며 살아가려면 그래도 돈, 땅, 재산이 필요하다는 것쯤은 알고 있었다. 살림은 아무것도 가진 게 없지 않은가!

에드윈. 존재한다고 믿기 어려운 인물. 에드윈 같은 사람이 된다는 건 생각도 할 수 없는 일이었다.

명상 치료사 아르티스. 고약하지는 않지만 정말 호감이 가지 않는 이상한 사람. 살림은 옹디안 수도원만큼 멋진 곳이라고 해도 몇 년 동안 한곳에 갇혀 있고 싶은 생각이 추호도 없었다.

분석가 두옴 선생님. 언젠가는 선생님만큼 늙을 수 있다는 걸 생각하기도 싫었다. 어쨌든 살림은 다른 세계에서 태어났고, 타고난 재능이라곤 쥐꼬리만큼도 없었다. 종이가 아닌 다른 데에 데생할 생각 따위는 할 필요가 없었다.

그림자걸음 엘라나. 살림과 눈이 마주치자 엘라나가 미소를 지어 보였다. 엘라나는 살림이 좋아하는 모든 것을 갖추었다. 그녀는 자유롭고, 반항적이고, 발랄하고, 쾌활한 성격이었다. 살림은 엘라나의 지도로 시작했던 첫 훈련을 떠올렸다. 몸에 딱 맞는 옷을 입은 느낌이었다. 엘라나가 그림자걸음에 대해서는 아무 말도 하지 않았지만, 살림은 그림자걸음이 되려면 최소한 몇 달은 훈련해야 할 것이라고 생각했다. 더욱이 그림자걸음으로 사는 인생에는 병사나 명상 치료사, 기사로 사는 인생과는 다른 매력적인 면이 분명히 있었다. 살림은 수많은 미래의 모습 중에서 그림자걸음으로 사는 모습을 떠올려봤다. 그림자걸음이 되어 있는 모습은 비록 몇 초 동안의 상상에 불과하지만 그것만으로도 살림은 너무나 행복했다.

10

울퉁불퉁한 지붕에서
만나는 밤은
다정하다

　　　　　　　엘룬드릴 샤리아킨, 전설의 그림자걸음

점심시간이 되었는데도 에드윈이 휴식을 명하지 않았다. 그들은 말이나 수레에 앉은 채로 약초 빵과 흰개미들이 갉아 먹은 파이를 먹는 것으로 만족해야 했다.

카미유는 곡물상인 워우워우의 수레에서 처음으로 이 세상의 음식을 맛보던 때를 떠올리면서 미소를 지었다. 이제는 알라비리 사람들이 음식을 만들 때 섞는 약초 때문에 향이 강한 돼지고기 음식이 입에 맞기 시작했다.

카미유는 기분이 좋았다. 말 등에서 밤을 보낸 덕분에 감각 세계가 열려 있었다. 카미유는 말과 완벽하게 일체가 되었고, 그런 소중한 경험을 하게 해준 엘라나가 고마웠다. 그렇지만 생리적 욕구를 해소하기 위해 말에서 내렸을 때 카미유는 다리가 뻐근하고 엉덩이 살갗이 벗겨진 것을 알았다.

　가까운 덤불을 향해 절룩절룩 걸어가는 카미유를 보면서 비욘이 외쳤다.

　"기사의 세계에 입문한 걸 환영한다!"

　카미유는 대꾸하지 않고 있다가 에드윈이 살림 옆에 가서 앉으라고 했을 때 내심 반가웠다.

　"이제부터는 내리막길이라서 네가 타도 말들이 수레를 끄는 데는 문제없을 거야." 에드윈이 빙긋이 웃으면서 말했다. "난 네가 건강한 몸으로 무사히 알제이트에 도착하기 바라거든."

　카미유가 마부석에 앉은 살림 옆에 앉았다.

　"와우, 드디어 만났네. 이게 얼마 만이지? 어떻게 지냈어?"

　"그럭저럭." 친구의 유머를 다시 듣게 된 것이 기쁜 카미유가 말했다. "식인귀들이 여기서 튀어나오고 저기서 튀어나오고, 라이 무리가 쫓아오기도 하고…… 그것 말고는 특별한 것 없었어. 너는?"

　"비슷하지, 뭐! 이젠 여행이 따분해지기 시작했어. 비욘 형님이 빨리 큰 실수를 저질러서 우리를 곤경에 빠뜨렸으면 좋겠어."

　"너 수레를 몰고 있어서 운 좋은 줄 알아!" 대화를 들었는지 비욘이 버럭 소리를 질렀다.

　"마니엘 아저씨!" 살림이 불렀다. "비욘 형님이 또 폭발했어요. 진정 좀 하게 저 형님의 숨통을 조여줄래요?"

난 왜 아저씨야? 하는 얼굴로 마니엘이 환하게 웃자 분위기가 다시 좋아지는 걸 보고 으쓱해진 살림이 계속 밀어붙였다.

"너무 좋아하지 마요." 살림이 거인에게 조언했다. "엘라나 누님은 한 손만 써도 아저씨를 공중으로 날려버릴 거라고요!"

"누가 그래?" 마니엘이 물었다.

"우리 세상의 모든 신문에 기사가 났거든요. '거구의 마니엘이 호리호리한 엘라나에게 또다시 꼼짝없이 당하다!'"

"너무 심했어!" 카미유가 소곤거렸다. "마니엘을 아직 잘 알지도 못하면서 너무 까부는 거 아냐?"

그러나 마니엘이 껄껄대고 웃자 비욘과 엘라나가 따라 웃었.

살림은 마지막 농담을 던지기로 했다.

"그런데 엘라나 누님도 완벽한 건 아니란 말이죠. 에드윈 대장님의 목숨을 세 번 구해주겠다는 맹세를 하면서 스스로 자신을 구속한 것으로 알고 있거든요. 근데 그렇게 되려면 적어도 300년은 걸리는 게 문제란 말이죠. 그러니까 엘라나 누님도 알고 보면 헛똑똑이란 말이죠!"

"이 녀석, 넌 너무 말이 많아!" 에드윈이 끼어들었다.

갑자기 살림이 기가 죽는 것 같았다.

"그렇게 생각하세요?"

"그래."

에드윈의 목소리에는 특별한 감정이 섞여 있지 않았다. 그런데 에드윈의 말 한마디에 살림이 움츠러들면서 어쩔 줄 몰라했다. 게다가 살림이 간절한 눈빛으로 카미유에게 도움을 청했다.

"근데 너 에드윈 앞에서는 왜 그렇게 절절매는데?" 카미유가 화제를 돌렸다. "다른 사람들한테는 할 말 못할 말 없이 까불면서."

"꼭 그렇지는 않아." 기분이 좋아진 살림이 응수했다. "두옴 선생님께 말할 때도 그래. 아르티스에게는 어떤 말투를 사용하는지 모르겠지만. 생각해보니까 말을 건넨 적이 없는 것 같다. 근데 너도 두옴 선생님한테 말할 때는 공손하잖아."

"두옴 선생님한테는 당연히 그래야지. 네가 말했잖아, 선생님은 우리의 할아버지라고. 하지만 에드윈은 마니엘보다 나이가 많지 않고, 비욘보다는 겨우 몇 살 위야."

살림이 잠시 생각하다가 어깨를 으쓱했다.

"모르겠어. 어쨌든 에드윈은 인간이라는 느낌이 안 들거든. 웃는 걸 딱 한 번 본 적 있는데 그게 언제였느냐 하면 네 오빠를 찾으러 떠나기 전, 호수에서 물장구칠 때였어. 에드윈은 깊은 생각에 잠겨 있다가 명령을 내리거나 행동하는 것이 전부야. 넌 기계 같다는 생각 안 들어?"

둘은 나직한 소리로 말하고 있어서 아무도 듣지 않는다고 확신하고 있었다. 그런데 뒤에서 나는 소리에 소스라치게 놀랐다.

"속단하지 마라." 두옴 선생님이 힘없는 목소리로 말했다. "에드윈 틸 일란에게는 세 가지 삶이 있어. 그는 제국에 자신의 인생을 바쳤어. 에드윈이 없었다면 우리는 오래전에 라이족의 지배를 받았을 거야. 퀜달라비르가 살아남느냐, 죽느냐는 에월란 너에게 달려 있고. 그래서 나는 너와 에드윈의 만남이 우연이라고 생각하지 않는다. 그는 너를 알제이트로 데려간 다음 십중팔구 식물인간들에게 인도할 거야. 에드윈 같은 인물에게도 그건 막중한 책임이지."

"그렇지만 에드윈은 질문을 받지 않는 것 같아요." 살림이 반박했다. "늘 명령을 내리고, 다른 사람들은 복종하잖아요."

"그건 그렇게 단순한 문제가 아니다." 두옴 선생님이 응수했다.

"에드윈은 가슴 아픈 결정을 내려야 하니까. 자신에 대한 회의를 가슴속에 묻어두는 힘이 있을 뿐이지. 우리의 목숨을 지키기 위해서."

"가슴 아픈 결정이요?" 살림이 물었다.

"정신 나간 사람이라면 몰라도 어제처럼 자기는 에월란을 데리고 도망치면서 비욘과 마니엘에게 희생하라는 명을 쉽게 내릴 수 있다고 생각하니? 그가 가슴 아파하지 않고 그들을 죽게 내버려둘 수 있다고 생각하니? 왜 그랬는지 아니?"

"아니요……."

"에월란을 구하기 위해서라면 에드윈은 우리 모두를 희생시킬 각오가 되어 있을 거다. 식물인간들을 깨울 가능성을 높이는 일에 방해가 된다면 우리를 위해서는 새끼손가락 하나 까딱하지 않을 거야. 가슴이 찢어지게 아파도 주저치 않을 거야. 그러니까 기계 아니냐고? 그 질문에는 대답하지 않겠다. 사람은 겉만 보고 섣불리 판단하면 안 되는 거야."

두옴 선생님이 얼굴을 일그러뜨리면서 가슴을 부여잡자 아르티스 발피에르가 얼른 살폈다. 그러나 심각한 것이 아니라서 두옴 선생님이 아르티스를 밀쳐냈다.

"괜찮네, 아르티스. 걱정 말게, 난 끄떡없으니까!"

카미유가 주머니 안의 스피어그래프를 만지작거렸다. 이제는 보드랍고 매끄러운 돌을 만지는 것이 습관이 되어버린 카미유는 에드윈과 처음 만나던 때를 떠올렸다.

"우리가 바라일 숲에 있을 때 에드윈이 나타나서 괴력거미들로부터 우리를 구해줬어요. 에드윈은 그날 임무가 있어서 파엘족을 만나러 가는 길이었다고 했어요. 에드윈을 배신하는 것이 아니라면 좀 더 자세히 말씀해주시겠어요?"

"그랬겠지. 파엘족은 언아더월드에 사는 종족이니까."

"제국의 동맹국인가요?" 카미유가 물었다.

"우리를 돕기 위해 전쟁에 돌입할 정도는 아냐. 이따금 퀜달라비르로 여행하는 이들이 있고, 흔한 일은 아니지만 바라일 숲을 지나가는 알라비리 사람들도 푸대접을 받은 적이 없었다. 하지만 우리의 교류는 거기까지야. 아마 에드윈은 파엘족을 만나서 제국을 도와 달라고 설득하는 임무를 맡았을 거다. 파엘족은 라이족을 싫어하지만 그들을 설득하는 것이 쉬운 일은 아니지. 정부를 구성하지 않고 자주적이고 독립적으로 생활하는 종족이라서 속내를 파악하기가 몹시 힘들거든."

그 순간 그들은 마지막 언덕의 정상을 넘었다. 눈앞에 풀이 무성한 초원과 곳곳에 쭉쭉 뻗은 나무숲이 펼쳐졌다.

초원으로 이어지는 내리막길은 지그재그를 그리고 있었다. 그다음 지평선을 가로막는 높은 바위 장벽까지 직선 도로로 이어졌다.

"저기가 뾰족바위 절벽이다." 에드윈이 고개 꼭대기에서 멈추고 가리켰다. "높이가 300미터 넘는 천연장벽이 셴 호수에서부터 바다까지 길게 이어지지."

카미유가 에드윈의 설명을 듣기 위해 지도를 꺼냈다.

"뾰족바위 절벽은 몹시 가파르고 아주 좁아." 에드윈이 말을 이었다. "흡혈귀의 협로를 통과하면 우리의 여정에서 유일하게 문명화되고 안전한 도시에 도달하는 것이다. 출발!"

살림이 고삐를 힘껏 잡아당겼고 수레는 내리막길로 들어섰다.

그들은 이내 초원에 이르렀다. 카미유는 탁 트인 공간으로 가는 것이 기뻤다. 식인귀들과 전투를 벌인 뒤로는 특히 타즈 언덕의 빽빽한 식물과 답답한 시야가 불안했다.

날이 저물고 있었다. 하늘이 차츰 붉게 물들고, 시원한 바람이 불면서 아늑한 기운이 퍼지는 것 같았다.

"어두워지기 전에 협로를 통과하는 게 좋아." 에드윈이 말했다. "언덕보다는 초원이 더 안전하지만 언제 위험한 것들이 나타날지 모르거든."

"뾰족바위 절벽까지 가려면 아직 멀었어요?" 눈앞에 까마득히 펼쳐진 초원에서 지표를 찾기가 힘든 카미유가 물었다.

"이 속도로 가면 두 시간쯤 걸릴 거다. 흡혈귀의 협로 입구에서 야영할 거야. 공격을 받게 되더라도 거기서는 아주 효과적으로 방어할 수 있거든."

"흡혈귀라고 말씀하셨는데 식인귀보다 더 무시무시한가 보죠?" 살림이 물었다.

"궨달라비르 남부지방에서는 수백 년 동안 흡혈귀가 나타난 적이 없어." 에드윈이 안심시켰다. "협로의 이름이 흡혈귀라는 것이지 내가 위험하다고 한 건 동물을 말한 거였다. 초원에는 야수들이 우글거리는데 호랑이나 곰도 때로는 식인귀 못지않게 위험할 수 있거든."

　바로 그 순간 뒤에서 나는 소리는 동물이 지르는 소리가 아니었다. 라이족 무리가 언덕 밑에 유형화되었다.

11

  수세기 동안 알라비리인 데시나퇴르들은 축지술을 사용하여 사물이나 인간을 이동시키려고 노력했다. 그러나 성공하지 못했다. 츨리쉬들만 지니고 있는 능력이기 때문이다.

엘리스 밀 트루이프, 알제이트 아카데미의 데시나퇴르 교수

  "이런, 빌어먹을!" 비욘이 외쳤다. "식인귀들이 모조리 해치웠을 거라고 생각했는데!"

  "같은 놈들이 아니다." 에드윈이 침착하게 말했다.

  "믿을 수 없군!" 두옴 선생님이 팔꿈치를 괴어 몸을 일으키고 내뱉었다. "이렇게 짧은 간격으로 두 무리를 파견하다니! 저런 인원을 축지술로 이동시킨다는 것은 힘든 일인데…… 한꺼번에 출발한 것이 틀림없어. 도대체 몇 놈을 파견했는지 계산이나 좀……."

  "지금은 그럴 때가 아닙니다!" 에드윈이 딱 잘라 말했다.

  에드윈이 잠시 생각에 잠겼다가 다시 구체적인 지시를 내렸다.

  "에윌란, 너는 뮈르뮈르를 타. 엘라나, 당신은 아르티스의 회색 말을 타요. 좀 다쳤지만 당신은 가벼우니까 견뎌낼 거요. 아르티스, 자

네는 두옴 선생님을 수레에 남겨두고 한스의 말을 타게. 살림, 너는 수레를 전속력으로 몰아. 아무도 에윌란을 추월하지 말아야 한다!"

"내가 회색 말을 탈게요. 엘라나보다는 내가 더 가벼우니까요."

카미유가 말했다.

"안 돼!" 에드윈이 한마디로 딱 잘라버렸다. "비욘과 마니엘은 나와 함께 후위를 맡는다. 우리는 교전을 피할 것이지만 놈들이 추월하지 못하게 막아야 한다. 다들 알았나?"

"우리는 말을 타고 달리고 놈들은 멀리서 걸어오고 있는데 설마 그럴 리야 있겠습니까?" 비욘이 지적했다.

"그럼 자네는 기다렸다가 평지에서 그들이 어떻게 달리는지 한번 지켜보든가! 군말하지 말고 시키는 대로 서둘러라!"

살림이 수레를 멈추자 카미유가 말에 올랐다.

"목덜미를 붙잡고 납작 엎드려 있으면 뮈르뮈르가 알아서 할 거야." 엘라나가 조언했다.

엘라나가 말의 귀에 대고 무슨 말인가를 속삭이고 나서 상처 난 옆구리를 건드리지 않으려고 조심하면서 회색 말에 올랐다.

"전진!" 에드윈이 외쳤다.

그들은 말에 박차를 가했다.

말들이 질풍처럼 내달렸고, 라이족과의 거리는 점점 더 벌어졌다. 그렇게 30분 이상 질주하자 그들은 차츰 이틀 밤낮으로 내달린 피로가 몰려왔다. 코코트와 부리숑을 부추기려고 애쓰는 살림의 노력에도 불구하고 수레의 속도는 점점 늦어지기 시작했다.

카미유가 돌아봤다. 라이들이 뒤진 거리의 절반을 따라잡은 상태였다. 놈들이 괴성을 지르면서 달려오는데 지친 기색이라곤 없었다. 라이 무리가 이제 후미에서 달리는 기사들의 뒤를 추격해오고 있었다. 카미유는 살림의 얼굴에서 불안을 읽었다.

카미유는 두옴 선생님의 말을 떠올렸다. '에윌란을 구하기 위해서라면 에드윈은 우리 모두를 희생시킬 각오가 되어 있을 거다. 식물인간들을 깨울 가능성을 높이는 일에 방해가 된다면 우리를 위해서는 새끼손가락 하나 까딱하지 않을 거야.'

카미유가 몸을 약간 일으키자 말이 속도를 늦추었다. 바로 뒤에서 말을 달리는 엘라나가 추월하지 않기 위해 고삐를 잡아당겨야 했다.

"왜 그러니?" 엘라나가 물었다.

카미유는 대답 대신에 속도를 더 늦추고 에드윈이 가까이 오기를 기다렸다. 에드윈의 얼굴이 성난 표정으로 바뀌었다.

"너 미쳤니? 빨리 달려! 놈들이 바로 뒤에 있단 말이다!"

그러나 카미유의 결심은 흔들리지 않았다.

"아뇨! 살림을 떠나지 않을 거예요. 살림이 따라잡히면 내가 옆에 같이 있을 거예요."

이번에는 마니엘과 비욘의 말들이 속도를 늦추었다. 힘께나 쓰는 종마들인데도 기사들의 체중을 힘겨워하고 있었다. 흡혈귀의 협로가 눈앞에 보이지만 미처 이르기도 전에 라이들에게 따라잡힐 상황이었다.

에드윈이 잠시 망설이다가 결정을 내렸다. 그는 활을 움켜잡으면서 불렀다.

"엘라나!"

엘라나는 대번에 알아차렸다. 그녀가 말의 속도를 수레의 속도에 맞추면서 몸을 숙이고 자루를 집어 들었다. 그러고는 조립식 막대기를 꺼내더니 달리는 말 위에서 눈 깜짝할 사이에 활을 맞추는 묘기를 보였다.

엘라나가 에드윈 옆에 바짝 붙었다.

"흡혈귀의 협로로 들어가지 마라! 입구에서 싸워야 한다." 에드윈이 소리쳤다.

에드윈과 엘라나가 말의 속도를 늦추고 일행의 말들을 달려가게 했다.

이윽고 라이들이 20미터쯤 뒤까지 접근해왔다. 에드윈이 활을 쏘겠다는 신호를 했다. 양 무릎으로만 말을 조종하면서 몸을 돌린 에드윈이 시위를 당겼다. 라이 무리의 대장이 푹 쓰러졌다. 다른 라이들은 아랑곳없이 쓰러진 대장을 뛰어넘으면서 더 빨리 쫓아왔다.

이번에는 엘라나가 쏜 화살에 두 번째 라이가 고꾸라졌다.

　말을 달리면서 안장에 앉은 자세로 시위를 당긴다는 것은 대단한 솜씨가 필요한 것이었다. 힘든 상황에서도 그들이 쏘는 화살에 라이가 맥없이 쓰러졌다. 라이 무리가 마침내 우왕좌왕했고, 수레는 내달리기 시작했다.

　이제는 뾰족바위 절벽이 아주 가까워졌다. 깎아지른 암벽으로 둘러친 협로를 통과하면 100미터쯤 떨어진 곳에 초원이 펼쳐져 있었다.

　카미유는 다시 한 번 돌아봤다. 에드윈의 전략이 통하고 있었다. 첫 번째 암벽에 이르려면 아직은 좀 더 가야 했다.

　뒤에서 엘라나가 마지막 화살을 당겼다. 살림이 모는 수레가 협로 입구에 이르렀을 때 엘라나가 말머리를 돌리고 전속력으로 달려왔다.

　비욘과 마니엘은 이미 협로를 가로막고 서 있었다. 엘라나가 카미유의 단검을 손에 쥐고 그들 옆에 자리를 잡았다.

　"갑옷이 그립겠어요?" 그녀가 물었다.

　"네? 아, 갑옷…… 그래서 벌거벗고 있는 느낌이오!" 마니엘이 한탄했다.

　에드윈이 라이족 무리보다 50여 미터 앞서서 도착했다. 아직 수십 놈의 라이가 남아 있는 상태라서 힘든 전투가 예상되었다.

　카미유가 두옴 선생님을 향해 물었다.

"데생을 그리면 안 될까요? 사람들을 도와야 해요!"

"안 된다고 했다!" 두옴 선생님은 단호했다. "네가 살아남았는지 확인하기 위해 츨리쉬들이 보낸 놈들이야. 네가 데생을 하면 놈들이 네가 살아 있다는 것과 네가 있는 위치를 알게 되고, 얼마 후 우리는 지금보다 세 배로 많은 인원과 싸워야 할 것이다."

라이가 괴성을 지르면서 달려들었다. 엘라나는 에드윈이 전투를 하기 편하도록 한 발짝 물러섰다.

카미유는 힘들겠지만 일행이 라이족 무리를 해치울 거라고 믿었다. 에드윈과 마니엘, 비욘은 뛰어난 전사들이었다. 그들의 무기가 번쩍이면서 죽음의 장벽을 만들었고, 발치에서 쓰러지는 적의 시체가 점점 많아졌다.

그렇지만 아무리 무적의 전사들이라고 해도 밀려드는 적을 상대로 무한정 버틸 수 있을까.

마니엘이 라이의 갑옷에 박힌 창을 빼려고 애를 쓰는 순간이었다. 날아오는 몽둥이에 머리를 얻어맞은 마니엘이 피를 흘리면서 쓰러졌다.

한 라이가 두 팔로 비욘의 허리를 감는 순간 엘라나가 마니엘을 대신하고 나섰다. 라이가 무시무시한 낫도끼를 치켜들자 엘라나가 단검을 날렸다. 칼날이 낫도끼를 들고 있는 라이의 팔에 꽂히자 비욘이 안도하면서 빠져나왔고, 싸움은 훨씬 더 격렬해졌다.

야만적인 괴물들인데도 라이들이 에드윈에게는 공격할 엄두를 내지 못했다. 빙글빙글 돌면서 칼을 휘두르는 에드윈은 누구도 건드릴 수가 없을 것 같았다. 그러나 결국 에드윈의 어깨에 상처가 났는데 피가 갑옷 밖으로 보일 정도로 중상이었다. 바로 그 순간 식칼 같은 것에 배를 찔린 비욘이 세 발짝 물러서다 비틀거렸다.

살림이 뛰어갔다.

"비욘 형님!"

"난 괜찮으니까 걱정 마."

에드윈과 엘라나가 남은 라이 무리를 제압하려고 애썼지만 여의치 않았다. 엘라나는 현란한 몸놀림으로 행동반경을 더 넓혀갔다. 게다가 자신의 단검 두 개를 뽑지 않고 카미유가 데생으로 만든 단검만 사용했다. 놀라운 힘을 과시하는 단검이지만 라이는 장벽을 뚫는 데 성공했다. 라이가 수레를 향해 돌진했고 아르티스 발피에르가 비명을 질렀다.

칼에 찔린 배를 움켜잡으면서 비욘이 사력을 다해서 도끼를 들었지만 비틀거리고 있었다. 결국 팔을 늘어뜨리면서 도끼를 떨어뜨렸다. 살림은 비욘에게 달려드는 라이를 봤다.

　분노로 낯짝을 일그러뜨린 땅딸막한 근육질이었다. 쩍 벌린 입에서 송곳니들이 보이고, 이마에 뾰족한 뿔 두 개가 나 있었다. 라이가 머리 위로 검을 휘둘렀다.

　라이가 떠밀자 비욘이 힘없이 쓰러졌다. 비욘은 필사적으로 도끼를 집으려고 손을 뻗었지만 닿지 않았다. 도끼를 움켜잡은 것은 살림이었다.

　비욘이 죽는다는 생각에 힘을 낸 살림은 도끼를 허리 높이로 들고 힘껏 휘둘렀다. 도끼날이 갑옷의 보호를 받지 못하는 라이의 겨드랑이에 찍혔다.

　쩍 갈라진 상처에서 콸콸 쏟아지는 피를 보며 살림이 딸꾹질을 했고, 덕분에 비욘은 목숨을 구했다. 라이는 그대로 쓰러져 죽었다.

　상황이 좋지 않게 돌아갔다.

　에드윈이 이번에는 팔에 또다시 부상을 입는 바람에 한 손으로만 싸워야 했다. 엘라나도 점점 더 힘겹게 공격을 피했다. 패전은 불 보듯 뻔한 것 같았다. 땅바닥에 상당히 많은 라이가 널브러져 있는데도 쉼 없이 공격하는 라이의 수가 아직 20여 놈이나 되었다.

그런데 느닷없이 라이들 중 하나가 목덜미에 화살을 맞고 쓰러지는 것이 아닌가.

연이어서 라이가 하나둘 화살을 맞고 쓰러졌다. 라이들 속에서 동요가 일자 에드윈이 그 틈을 이용했다.

에드윈의 검이 다시 활기를 띠면서 주위의 라이들을 해치우기 시작했다. 보이지 않는 아군이 퍼붓는 화살에 라이 열 놈이 한꺼번에 쓰러졌고, 에드윈은 남은 놈들을 해치웠다. 이제 싸움터에는 정적만 감돌았다.

지칠 대로 지친 엘라나가 가슴을 부여잡고 숨을 돌리는 한편 아르티스는 비욘 옆에 꿇어앉았다. 에드윈이 마니엘의 몸 위에 쓰러져서 죽은 라이들을 밀쳐냈다. 머리 옆쪽에 중상을 입은 마니엘은 움직이지 못하고 있었다.

몸을 숙이고 마니엘의 목을 만져보던 에드윈은 맥박이 뛰는 걸 느끼면서 안도의 한숨을 내쉬었다. 이어서 주위를 둘러봤다. 죽은 라이가 50구에 이르는데 도로에 쓰러진 놈들까지 합치면 그 수가 80에 이르렀다. 츨리쉬들이 두 무리를 보낸 것이었다.

에드윈은 마니엘의 겨드랑이 밑으로 두 팔을 집어넣고 끌어안았다. 자신도 어깨와 팔을 다쳤기 때문에 얼굴을 찡그리면서 에드윈은 마니엘을 수레까지 안고 가서 두옴 선생님 옆에 눕혔다. 두옴 선생님의 얼굴이 통증으로 일그러졌고, 혈압이 오르는지 숨쉬는 것조차 힘들어했다.

"파엘족의 화살이잖아요!" 엘라나가 화살 하나를 집어 들면서 말했다.

"맞아요. 파엘족이 저기 바위 뒤에 숨어 있어요." 에드윈이 대꾸했다.

카미유가 에드윈에게 다가갔다.

"이제 어떡해요?"

"선택의 여지가 없어. 15분쯤 후면 밤이 될 것이고, 비욘과 마니엘은 부상당했고, 두옴 선생님은 많이 아프셔. 그래서 우리 둘이 떠나야겠다고 하면 너는 소리 지를 게 뻔하고……. 이 살육의 현장을 떠나기 위해서라도 일단 흡혈귀의 협로를 통과한 뒤에 야영해야지. 그다음 일은 내일 생각하고."

에드윈의 목소리는 단호했고, 긴장된 얼굴이었다.

"아까는 죄송했어요." 카미유가 사과했다.

"괜찮아. 너도 네 생각을 말할 권리가 있으니까."

"활을 쏜 것이 정말 파엘족이에요?"

"그래."

"그런데 왜 내려오지 않죠?"

"그걸 누가 알겠니? 내가 아는 한 가장 속을 알 수 없는 종족이지.

우리는 결코 그들을 볼 수 없을 거다."

　　　　　　　　※

　아르티스 발피에르의 치료를 받은 비욘의 상처는 이제 피가 멈췄다. 비욘은 혼자서 서 있을 수 없는 상태지만 생명에는 지장이 없었다. 아르티스가 마니엘을 살피면서 말했다.
　"이 사람은 정말 강인한 체력입니다. 걱정하지 않아도 됩니다."
　"뭐라고요?" 엘라나가 놀랐다. "그럼 그 피는 뭐예요? 의식을 잃었잖아요?"
　"기절한 것뿐입니다. 머리를 맞을 때 충격을 받았지만 이제는 피가 나지 않아요. 한 시간쯤 지나면 깨어날 겁니다. 두통은 좀 있겠지만."
　살림은 비욘이 수레에 오를 수 있게 부축해주었다. 얼굴이 창백한 비욘을 보면서 걱정이 됐는지 그렇게 장난을 잘 치는 살림이 아무 말도 하지 않았다. 살림이 수레의 고삐를 잡았고 흡혈귀의 협로를 통과했다.
　어둠에 잠겨 있지만 그들이 방금 떠나온 곳과는 사뭇 다른 초원이 펼쳐졌다.

일행은 야영 준비를 마친 다음 간단하게 요기를 했다. 두옴 선생님은 살아 있기보다 죽은 사람 같았다. 아르티스는 에드윈을 치료하고 나서 선생님의 곁을 지켰다. 아르티스가 예고한 대로 마니엘은 얼마 지나지 않아 깨어났다. 그는 일어나 앉아서 머리를 만지다가 놀라는 눈길로 주위를 둘러봤다. 살림과 카미유가 전투의 결말을 얘기해주었다.

"파엘족이?" 마니엘이 깜짝 놀랐다. "그들이 아직도 있어요?"

"아직 있지." 에드윈이 대답했다. "뾰족바위 절벽 꼭대기를 통과했다. 좀 전에 그들이 이동하는 소리를 들었어. 그들은 우리 바로 위에 있어. 얘기는 그만하고 지금은 모두 휴식을 취하기 바란다."

"그럼 보초는?" 엘라나가 물었다.

"내가 보초를 설 것이오." 에드윈이 대답했다. "하지만 오늘 밤은 위험하지 않을 거요. 야생 짐승들은 초원에 먹을 것이 있고, 츨리쉬들도 끝없이 라이족을 보낼 수는 없을 것이오. 그리고 파엘족이 우리를 도와주러 왔다는 것은 또다시 필요한 경우에는 우리를 지원해줄 거란 뜻이에요."

카미유는 녹초가 되었고, 쏟아지는 졸음을 참을 수가 없었다. 카미유가 마지막으로 본 것은 야영지를 내려다보는 커다란 바위에 나란히 앉은 에드윈과 엘라나의 모습이었다.

12

축지술은 가장 강력한 능력을 의미하지만 제한이 있다. 아무리 뛰어난 데시나퇴르라도 자신이 모르는 장소로 이동하는 것은 불가능하다. 그럼에도…….

엘리스 밀 트루이프, 알제이트 아카데미의 데시나퇴르 교수

아침 햇살 때문에 잠을 깬 카미유가 눈을 떴다.

에드윈과 엘라나만 일어나 있었다. 카미유는 두 사람이 잠을 잤을까 의문이 들었다. 두 사람은 불을 피워놓았는데, 냄비에 끓이고 있는 차의 진한 향이 진동했다. 에드윈은 약초 빵을 씹어 먹으면서 냉정한 얼굴로 절벽을 살폈다. 엘라나도 위쪽을 응시하면서 눈살을 찌푸렸다.

"파엘족이 아직 저기 있어요?" 카미유가 다가가면서 물었다.

"그래." 에드윈이 대답했다. "우리를 관찰하고 있지만 내려올 기색이 없어."

"아이, 자꾸 신경 쓰이네……." 엘라나가 짜증스럽게 말했다.

카미유가 그들 옆에 앉았다.

뾰족바위 절벽의 동쪽은 서쪽 못지않게 가파랐다. 깎아 세운 듯한 암벽은 높이가 50여 미터에 이르고 풀 한 포기 보이지 않는 데다 첫 번째 움푹 들어간 부분은 꽤 넓은 플랫폼이 연상되었다. 절벽은 바위 덩어리와 작은 협로들로 나뉘어 있었다.

그들이 통과했던 흡혈귀의 협로가 보였다. 전날 저녁에는 라이들과의 전투 때문에 불안하고 피로 때문에 녹초가 되어서, 카미유는 주변을 둘러보지 못했다. 낮에 보니 주변은 정말 놀라운 모습이었다. 수레 한 대가 겨우 지나갈 만한 협로 위로 산더미같이 솟은 바위는 가히 위압적인 자태를 뽐냈다. 햇빛이 들지 않아서 땅바닥에는 풀 한 포기 자라지 않았다.

이번에는 살림이 일어나서 불가로 다가왔다.

에드윈이 아침마다 끓이는 향기로운 차의 유혹을 뿌리치기 힘들지만 살림은 식욕이 나지 않았다. 살림이 얼이 빠진 것처럼 멍한 얼굴을 했다.

"왜 그러니?"

에드윈이 물었다.

살림은 바로 대답하지 않았다.

살림이 생각에 잠긴 듯 무릎을 비비고 있는데 입가에 미세한 경련이 일었다. 깜짝 놀라서 살림을 쳐다보던 엘라나가 돌아보면서 눈길을 주자 카미유는 모른다는 뜻으로 입을 삐죽거리면서 친구 옆에 앉았다.

살림은 알아차리지 못한 것 같았고, 눈살을 찌푸리면서 자신의 두 손을 응시했다.

"네가 그렇게 한 것은 올바른 판단이었어."

에드윈이 부드러우면서 단호한 목소리로 말하자 살림이 고개를 들었다.

"너는 비욘의 목숨을 구했다. 물론 난생처음 누군가를 죽였으니 그 사실을 받아들이기가 힘들고, 충격도 클 거야. 하지만 자꾸 생각하지 말아야 해. 너는 훌륭하게 행동했어. 난 네가 자랑스러워."

살림이 에드윈에게 고마워하는 눈길을 보냈다. 그제야 카미유는 친구의 마음을 이해할 수 있었다. 전날 저녁 비욘의 목숨을 구하기 위해 도끼를 휘두르던 살림의 모습이 떠올랐다. 비욘을 죽이려고 달려드는 라이가 살림이 휘두르는 도끼를 맞고 쓰러졌다. 위급한 상황에서 일어난 행동이지만 살림은 밤새 자신의 행동을 생각한 것이 틀림없었다. 에드윈의 말을 듣고 살림은 한결 마음이 홀가분해진 것 같았다.

"죽인다는 행위가 대수롭지 않은 일은 결코 아니지. 그걸 즐기는 건 괴물들밖에 없으니까. 죽이는 걸 삼가야 하고 무엇보다도 생명을 존중해야 한다. 그러나 우리는 전투 중이었고, 너는 비욘의 목숨을 구했어. 넌 비욘을 살리기 위해서 그랬던 거야. 그 사실을 잊지 말고, 또 너무 심각하게 생각하지도 마라."

살림의 얼굴에 차츰 미소가 번졌다.

"고맙습니다."

엘라나가 다시 절벽을 살피기 시작했다.

"누군가가 엿보고 있다고 생각하니 도저히 참을 수가 없어요." 엘라나가 내뱉었다. "대체 자기들이 뭐라고 생각하는 거죠? 난 동물원의 짐승이 아니라고요!"

"파엘족은 인간을 경멸하는 경향이 있는데 사실 그건 버릇 같은 것에 지나지 않아요." 에드윈이 살림을 쳐다보면서 말을 이었다. "우리는 도저히 접근조차 할 수 없는 바위 꼭대기를 장난치듯 올라갈 정도로 유연성이 뛰어난 종족이 파엘족이란다. 그들은 우리가 둔하다고 비웃고 있는 것이 틀림없어."

"우리가 떠나면 그들이 더는 엿보지 않을 텐데요, 뭐." 너무 예민한 엘라나의 태도를 이해할 수 없는 카미유가 말했다. "그러면 신경 쓰지 않아도 되잖아요."

"그런데 나는 오후가 되기 전에는 출발하지 않을 생각이야." 에드윈이 반대했다. "우리도 그렇지만 특히 부상자들과 말들도 휴식이 필요하거든."

엘라나가 도저히 못 참겠다는 듯 벌떡 일어났다.

"그렇다면 내가 가서 그들에게 말해야겠어요."

누가 뭐라고 말할 사이도 없이 엘라나가 암벽을 향해 달려가더니 눈 깜짝할 사이에 몇 미터를 올라갔다. 엘라나는 자신 있는 몸놀림으로 완벽한 등반을 하고 있었다. 그녀는 마치 바위에 계단이라도 나 있는 듯 놀라운 유연성으로 발 디딜 데를 찾았다.

"와, 기가 막히다!" 살림이 탄성을 질렀다. "나도 해봐야겠어."

"안 돼!" 에드윈이 소리쳤다.

그러나 살림은 이미 저만치 뛰어갔다. 살림은 암벽을 올라가는 데 유연성보다는 힘을 사용했지만 그런대로 제법 잘 올라갔다. 살림은 건물의 벽을 타고 기어 올라간 적은 있지만 절벽을 타기는 처음이었다. 처음 느껴보는 스릴이었다. 온몸의 근육이 하나하나 잠에서 깨어나는 것 같았다.

암벽을 더듬던 살림이 갈라진 틈을 단단히 잡고 올려다봤다. 엘라나는 살림보다 훨씬 빠르게 올라가고 있어서 두 사람의 간격이 순식간에 많이 벌어졌다.

이어서 밑으로 눈길을 던지던 살림은 점차 자신감이 없어졌다. 15미터쯤 올라와 있어서 바위에서 절벽 아래로 떨어지면 그대로 죽는 것이었다.

 그걸 의식하는 순간 주먹으로 배를 얻어맞는 느낌이 들면서 다리가 후들거리기 시작했다.

 에드윈이 짧지만 아주 날카로운 휘파람을 불었다. 엘라나가 동작을 멈추고 돌아봤다. 암벽에 달라붙은 살림을 발견한 엘라나가 욕설을 내뱉었다. 그러고는 믿을 수 없는 속도로 절벽을 다시 내려왔다. 돌출 부분을 잠깐 잡으면서 발판이 될 만한 데를 향해 1미터 이상을 주르륵 미끄러져 내려온 엘라나가 순식간에 살림 옆에 이르렀다. 다리가 점점 후들거려서 어찌할 바를 모르던 살림은 땀으로 흠뻑 젖은 채 바위에서 미끄러졌다. 추락을 각오한 살림이 눈을 딱 감을 때 엘라나가 손목을 잡았다.

 "너 뭐 하는 거야?"

 바로 그 순간 살림은 힘이 다 빠져버렸다.

 살림이 엘라나를 향해 절망적인 눈길을 보내더니 중심을 잃으면서 허공으로 떨어졌다. 엘라나는 몸이 흔들릴 정도의 충격을 각오하면서 살림의 손목을 잡은 손가락에 힘을 주었다. 살림의 체중 때문에 절벽에서 떨어질 위기를 맞자 엘라나가 외쳤다.

 "바위에 달라붙어! 빌어먹을!"

 그러나 암벽이 너무 미끄러웠다. 살림은 바위에 달라붙으려고 애썼지만 계속 미끄러졌다. 살림이 움직일 때마다 엘라나도 중심을 잃었다.

 엘라나는 한 손으로 암벽을 잡고 작은 틈새에 두 발을 디뎠다. 폭이 10센티미터쯤 되는 돌출 부분이 살림의 발밑 1미터 아래에 있었다.

 엘라나는 심호흡을 했다. 한순간의 잘못된 선택으로 자칫 목숨을 잃을 수 있었다. 그녀가 받은 교육은 소년을 포기하고 길드의 비밀을 지키라고 소리쳤다. 하지만 엘라나는 그럴 수 없었다.

 "살림, 내 말 잘 들어. 무슨 일이 있어도 두 손으로 내 손목을 꽉 붙잡고 버텨. 알았지?"

 말을 할 수 없는 살림이 고개를 끄덕였다.

 "시작!"

 살림이 한 손으로 엘라나의 손목을 움켜잡았다. 그녀는 살림의 힘을 느끼면서 안심했다.

 "다른 손, 지금이야!"

 그녀가 손가락을 폈다. 아슬아슬한 순간이었다. 살림은 놓칠 뻔했지만 엘라나의 손목을 잡는 데 성공했다.

 살림은 엘라나의 팔에 매달린 채 잠시 허공에서 흔들렸다. 살림은 이렇게 하는 것이 무슨 의미가 있을까 의문이 들었다. 살림이 엘라나를 붙잡든, 엘라나가 살림을 붙잡든 결국 밑으로 떨어져 죽기는 마찬가지일 텐데······.

손 바로 옆에서 나는 찰칵, 소리에 깜짝 놀라서 살림은 눈을 떴다. 엘라나가 주먹을 꽉 쥐고 있는데 손가락 관절들 사이로 튀어나온 뾰족한 칼날 두 개가 번쩍이고 있었다. 살림은 비명을 지르지 않을 수 없었다. 마치 몸의 일부분인 것처럼 칼날들이 엘라나의 살을 뚫고 나와 있었던 것이다.

엘라나는 암벽을 유심히 살폈다. 그러고는 한참을 고르다 선택한 암벽에 손가락 사이에서 나온 칼날 두 개를 꽂았다. 강철 칼날이 거의 5센티미터쯤 바위 틈을 뚫고 들어가다가 둔탁한 소리를 내며 틀어박혔다.

"시작한다!"

엘라나가 소리치면서 암벽에서 손을 뗐다.

그 순간 살림이 밑으로 쭉 미끄러지면서 비명을 질렀고, 카미유는 입술을 깨물면서 그 광경을 지켜보았다.

그러나 추락하던 엘라나가 그대로 멈췄다. 이번에는 바위에 박힌 칼날 두 개 덕분이었다. 엘라나는 이제 살림 위에 있는 것이 아니라 옆에 나란히 있었다.

살림의 손목을 움켜잡은 엘라나가 몸을 한 번 흔드는 것으로 살림의 손이 암벽에서 떨어지게 했다.

살림은 다시 비명을 질렀다. 또다시 엘라나의 손아귀 힘에만 의지한 채 허공에서 버둥거리던 살림은 암벽을 살폈다. 발을 디딜 수 있는 돌출 부분이 가까이 있었다.

살림은 돌출 부분에 한 발씩 올린 다음 안전한 데를 찾아서 암벽을 붙잡았다. 살림이 안전해지자 엘라나는 살림의 손목을 놓고 내려왔다.

살림이 엘라나의 왼손을 쳐다봤다. 칼날은 사라졌고 손가락 사이로 한 줄기의 피가 흘러내리고 있었다.

"다쳤잖아요." 살림이 걱정스러운 얼굴로 말했다.

"괜찮아." 엘라나가 안심시켰다. "내 칼은 피켈이 아니라 정밀한 연장이거든. 바위를 뚫고 들어갔을 때 칼날이 상하지 않았으면 좋겠는데……."

"정말 굉장했어요." 살림이 감탄했다. "그리고……."

"조용히 해!"

엘라나의 목소리는 차갑고 단호했다.

"허공으로 내던지기 전에 넌 중요한 결정을 내려야 해. 아마 네 인생에서 가장 중요한 결정이 될 거야."

"하지만……."

"조용히 하라니까! 네가 본 것은 그림자걸음들이 극비에 부치고 있는 비밀 중 하나야. 그 비밀을 알아내려다가 죽은 사람도 있지."

"문제없어요." 살림이 자신이 없는 목소리로 말했다. "아무에게도 말하지 않을게요."

"그것만으로는 안 돼! 결정을 내려야 한다고 했지? 식물인간들을 구하고 나면 넌 나를 따라가는 거야. 불평하지도 말고, 따지지도 말고 딱 3년만 내 곁에 있어."

"싫다고 하면요?"

"뛰어내려!"

살림은 엘라나를 빤히 쳐다봤다. 농담이 아니었다. 엘라나의 표정은 너무나 진지했다. 살림이 침을 꼴깍 삼켰다.

"선택의 여지가 없네요."

"아니, 선택의 여지는 있었지. 나를 따라 절벽을 타려고 했던 것이 바로 너로서는 하기 힘든 것에 도전한 거였어. 그냥 밑에 남아 있었으면 아무 일도 일어나지 않았을 테니까."

"그럼 왜 나를 구해줬어요?"

"네가 그럴 만한 가치가 있고, 또 내 가르침을 잘 따를 거라고 생각했으니까. 하지만 결정은 네가 내리는 거야. 지금부터는 네가 떨어지거나 말거나 난 상관 안 할 거니까."

살림은 모험과 등반, 무훈으로 이루어지는 멋진 미래를 떠올렸다. 엘라나가 그림자걸음이 되라고 제안하는 건가?

"좋아요." 살림이 마침내 말했다. "그럴게요."

"3년이다, 살림. 그리고 농담이 아니라는 거 명심해."

"좋다고 했잖아요."

이번에는 엘라나가 살림을 빤히 쳐다봤다. 살림은 진지했고, 절대로 결정을 번복하지 않을 확고한 얼굴이었다. 엘라나가 미소를 지었다.

"그럼 당장 시작하자."

"그 위에서 뭐 하는 거요?"

엘라나가 밑에서 올려다보고 있는 에드윈과 카미유를 내려다봤다.

"이제 괜찮아요. 하지만 내려가는 것이 너무 위험해서 계속 올라갈 거예요. 돌아갈 때는 다른 길을 찾아볼 테니까 걱정하지 마요!"

그러고 나서 엘라나가 살림에게 말했다.

"올라가! 엉덩이를 걷어차이기 싫으면 능력껏 한번 올라가 봐!"

살림이 숨을 길게 들이쉬고 나서 암벽의 울퉁불퉁한 부분을 힘껏 잡았다.

살림은 집으로 돌아가지 않기로 결정을 내렸을 때 이미 다른 삶을 살기 시작한 것이고, 그에 따른 중요한 전환기를 맞고 있는 것이었다. 그렇지만 살림은 행복했다.

절벽 아래 서서 두 사람을 바라보던 카미유가 에드윈을 향해 돌아섰다.

"뭐 하는 거죠?"

"계속 올라가겠다고 하는 소리 너도 들었잖아."

에드윈은 걱정하는 것 같지 않았다. 카미유는 두 사람에게서 눈을 떼야 했다. 카미유는 엘라나를 믿었고, 더 이상 친구가 위험할 가능성은 없었다.

13

카오스 용병대에 속해 있는 멘타이는 개 무리에 섞여 있는 늑대와 같다. 카오스 용병대는 죽음을 의미하고, 멘타이 또한 죽음을 의미한다!

사이 힐 무란 영주, 항해일지

팔뚝에 통증이 일기 시작하고, 손톱 밑의 살갗이 벗겨져 있었다. 살림은 겁이 나서 도저히 아래쪽을 쳐다볼 수 없었다. 살림은 떨어질 듯 떨어질 듯 위태롭게 올라갔다. 엘라나의 지시를 받아야만 겨우 침착함을 찾을 수 있었다. 엘라나가 옆에서 올라가며 차분한 목소리로 구체적인 충고를 해주었다.

엘라나가 편하게 잡을 수 있는 것은 살림에게 양보하고 자신은 거의 보이지 않는 돌출 부분에 의지하는 놀라운 묘기를 보여주었다. 그러면서도 제자가 발을 헛디디는 실수를 저지를 때는 언제든 붙잡아줄 준비를 하면서 중력을 이용했다. 살림에게는 한없이 길게 느껴지는 시간이 지난 끝에 그들은 마침내 첫 번째 협로에 이르렀다. 파엘족이 있었다.

파엘족 열 명이 편안하게 바위에 기대서 있는데 옆에 활이 놓여 있었다. 150센티미터가 채 안 되는 작은 키에 몸은 호리호리했고, 팔다리를 드러내놓은 털옷 차림이었다. 살림처럼 피부색은 검고, 삼각형 얼굴인데 고양이 눈처럼 길게 늘어나는 눈이라서 그런지 유난히 커 보였다. 파엘족은 손목과 발목에 진주와 깃털로 꾸민 장신구를 차고 있었다. 그들이 환하게 웃는데 살림은 무슨 뜻인지 단박에 알아챘다. 비웃는 것이었다!

엘라나도 같은 결론을 내렸는지 표정이 굳어졌다. 그러나 용케 감정을 억누르는지 평온하다 못해 거의 쾌활한 어조로 말했다.

"여러분, 고맙다는 말을 하려고 올라왔어요. 어제저녁에 도와주신 덕분에 우리가 잠잘 시간을 2, 3분 벌었거든요. 꽤 많은 화살이 바위를 맞고 떨어졌더군요. 활 쏘느라고 힘이 들어서 피곤한 건 알겠지만 그래도 화살을 몇 개나 쐈는지 세어봐야 하는 건 아닌가요?"

엘라나는 대답을 기다리지 않고 일방적으로 말을 이었다. 엘라나가 즐거워하는 얼굴을 하자 살림도 미소를 지었다. 살림은 이런 멋진 여자의 제자로 뽑혔다는 것이 자랑스러웠다.

"귀한 화살이라 당연히 회수하러 내려올 거라고 생각했는데 여러분은 오지 않았어요. 혹시 소심해서 여기 숨어 있는 건가요?"

성난 파엘족 한 명이 치를 떨면서 활을 집어 들려고 했다.

"진정해! 사촌들!"

살림이 목소리가 난 방향으로 고개를 들었다.

몇 미터 위의 바위에 걸터앉은 젊은 전사가 빙그레 웃으면서 그들을 관찰하고 있었다.

"말 한번 유창하군! 인간들이 그 유창한 말솜씨의 절반 정도라도 능력이 있다면 라이족 같은 더러운 놈들에게 지는 일은 없을 텐데! 내 이름이 키암 비트*라는 건 확실하게 알려주겠소."

"라이족을 시원하게 해치웠어야 하는데…… 도움을 받았으니 그건 인정하죠. 하지만 숨어서 엿보기나 하면서 우리를 비난하는 건 주제넘는 일이죠."

고함 소리가 나더니 파엘족 한 명이 활을 들고 벌떡 일어났다. 그러나 키암은 웃음을 터뜨렸다.

"진정해, 사촌. 이 인간은 혀 대신에 단검을 갖고 있는데 함정에 걸려들면 안 되지. 이봐요, 여자, 파엘족은 숨지 않는다는 걸 알아 두시오. 파엘족은 때가 되었다 싶으면 원하는 사람 앞에 모습을 나타내죠."

이번에는 엘라나가 웃었다.

"그러니까 밑에서 위험한 일이 일어날 때 높은 곳에 올라가 있었던 것이 우연이란 말인가요?"

"뾰족바위 절벽은 등반 훈련을 하기에 훌륭한 곳이죠. 여기서 야영하는데 당신들이 라이족에게 쫓겨서 도망치고 있었소."

"훈련이라고요?"

"그래요!"

"왜 좀 더 일찍 말하지 않았어요?" 엘라나가 비아냥거리듯 말했다. "나도 여기 있는 어린 친구를 훈련시키는 중이었거든요. 여러분도 훈련시켜줄 수 있는데……."

키암 비트는 그 말에 아랑곳하지 않았다. 그가 앉아 있던 바위에서 펄쩍 뛰어내려서 엘라나 옆에 가볍게 착지했다. 엘라나보다 키는 작지만 키 차이 때문에 왜소해 보이지는 않았다.

키암 비트가 거만하게 버티고 서서 비웃음을 흘렸다. 그렇지만 살림은 그가 자존심이 상해 있다는 걸 알아차렸다.

"인간이 내게 등반 훈련을 시키는 날이 온다면 나는 목을 매달거나 달이 열두 번 뜨는 동안 시중을 들겠소."

엘라나가 키암 비트를 유심히 살폈다.

"맹세할 수 있어요?"

"맹세해요!"

"화살에 걸고?"

키암 비트가 엘라나를 뚫어져라 쳐다봤다.

"우리의 풍습을 누가 가르쳐줬는지 모르겠지만 화살에 걸고 맹세하죠. 이런 식으로 하는 맹세는 깨질 수 없지요. 만약 당신이 나보다 낫다는 걸 증명하면 당신이 시키는 대로 하겠다고 약속하오."

키암 비트가 화살집에서 빨간 깃털이 달린 긴 화살을 꺼냈다. 그러고는 수평으로 잡더니 반으로 뚝 부러뜨려서 발밑으로 떨어뜨렸다.

"화살에 걸고!"

키암 비트가 절벽을 살피자 살림도 눈으로 좇았다. 가파르기는커녕 100미터 가량 완만한 경사를 이루고 있었다.

"저건 너무 싱겁죠!" 엘라나가 코웃음 쳤다.

"제안해봐요, 그럼!"

"내려가는 것으로 하죠. 먼저 밑으로 내려가는 사람이 이기는 거예요."

키암 비트가 화살집을 땅바닥에 내려놨다.

"좋아요. 당신은 무엇을 걸겠소?"

"없어요. 내게 맹세할 겨를도 주지 않고 당신이 너무 일찍 화살을 부러뜨렸으니까요. 당신은 영예를 위해 절벽을 타요, 키암!"

키암 비트는 기분 나쁜 얼굴이지만 아무런 대꾸도 하지 않았다.

엘라나는 손목을 풀고 나서 파엘족 무리를 향해 돌아섰다.

"이 소년의 안전을 약속해줄 수 있죠? 절벽 타기가 미숙하기 때문에 내가 소년을 무사히 데려가겠다고 저 밑에 있는 일행에게 약속했거든요."

그 말에 기분이 상했지만 살림은 입을 꾹 다물었다.

"당신의 어린 친구는 내 사촌들이 데려다 줄 겁니다." 키암 비트가 동의했다. "준비됐어요?"

"난 늘 준비돼 있죠."

키암 비트와 엘라나가 절벽 가장자리로 다가섰다. 살림과 파엘족 무리도 두 사람을 따라갔다. 빈정거리던 엘라나의 얼굴에서 정신을 집중하는 긴장감이 느껴졌다.

파엘족 중 한 명이 소리를 지르자 엘라나가 허공 속으로 뛰어내렸다. 그러고는 몸을 회전하면서 거의 아슬아슬하게 바위 끝을 잡았다. 엘라나가 하강하기 시작했다. 키암도 똑같이 내려갔고, 시야에서 둘 다 사라졌다.

살림은 엎드린 자세로 두 사람의 시합을 지켜봤다. 엘라나와 키암 비트는 어느새 10미터쯤 내려가 있었다. 그들이 어지러울 정도의 속도로 내려가는데 그 모습은 하산이라기보다는 추락에 가까웠다. 누가 우세한지 예상할 수가 없었다. 정밀한 몸놀림은 거의 비슷했고, 유연성과 날렵함을 기본으로 하강하는 기술도 비슷했다.

살림은 올라가는 것보다 내려가는 것이 훨씬 힘들다는 걸 알고 있었다. 암벽 타기 명수들의 신기에 가까운 묘기를 보고 있는 것 같았다.

옆에 있는 파엘족이 러시아어와 중국어를 섞어놓은 것 같은 언어로 이러쿵저러쿵 떠들어댔다.

절벽 밑에서는 에드윈과 카미유 옆에 비욘이 합류해서 엘라나와 키암이 실력 발휘를 하며 경합을 벌이는 모습을 지켜보았다.

두 사람이 암벽을 타고 내려가는 시간은 살림이 올라가는 데 걸린 시간보다 훨씬 덜 걸렸다. 그들이 거의 동시에 지상에 이른 것 같은데 거리가 멀어서 누가 빨랐는지 알 수가 없었다. 파엘족 무리 속에서 결과에 대해 의견이 상반되는 외침이 터져 나왔다. 그렇지만 대부분은 자기들 대장의 승리를 의심하지 않는 것 같았다. 그중 한 명이 살림에게 손짓을 했다.

"따라와. 내려가기 쉬운 길을 알려줄게."

그들은 우회해야 했지만, 위험한 길이 아니라서 살림은 뾰족바위 절벽을 따라 파엘족 무리와 함께 야영지에 이를 수 있었다. 키암 비트가 다가왔다.

키암 비트의 얼굴이 어두웠다. 그는 사촌들이 무슨 말을 하기 전에 그 이상한 언어로 말했다.

한 명이 끼어들려고 하자 키암이 언성을 높이면서 입을 다물게 했다. 마침내 그가 마지막 지시를 내렸다. 아연실색한 얼굴로 쳐다볼 뿐 아무 말도 못하던 사촌들이 하나둘 돌아서서 멀어져 갔다. 살림과 키암 비트만 남았다.

"그 여자가 이겼어." 키암 비트가 짤막하게 말했다.

1

> 전 세계는 두 개의 힘이 팽팽히 맞서고 있다. 그러나 그것이 선과 악이라고 생각하지 마라. 그 개념은 전형적으로 인간의 관점일 뿐이다. 나는 질서와 카오스, 즉 혼돈에 대해 말하는 것이다. 우주는 카오스에서 탄생했다. 질서를 유지하기 위해 이용하는 힘의 축이 바로 자연과 생명이다.
>
> 에드윈 틸 일란, 레지옹 누아르 후보생들을 위한 강연

그사이에 카미유 일행은 모두 일어나서 바삐 움직였다. 전날 부상당한 마니엘은 더 이상 고통스러워하지 않았고, 비욘도 거의 회복한 상태였다. 두옴 선생님만 아직 힘들어했다. 얼굴에는 핏기가 없고 여전히 가슴 통증을 호소했다. 그러나 아르티스 발피에르는 걱정하지 않는 것 같았다.

"휴식을 취하면 됩니다." 아르티스가 에드윈에게 말했다. "일주일은 꼼짝없이 누워 있어야 하지만 그다음에는 괜찮을 겁니다. 젊은이로 착각하고 숲 속을 뛰어다니지만 않는다면."

키암과 함께 돌아오는 살림을 보면서 대화가 중단되었다. 에드윈이 파엘족의 언어로 정중하게 인사를 하자 키암 비트의 얼굴이 평온을 되찾았다.

"고맙군요, 에드윈 틸 일란." 키암이 짤막하게 대꾸했다.

키암 비트는 이어서 엘라나에게 다가가서 나직한 소리로 한참 동안 이야기를 나누었다.

비욘이 살림에게 다가왔다.

"쥐방울, 네가 내 목숨을 구해줬어. 두 번씩이나."

비욘이 어찌나 엄숙한 표정을 짓는지 살림은 미소를 짓지 않을 수 없었다.

"알아요." 살림이 엄청나게 잘난 척하는 어조로 귀띔했다. "그래서 말인데요, 그게 습관이 될까 봐 걱정이에요. 계속 나를 믿으면 안 되는데."

비욘의 눈이 휘둥그레졌다. 비욘이 뭐라고 대꾸하려는 순간 카미유가 끼어들었다.

"너 뇌 없는 연체동물이야? 스파이더맨 흉내 내다가 목이 부러질 뻔했잖아!"

"하지만……."

"하지만 뭐?"

살림이 불쌍한 얼굴로 비욘을 쳐다봤다.

"좀 도와줘요……."

"너 정말 나를 믿을 생각이야?" 비욘이 대번에 복수를 했다.

"비욘, 마니엘! 얘기가 다 끝나면 혹시 말들과 수레에 이상이 없는지 살펴보고 떠날 채비를 하겠지?" 에드윈이 한마디 했다.

목소리는 부드럽지만 에드윈의 얼굴에 웃음기는 거의 없었다. 갑자기 모두 분주해졌다.

카미유는 다정하게 속삭이면서 뮈르뮈르의 털을 긁어주는 엘라나를 지켜보다가 한스의 말과 회색 말을 쓰다듬어주었다.

비욘과 마니엘이 말들 주위에서 바쁘게 움직이다가 수레를 점검했다.

그들을 도와서 말들의 뱃대끈을 다시 죄던 살림은 수레의 가로장이 망가져 있는 걸 발견했다.

"이걸 어떻게 수리하지?" 비욘이 머리를 긁으면서 툴툴거렸다.

"일단 망가진 나무를 빼내야지요." 키암 비트가 조언했다. "그래야 수리하기가 쉬우니까."

엘라나와 대화를 한 뒤로 키암 비트는 침울한 얼굴을 했다. 패배한 것도 괴로운데 알라비리 여자의 시중까지 들어야 한다고 생각하자 자존심이 상하는 모양이었다. 하지만 스스로 한 약속이 아닌가! 키암 비트가 초연한 태도와 유머를 되찾기까지는 시간이 좀 필요했다. 얼마 후 그의 얼굴에 미소가 감돌았고 평온해졌다.

"목공 기술에 대해 알아요?"

비욘이 잔뜩 기대하는 얼굴로 물었다.

"약간. 어디 봅시다."

마니엘이 수레에서 빼낸 널빤지를 내밀자 키암이 자세히 살폈다. 수레와 말들의 고삐에 걸린 뱃대끈을 연결하는 1미터 가량의 널빤지였는데 끝 부분이 부식된 상태라서 오래 버티지 못할 우려가 있었다.

"교체하는 것이 최선의 방법이오." 키암이 설명했다. "내 생각에는 망가진 부분을 다 떼어내고 적당한 크기로 자른 널빤지로 가로장을 보강해야 합니다. 톱이 있으면 내가 할 수도 있고요."

비욘이 쳐다보자 마니엘이 없다는 뜻으로 손사래를 쳤다.

"그러면 쉽지 않은데……. 내 칼로 해보겠지만 시간이 좀 걸릴 겁니다. 튼튼하길 바란다면 단단한 나무를 사용해야 해요."

"나무라도 베어 올까요?" 마니엘이 물었다.

"싱싱한 나무는 물러서 고정되지 않아요. 수레 짐칸의 가로장 중 하나를 떼어냅시다. 딱 맞는 것이 있을지도 모르니까."

키암은 적당한 널빤지를 찾기 위해 가로장을 하나하나 살폈다. 그가 갑자기 휘파람을 불었다.

"톱이 없다면서 뭘로 이렇게 만들었지? 이렇게 반듯하게 자를 수 있는 칼이 있다면 내가 사고 싶군요."

사람들이 다가섰다. 키암은 카미유가 데생으로 만든 단검으로 두옴 선생님이 자른 절단면을 쳐다보고 있었다.

"엘라나의 칼이에요." 비욘이 못하게 말릴 사이도 없이 살림이 톡 나서서 말했다.

키암이 얼굴을 바짝 들이대고 살폈다.

"믿을 수 없군요. 이 칼날을 내 눈으로 직접 봐야겠어요."

그가 지체 없이 엘라나를 향해 걸어갔다.

"내가 실수한 거예요?" 살림이 물었다.

"그게 습관이 될까 봐 걱정이다, 쥐방울." 비욘이 매몰차게 대답했다.

"몰랐어요." 살림이 변명했다.

"그랬겠지. 하지만 한 가지는 확실하네. 네 몸의 부위들이 달리기 시합을 하면 혀가 단연 일등이고 뇌가 꼴등일 거다."

살림이 너무 미안해서 쥐구멍에라도 들어가고 싶은 얼굴을 하자 비욘이 더는 참지 못하고 웃음을 터뜨렸다.

"자, 용기를 내! 엘라나가 너를 잡아먹으려고 할 것이고, 대장님은 남은 부위마저 짓이겨버리겠지. 하지만 그렇다고 희망이 아주 없기야 하겠니?"

그때 키암이 카미유와 엘라나와 함께 돌아왔다. 키암이 단검을 손에 쥐고 있었다. 그는 홀린 듯이 칼을 쳐다보았고, 정신이 돌아오려면 시간이 필요할 것 같았다. 엘라나가 그 틈에 눈을 부릅뜨며 쩨려보자 살림은 몸을 옴츠렸다.

마침내 키암이 가로장에 칼날을 대고 필요한 만큼의 나무를 쉽게 도려냈다. 그는 단검의 칼날을 살피면서 또다시 휘파람을 불었다.

"무뎌지기는커녕 끄떡도 없네요. 칼에 있어서는 내가 전문가고, 파엘족의 강철이 세상에서 최고라고 자부했는데 이렇게 완벽한 물건은 본 적이 없어요. 어디서 난 겁니까?"

모두 난처한 얼굴로 서로를 쳐다보자 키암이 눈살을 찌푸렸다.

카미유가 과감하게 말했다.

"유산으로 받은 건데 내가 엘라나에게 선물했어요."

"이런 칼은 남한테 주는 게 아니지! 값을 따질 수 없을 만큼 귀한 것이다."

"그럴지도 모르죠. 하지만 나보다는 엘라나가 훨씬 유용하게 칼을 사용할 수 있으니까요."

"하긴 당신들 일인데 내가 참견할 일이 아니겠지."

키암이 능란한 솜씨로 다시 일을 시작했고, 수리는 이내 끝났다. 그가 엘라나에게 단검을 내밀었다.

"당신의 보물 받아요. 혹시 그 칼과 헤어질 생각이면 나를 잊지 마시길."

엘라나가 미소로 답하면서 허리춤에 단검을 꽂았다. 그러고는 키암 비트가 멀어져 가기를 기다렸다가 살림을 돌아봤다. 폭탄이 다가오는 걸 느낀 살림은 재빨리 점심 식사를 준비하는 에드윈을 도우러 갔다.

엘라나가 미소를 지으면서 속으로 말했다.

'아직은 결점이 많지만 그림자걸음 교육으로 훈련시키면 장차 이 단검의 칼날 못지않게 빼어난 그림자걸음이 될 재목이야…….'

2

> 용병들은 질서 파괴와 카오스 회귀를 목표로 하고 있다. 그런 점에서 우리에게 용병들은 옹브르 숲에서 가장 야만적인 괴물보다 훨씬 위협적이다.
>
> 에드윈 틸 일란, 레지옹 누아르 후보생들을 위한 강연

키암 비트에게 식사 시간은 에드윈 일행을 알게 되는 기회였다. 그는 자신도 모르게 그 인물들이 하나같이 예사롭지 않다는 걸 인정했다. 퀜달라비르를 몇 번 여행할 때 제국 군대의 사령관인 에드윈 틸 일란의 명성에 대해서는 들은 바 있고, 엘라나 칼딘의 재능에 대해서도 의심하지 않았다. 무뚝뚝한 노인 뉴옴 닐 에르그는 비록 녹초가 되어 있지만 통찰력이 뛰어난 인물이고, 아르티스 발피에르는 그가 처음으로 만난 명상 치료사였다. 키암은 비욘과 마니엘이 파엘족보다 몸무게가 서너 배쯤 많이 나가는 거구들인데도 유쾌하게 수다 떠는 것에 놀랐다.

피부색이 똑같은 살림을 보면서 키암은 소년의 조상 중에 파엘족이 있지 않았을까 하는 의문이 들었다. 파엘족과 인간족의 결합은

아주 드물지만 얼마든지 가능한 일이었다. 혼혈아는 분명히 존재했다. 하프파엘이든 아니든, 소년에게서는 키암과 같은 에너지가 끓고 있어서 어른이 되면 뭐가 될지 궁금했다.

그중에서도 어린 소녀가 가장 독특했다. 이름이 카미유라고 하지만 키암은 두옴 닐 에르그와 일행이 소녀를 에윌란이라고 부르는 걸 여러 번 들었다. 처음에는 커다란 보랏빛 눈과 매력적인 얼굴이 눈길을 끌더니 차츰 소녀에게서 발산되는 후광이 서서히 마음을 사로잡았다. 게다가 아이처럼 행동하다가도 어른 뺨칠 정도로 깊은 통찰력을 보였다. 일행이 소녀를 특별하게 대하지는 않지만 아이가 하는 말과 행동에 세심한 주의를 기울였다. 에드윈 틸 일란까지도 소녀에게서 거의 눈을 떼지 않았다.

어이없게도 카미유가 이 무리의 중심이며, 모두 함께 여행하는 이유라는 걸 알아차린 키암은 소녀의 정체가 사뭇 궁금해지기 시작했다.

출발신호를 내리기에 앞서서 에드윈과 마니엘은 흡혈귀의 협로를 거쳐서 전날 전투가 벌어졌던 곳을 돌아보기로 했다. 화살을 회수하고 서쪽에 위험한 조짐이 없는지 확인하기 위해서였다. 살림이 따라가겠다고 나서자 에드윈이 잠시 주저하다가 어깨를 으쓱했다.

"마음대로 해. 하지만 볼만한 광경은 아닐 거다. 그래도 나를 원망하진 마라, 네가 가겠다고 우긴 거니까."

땅바닥에 라이들의 시체가 널브러져 있었다. 살림은 여기저기 흥건하게 괸 피를 보면서 구토가 일었다. 밤사이에 야생 짐승들까지 왔다 간 흔적이 있어서 더 참혹했다. 살림은 눈을 감아버렸다.

"쥐방울, 너는 따라오지 않았더라도 아마 궁금해서 죽을 지경이었을 거다." 에드윈이 한숨을 쉬면서 고개를 흔들었다. "네가 알아서 참을 만한 것만 골라서 봐."

멀지 않은 곳의 수풀 속에서 으르렁거리는 울음소리가 들렸다. 에드윈이 검의 손잡이를 잡았다.

"초원의 호랑이야. 오늘 밤에 다시 향연을 벌이기 위해 근처에서 잠을 자면서 지키고 있었던 게 틀림없어. 천천히 돌아서. 갑자기 움직이지만 않으면 공격하지 않을 거다. 아깝지만 화살은 포기해야겠다."

그들은 뒷걸음쳐서 흡혈귀의 협로로 향했다. 협로에 들어서자 마음이 놓였다.

"초원의 호랑이가 커요?" 살림이 물었다.

"네 발 달린 식인귀라고 할까. 키는 식인귀보다 좀 작지만 몸길이가 더 길고 무게도 더 나가지."

"처음 여기 왔을 때 바라일 숲 부근에서 본 것 같아요." 살림이 기억을 더듬었다.

"너희는 운이 좋았어." 에드윈이 짤막하게 말했다.

그들이 야영지로 돌아가 보니 모두 떠날 채비를 마친 상태였다. 살림이 수레의 고삐를 잡았고, 두옴 선생님과 아르티스 발피에르는 짐칸에 자리를 잡고 앉았다. 카미유가 뮈르뮈르에 올라타자 엘라나는 한스의 말에 올랐고, 키암은 상처가 거의 아문, 아르티스의 말에 올랐다. 그 순서대로 일행은 출발했다.

뾰족바위 절벽 동쪽으로 펼쳐진 초원은 그리 푸르지 않았다. 작열하는 뙤약볕에 무성한 풀이 누렇게 말라가고 있었다. 곳곳에 울창한 숲이 보이는데 나무보다는 수풀이 많았다. 그들이 지나가자 타조처럼 생긴 한 떼의 주금과 야생 시플레르 무리가 후닥닥 달아났다.

넓은 비포장도로는 관리 상태가 좋았고, 이따금 연결되는 갓길은 마을로 이어지는 것이 틀림없었다. 한낮에 그들은 다른 여행자 무리와 마주쳤다.

열두 명의 여행자 무리는 상자를 잔뜩 실은 수레를 호위하면서 서쪽으로 말을 몰고 있었다. 남자들은 무기를 지녔다. 에드윈이 짧은 인사말을 건넸다.

그들이 멀어졌을 때 에드윈이 설명했다.

"경비가 삼엄하군. 경계하고 있는 거야. 지금부터 만나는 사람들은 위험할 수 있다. 특히 값비싼 것을 수송하고 있을 경우에는."

더위가 기승을 부리고 있어서 카미유는 엘라나가 내민 파란 머플러로 머리를 싸맸다.

그들은 두 마을을 통과해서 한 도시에 이르렀다. 휴식을 취하기 좋은 곳이지만, 에드윈은 계속 전진하기로 결정했다.

그 지방은 거대한 경작지로 이루어져 있고, 전통적인 모습의 농장이 아니라 집들이 가운데에 옹기종기 모여 있어서 작은 성채처럼 보였다.

"우리 할아버지도 농장을 갖고 계셨지." 비욘이 카미유에게 말했다. "농경지 주인은 현지에 사는 농부를 50명까지 데리고 있을 수 있어. 여자와 아이들이 생기면 조직화된 마을을 이루고 산적들의 공격을 받아도 끄떡없이 대처할 수 있지."

"그런데 왜 농부가 되지 않았어요?"

"어머니가 가죽 장사로 큰돈을 번 아버지를 따라 농장을 떠나셨거든. 나는 알제이트 북서쪽 센 호수 부근의 도시 알센에서 자랐지만, 할아버지의 농장에서 많은 시간을 보냈지. 헛간에서 놀기도 하고 목동을 따라다니기도 하면서. 훗날, 장사나 농사에 대한 재능이 전혀 없다는 걸 알고 나는 무기 다루는 법을 배웠어. 갑옷과 도끼를 사서 곳곳을 돌아다니면서 내가 낭만적이고 용감한 완벽한 유랑기사라고 확신했지. 그러던 어느 날 많은 세월을 허비하고, 부모님이 번 돈을 날렸다는 걸 깨달았어. 한심한 인간이었지. 지금 생각하면 정말 후회가 막심해. 이 말은 이미 했지?"

카미유는 심각하게 듣고 있었고, 비욘은 말을 이었다.

"내가 왜 너한테 이런 얘기를 하는지 모르겠다. 어린 소녀에게 기껏 한다는 말이…… 휴, 나처럼 덜떨어진 어른이 또 있을까. 이래서는 안 되는 건데! 자, 내 얘기는 집어치우고 너에 대해 얘기해봐. 이전 생활과 현재 생활에 대해서."

카미유는 몸을 숙여 뮈르뮈르의 목덜미를 쓰다듬어주고 나서 시작했다.

"특별히 해줄 얘기가 없어요. 꿈을 꾸다 일어난 느낌이랄까. 아무튼 이 언아더월드를 전혀 모른 채 7년을 아주 천천히 살았던 것 같아요. 양부모에게 정이 없기 때문에 아무런 미련이 남아 있지 않아요. 그때는 고통스러웠고, 지금은 행복해요. 살림 말고는 친구가 없었고, 7년이란 세월 동안 그 세상에서 겉돌면서 살았던 이유를 오늘에야 깨달았어요. 나의 일부분이 퀜달라비르에 남아 있었기 때문에 그 세상과 완전히 동화될 수 없었던 거예요. 이곳에 도착하면서 나는 다시 깨어난 것이고, 이전의 생활은 아침이 되면 희미해지는 꿈처럼 머지않아 내 기억에서 사라질 거예요."

비욘은 입을 멍하니 벌린 채 듣고 있었다.

"너 몇 살인데 그런 말을 하니?"

"정확하게는 몰라요. 4915일쯤 되니까 아마 열셋 아니면 열네 살이겠죠. 애라는 느낌이 들 때도 있고, 또 어떤 때는 수백 살 먹은 늙은이라는 느낌이 들기도 했어요. 근데 그게 중요한가요? 어린애의 모습과 늙은이의 모습, 그 두 가지가 다 내 모습인데요."

비욘은 눈을 비볐다.

"손들었다, 에월란! 너와 대화를 나누기에는 내가 너무 부족해. 도끼 얘기라면 밤새도록 할 수 있는데…… 그게 싫으면 얘기 수준을 좀 낮춰주든가."

"다시는 그런 바보 같은 말 하지 마요. 내 말을 완벽하게 이해했으면서."

그러나 카미유를 당해낼 수 없다는 걸 깨달은 비욘이 윙크를 보내고 나서 에드윈을 향해 말에 박차를 가했다.

초저녁에 무장한 무리가 그들을 맞았다.

"친위대야." 에드윈이 말했다.

건장한 병사 여섯 명이 번쩍거리는 갑옷에 군마를 타고 있었다. 친위대를 이끄는 지휘관이 한 팔을 들어서 정지 명령을 내렸다.

"안녕하십니까? 용무와 행선지를 밝혀주시겠습니까?"

"우리는 황제를 알현하기 위해 알제이트로 가는 중이다." 에드윈이 대답했다.

갑옷 차림의 지휘관이 깜짝 놀라는 몸짓을 하다가 갑자기 차려 자세를 했다.

"틸 일란 대장님." 지휘관이 당황했다. "몰라뵙고 무례를 범했습니다. 용서하십시오."

"드디어 대장님을 알아보시는군!" 살림이 나직한 소리로 비아냥거렸다. "쯧쯧, 갑옷에 투구까지 완전무장을 하고 있는 게 아깝다."

에드윈이 지휘관에게 '편히쉬어' 명을 내렸다.

"괜찮다. 제군들은 우리가 누구인지 알 수 없었고, 당연히 해야 할 임무에 충실하였다. 수도로 이르는 길은 안전한가?"

"예, 대장님. 보고할 만한 사건은 전혀 없었습니다."

"강을 지나고 나서도?"

"알제이트까지 병사들이 배치되어 있습니다. 저희가 호위할까요?"

에드윈은 잠시 생각하다가 고개를 저었다.

"고맙지만 그럴 필요 없다. 알보르와 뾰족바위 절벽 사이에서 전투가 있었고, 타즈 언덕에서는 식인귀들의 습격을 받았다."

지휘관이 난처한 얼굴을 했다.

"이 지역은 안전하지 않습니다, 대장님. 이 지역을 지키기에는 병력이 많지 않습니다. 행동반경을 제한하라는 명령을 받았습니다. 하지만 폴리마즈 강과 뾰족바위 절벽 사이는 정찰대가 확실하게 지키고 있습니다."

"잘 알았다. 모두 힘을 내기 바란다."

"고맙습니다, 대장님. 그럼 무사하십시오."

친위대가 비포장도로 가장자리로 비켜서자 살림이 고삐를 당기면서 수레를 몰았다. 에드윈 같은 중요한 인물과 함께 다니는 것이 자랑스러운 살림은 가슴을 한껏 부풀렸다.

"에이, 쥐방울! 조심해, 너 바람이 너무 들어간 것 같다." 비욘이 놀렸다. "그러다 펑! 터지는 수가 있어."

3

스피어그래프: 스파이럴을 감지할 수 있는 보석. 츨리쉬의 스피어그래프는 도마뱀 전사들만의 뇌파에 맞춰 있다. 알라비리 사람은 스피어그래프를 만질 수 없다. 만약 실수로라도 만졌을 경우에는 심각한 정신장애가 일어나 목숨을 잃을 수 있다.

지식과 힘의 백과사전

해가 질 무렵, 에드윈이 휴식 신호를 보냈다. 친위대를 만난 뒤로 긴장이 많이 풀려 있었고, 모두 화기애애한 분위기에서 텐트를 세웠다.

그들은 선선할 때 이동하기 위해 다음 날 아침 일찍 출발했다. 키암 비트는 패배를 운명으로 받아들이면서 유머가 넘치는 유쾌한 동행자의 모습을 보여주었다. 그는 재미있는 이야기로 분위기를 띄우면서 파엘족 특유의 표현으로 인간들의 거만함을 비웃는 것도 잊지 않았다. 그러나 재치를 발휘하여 아무도 기분 상하지 않게 배려하는 센스도 있었다.

단단하고 반들반들한 장밋빛 포석을 간 도로가 시작되고 있어서 전진하기가 수월했다. 날이 어두워지자 에드윈이 여인숙에서 휴식을 취하기로 결정했다. 그들은 실로 오랜만에 편안하게 침대에서 잘 수 있었다. 카미유는 매트 위에 드러누우면서 행복한 신음 소리를 냈다. 한방을 쓰는 엘라나가 미소를 지었다.

"나도 침대를 갖고 여행하는 꿈을 꿨지. 하지만 뮈르뮈르가 절대로 찬성하지 않았어."

에드윈은 그들을 푹 자게 내버려뒀다. 다시 길을 나섰을 때 잠을 실컷 잔 덕분인지 숨막힐 듯한 더위를 견디기가 한결 수월했다.

해가 질 무렵, 그들은 폴리마즈 강기슭에 이르렀다. 선두에서 에드윈과 나란히 말을 모는 카미유는 처음에 바다라고 생각했다. 끝없이 펼쳐진 물, 아득히 보이는 수평선, 일렁거리는 파란 물에 하얀 범선들이 또렷이 드러나 있었다.

폴리마즈는 아마존 강의 네 배는 될 것 같은 어마어마한 강이었다. 카미유가 탄성을 지르려는 순간 눈에 띄는 것이 있었다.

카미유는 아무 말도 할 수 없었다.

우아한 곡선을 그리면서도 힘차게 하늘을 향해 날아오르는 듯한 다리가 보였던 것이다. 물질이 아니라 마치 빛의 덩어리처럼 번쩍거리는 다리가 하늘 높이 오르는가 싶더니 갑자기 수 킬로미터 아래 강기슭을 향해 내리막 경사를 이루고 있었다. 중력을 무시하듯 기적 같은 조화를 이루는 모습이 정말 경이로웠다. 감동한 카미유는 눈물이 왈칵 쏟아질 것만 같았다.

"저게 뭐예요?" 카미유가 간신히 진정하고 물었다.

"아치 다리야." 에드윈이 짤막하게 대답했다.

그들은 언덕 꼭대기에서 멈추고 장관을 이루는 아치 다리를 감상했다. 말에서 내린 카미유가 몇 발짝 걸어갔는데 언제 왔는지 살림이 옆에 섰다. 나머지 일행은 그 감동적인 순간을 방해하지 않으려고 약간 뒤에서 두 아이를 묵묵히 지켜보았다.

인간이 어떻게 이런 걸작품을 만들 수 있어? 살림은 도저히 믿기지 않는다는 얼굴로 경탄했다. 카미유의 가슴과 정신은 다리의 멋진 아치를 따라 끝없이 비상했다. 카미유는 갑자기 명치끝에서 뭔가가 뭉치는 느낌이 들었다.

해가 수평선 너머로 기울기 시작했다. 카미유는 에드윈이 아침 출발을 늦춘 이유를 알아차렸다. 에드윈은 그들이 이 장소에서 해가 지는 순간의 환상적인 모습을 감상하길 바란 것이었다! 금빛과 붉은빛으로 물든 하늘을 배경으로 마치 아치형 다리가 폭발하는 듯했다.

크리스털로 지은 것 같은 다리는 석양이 선사하는 오색찬란한 빛

깔 속에 독특한 색조를 띠었다. 크리스털을 통과하면서 확장된 빛깔들이 사방으로 퍼지면서 아치 모양의 다리가 빛의 세계에서 중심을 이루었다.

걷잡을 수 없는 눈물이 카미유의 볼을 타고 흘러내렸고, 환희가 몰려오면서 명치에 뭉쳐 있던 덩어리가 풀어지는 것 같았다. 그 순간 언제 나타났는지 슈쇼테르가 목 언저리의 쇄골에 앉아 있었다.

슈쇼테르는 메시지를 전할 필요가 없었다. 이미 알아차린 카미유가 행복에 젖어 있었다.

해가 완전히 넘어가고 어스름이 내릴 때까지 카미유는 그렇게 꼼짝 않은 채 아치 다리를 응시했다. 얼마나 환상적인 광경인가! 다리가 은빛을 띠면서 어둠 속에서 은은하게 반짝였다. 다리 자체에서 발산하는 빛인지, 별빛인지 알 수가 없었다.

살림은 일행에게 돌아갔고, 야영 준비가 끝나 있었다. 카미유는 마지못해서 돌아섰다. 두옴 선생님이 다가왔다.

"저 다리를 처음 볼 때는 누구나 경이로운 순간을 맞게 되지."

카미유가 고개를 끄덕였다. 그 느낌을 표현할 말이 생각나지 않았다. 두옴 선생님이 눈치를 챈 듯 말을 계속했다.

"알아챘는지 모르겠는데 아치 다리는 데생으로 만든 거야."

"영원히 존재하는 데생을 만들면 안 된다고 말씀하지 않으셨어요?"

두옴 선생님이 미소를 지었다.

"그래야지. 하지만 1500년 전 인간이 즐리쉬의 속박에서 해방되었을 때 아치 다리와 알제이트에 많은 건축물을 만드는 것으로 승리를 자축했지. 아주 특별한 상황이었으니까."

"나는 저렇게 아름다운 것은 상상할 수가 없을 것 같아요."

"궨달라비르의 데시나퇴르가 모두 힘을 합쳐서 만들었지. 가장 위대한 데시나퇴르의 지도를 받아서."

"메르윈 릴 아발론이요?"

"그래. 즐리쉬들이 스파이럴에 설치해놓은 첫 번째 빗장을 부숴버린 사람도 그분이었지. 최초로 축지술을 써서 네가 살던 세상에 갔다 온 사람도 그분이었다."

"그런데 메르윈이라는 이름이 낯설지가 않아요." 카미유가 여전히 어깨 위에 앉아 있는 슈쇼테르를 쓰다듬어주면서 중얼거렸다.

두옴 선생님이 슈쇼테르를 발견하고 눈살을 찌푸렸다.

"네 친구가 돌아왔구나."

"네, 다리를 감상하는 동안에 왔어요. 전 다시 만날 줄 알고 있었어요."

"아무리 생각해도 엉뚱한 녀석이로구나. 자, 이제 돌아가자." 두옴 선생님이 턱으로 야영지를 가리켰다.

"네, 그런데 한 가지 질문이 있어요. 무엇으로 만든 다리예요? 혹시 크리스털이에요?"

두옴 선생님은 빙긋이 웃었다.

"아무도 몰라. 닳지도 않고 파괴할 수도 없게 만들어졌다고 하는데 작은 조각 하나 추출할 수가 없어서 아무도 연구하지 못했지. 그렇지만 다이아몬드일 가능성이 커. 수백만 톤의 무게에 길이가 수 킬로미터에 이르는 한 덩어리의 다이아몬드."

식사 시간은 조용히 지나갔다. 밤을 밝혀주는 아치 다리의 존재가 마음을 평온하게 만들어주었다. 궁금한 게 있으면 입이 근질거리는 살림조차 저녁 내내 열 마디도 하지 않을 정도였다. 카미유는 슈쇼테르를 쓰다듬다가 잠이 들었다.

아침에 그들은 폴리마즈 강 쪽으로 내려갔다. 아치 다리에 가까워질수록 카미유는 그 장엄한 모습에 압도되는 느낌이었다.

"저 위로 지나가요?"

카미유가 에드윈에게 물었다.

"응, 예술작품이지만 다리이기도 하니까."

"굉장히 미끄럽겠어요."

"아니, 전혀 그렇지 않아. 다른 것이 문제지. 저 다리를 그렸던 사람들이 난간을 만들지 않았거든. 그래서 한가운데로 지나가라는 주의 사항이 있지."

"사고가 일어났겠네요."

"그래, 사고가 일어나긴 했지. 하지만 네가 생각하는 것보다는 사고가 거의 일어나지 않아. 폭이 50미터가 넘기 때문에 위험할 가능성은 거의 없다고 봐야지."

카미유는 안심이 되지 않았지만 아무 말도 하지 않았다.

폴리마즈 강가의 다리 교각 부근에 아담한 마을이 있고, 예쁘게 단장한 집들이 보였다.

"장사꾼들의 마을 카잔이야." 비욘이 말했다. "마치 전쟁이라는 현실이 이곳에는 이르지 않는다는 듯이 살고 있으니까. 오직 장사에만 관심이 있는 사람들이지. 주민의 절반이 여인숙을 하고, 나머지 절반은 기념품을 팔아. 한 끼 밥값만 내면 알제이트 최고의 호화 호텔에서 하룻밤을 보낼 수 있지."

"설마 뒤집으면 그 안에 있는 조그만 다리를 향해 눈이 펑펑 내리는 유리구슬 같은 기념품은 없겠죠?" 살림이 눈을 반짝이면서 물었다.

"물론 있고말고. '아치 다리를 추억하며'라고 새긴 튜닉도 있어."

살림이 깔깔대고 웃었다.

"형님, 안심이 되네요. 사람 사는 세상은 어디나 거기가 거기네요."

"도대체 무슨 말을 하는 건지! 카미유와 그렇게 붙어 다녔으면서 너도 말솜씨나 좀 배우지 그랬냐? 좀 명확하게 표현해야 알아듣든지 말든지 하지." 비욘이 머리를 긁으면서 대꾸했다.

"형님, 됐으니까 거기까지. 아무 말도 안 했으니까 잊어버려요."

이른 시간인데도 카잔의 화려한 거리에 많은 사람이 나와 있었다. 키암 비트는 그 활기를 비웃는 것 같았다. 그는 사람들이 지나가면서 자신에게 던지는 시선을 전혀 개의치 않았다. 그렇지만 카미유가 보내는 무언의 질문을 알아챘는지 말했다.

"많은 파엘족이 궨달라비르를 여행했지. 따라서 많은 인간이 우리 파엘족을 만났을 텐데 여전히 우리를 동물원의 원숭이 보듯 쳐다보고 있어. 기형적 인간으로 쳐다보는 시선에 이제 나도 익숙해졌다. 그런데 놀라운 건 너의 일행이 나를 아무렇지도 않게 받아들이고 있다는 점이야."

"우리와 별로 다르지 않은데 당연하죠."

"잘못 알고 있는 거다. 인간족과 파엘족은 엄연히 달라. 육신은 비슷하지만 정신은 완전히 다르다. 너희와 우리는 사고방식부터 다르니까."

가까이에서 보는 아치 다리는 정말이지 웅장했다. 에드윈이 설명했던 대로 다리는 넓고 반들반들했으며, 구름을 향해 완만한 오르막 경사를 이루고 있었다. 다이아몬드로 만든 것이 틀림없는지 말들이 들어섰을 때 말굽 소리가 맑게 울렸다. 카미유는 투명한 다리를 통해 비치는 폴리마즈 강의 파란 물을 보았다.

"운이 좋았어." 비욘이 말했다. "다리에 사람이 많이 몰려서 서로 떼밀리다 수백 미터 아래 물속으로 떨어져서 짧은 생을 마칠 수도 있는데……."

"귀담아듣지 마." 보다 못한 마니엘이 말했다. "관심을 끌기 위해서라면 무슨 일에든 끼어드는 인간이니까."

한 시간 후, 그들이 다리 꼭대기에 이르렀을 때 에드윈이 손을 들었고, 살림은 수레를 멈췄다.

"이리 와서 봐, 그럴 만한 가치가 있으니까." 에드윈이 말했다.

말에서 내린 카미유와 살림이 조심조심 걸어서 다리 가장자리에 서 있는 에드윈 옆으로 갔다. 황홀한 광경이었다. 폴리마즈 강을 달리는 배들이 하찮아 보이고, 높은 데서 내려다보는데도 강은 위용이 넘쳤다. 높은 곳이라서 바람이 어찌나 세게 부는지 카미유가 살림에게 달라붙었다.

"나를 믿어도 돼. 네가 날아가는데도 멍청하게 있을 정도로 내가 아둔하지는 않으니까."

그 말에 카미유는 웃음이 나왔다. 오랜만에 유쾌한 순간을 맞은 카미유는 살림과 이런 순간을 자주 가져야겠다고 마음먹었다.

그들은 가파른 내리막 경사를 이루는 다리를 건너서 카잔과 거의 흡사한 작은 마을로 접어들었다. 그러나 마을을 그냥 지나쳤다. 카미유는 안장에 앉은 채로 몸을 돌려 시야에서 완전히 사라질 때까지 아치 다리를 바라보았다. 메르윈 릴 아발론과 퀜달라비르의 데시나퇴르들이 다리뿐만 아니라 알제이트의 많은 건물을 데생으로 만들었다고 한 두옴 선생님의 말을 떠올리면서 말을 몰았다.

수도 알제이트에서는 또 어떤 것들이 놀라움을 안겨줄까?

4

책임감 있는 교육자라면 정말로 실재하는 데생 기술과 어린이들을 위해 꾸며낸 마법을 동시에 허용할 수 있을까? 메르윈 릴 아발론에 대해서 말하는 것이라면 물론 가능하다.

엘리스 밀 트루이프, 알제이트 아카데미의 데시나퇴르 교수

알제이트에 도착하려면 나흘을 더 가야 했다.

주거 밀집 지역이 점점 많아지면서 카미유와 살림은 처음으로 농업과 관련되지 않은 건축물을 볼 수 있었다. 두 아이의 놀라는 눈길을 보면서 에드윈이 설명했다.

"알제이트는 제국의 심장이야. 15세기 전 츨리쉬의 속박에서 해방되었을 때 사람들은 먼저 수도를 세운 뒤 영토를 수복하기로 결정하고 인간의 지식을 총동원했지. 지금도 국토 대부분이 원시적인 상태에 머물러 있어서 주민들은 개척자라고 해도 과언이 아니지. 그건 여기까지 오는 동안 너희도 확인했을 거다. 알제이트에서는 강철을 벼리고, 유리를 틀에 붓고, 치료법과 점성을 연구하지. 데시나퇴르를 양성하는 곳도 알제이트에 있어. 그래서 알보르를 포함한

나머지 다른 도시에서는 장인들과 농민들밖에 볼 수 없는 거야."

에드윈의 얘기를 들으면서 카미유는 주위를 둘러보았다.

사람이 많이 사는 지역이지만 자연이 우선인 듯 잘 보존되어 있었다. 지금까지 지나온 마을보다 큰 마을을 지나가는데 인간의 영역을 지키면서도 도로를 건너거나 덤불숲에서 자유롭게 튀어나오는 야생동물을 심심찮게 볼 수 있었다.

카미유는 자신이 떠나온 세상에 사는 인간들의 행태를 생각하면서 한숨을 쉬었다. 이곳은 대장간이 밀집되어 있는 부근인데도 공기가 깨끗하고, 마을 한복판을 관통하는 강인데도 물이 수정처럼 맑았다.

"알제이트에 언제 도착해요?" 카미유가 옆에서 말을 모는 엘라나에게 물었다.

"오늘 오후쯤."

"아치 다리만큼 감동적일까요?"

카미유는 엘라나가 대답 대신 짓는 미소로 만족해야 했다.

그들은 아침나절에 친위대 정찰병들의 검문을 받았다. 병사들은 긴장이 풀려 있었고, 도로를 감시해야 할 필요성보다는 관례에 따라 소임을 다하고 있는 것 같았다.

에드윈은 신분을 밝히지 않았고, 사업상 수도로 간다고 짤막하게 말한 뒤에 다시 출발했다.

장밋빛 포석이 깔린 넓은 도로는 방방곡곡에서 오는 많은 여행객으로 북적이고 있었다. 마침내 둥그런 언덕 꼭대기에서 알제이트가 모습을 드러냈다.

카미유는 또다시 숨이 막히는 것 같았다.

알제이트는 도시가 아니라 휘황찬란한 빛과 물의 기적이었다.

50여 미터 높이의 깎아지른 듯 솟은 바위, 그 꼭대기에 세운 수도는 흡사 난공불락의 요새 같았다. 하늘을 위협하는 듯한 탑들과 무지갯빛 돔, 거미줄처럼 보이는 구름다리들, 빛으로 지은 것 같은 지붕들, 환상적으로 어우러진 조화는 전형적인 도시라기보다는 금방이라도 날아갈 듯한 자태를 조각한 예술품 같았다.

높이 세운 건축물보다 훨씬 웅장한 폭포수가 커튼을 드리우듯 줄기차게 떨어지다 구불구불 완만하게 흐르는 물과 합류했다.

파란 불빛을 번쩍이는 다리가 고원으로 이르는 좁은 길까지 휘어지고 있는데 거기서부터는 유리처럼 투명한 돔이 꼭대기에서 떨어지는 물이 들어오지 못하게 막아주고 있었다. 푸른빛을 띠는 물보라가 일면서 주위가 온통 환상적인 빛으로 둘러싸였다. 바다와 합쳐지는 물은 청록색을 반짝이다 쪽빛으로 변했다.

아치 다리가 순수의 전형이라면 알제이트는 폭포수가 연출하는 빛의 유희로 눈이 부신, 형태와 선이 두드러진 빛의 도시였다.

얼이 빠진 살림을 보면서 에드윈이 어깨를 톡톡 쳤다.

"네가 뭐라고…… 했더라? 아, 기차와 비행기가 있어서 뭐가 어떻다고 했지? 알제이트에 온 걸 환영한다! 저기 보이는 다리와 길, 폭포가 사파이어 문을 형성하고 있지. 남쪽은 에메랄드 문, 북쪽은 수정 문, 동쪽은 루비 문."

"물이 어디서 내려오는 거죠?" 카미유가 물었다. "어떻게 저렇게 계속 흘러내릴 수 있죠? 위에 물을 조종하는 장치가 있나요?"

"우리 중에서 그 답을 아는 사람은 너밖에 없어." 에드윈이 지적했다. "알제이트를 형성하는 아름다운 모습의 미스터리는 데시나 퇴르들의 기술로 설명할 수 있으니까. 나로서는 불가사의라는 말밖에 할 수가 없구나."

마치 그 어떤 것도 감히 도시의 웅대함을 따라올 수 없다는 듯 수도를 에워싸는 평원에 다른 건축물은 없었다.

아치 다리를 지날 때처럼 말발굽 소리가 따그락따그락, 경쾌했다. 파란색 다리를 지나면서 카미유는 사파이어로 만든 것이 틀림없다고 생각했다.

눈부시게 아름다운 광경에 완전히 홀린 살림은 강물이 어떻게 둥

글게 말리면서 흘러갈 수 있는지 이유를 묻지 못했다. 살림이 고개를 쳐들었다. 그 각도에서는 알제이트의 탑들이 보이지 않았다. 그들은 돔 밑으로 접어들었는데 투명한 돔을 통해 보이는 물이 새파랬다.

그런데 놀랍게도 공기가 건조하고, 폭포수에서 나야 할 우렁찬 물소리가 졸졸거리는 소리로밖에 들리지 않았다.

사파이어 문을 통과하자 알제이트가 눈앞에 펼쳐졌다. 제일 먼저 파란 포석을 깐 광장이 보이고 그 위로 크리스털 구름다리들이 교차하고 있었다. 그다음은 늘씬하게 높이 솟은 탑들에 이어서 멋진 길이 보였다.

어떻게 이런 건축물을 데생으로 지을 수 있는지 믿어지지 않았다. 알제이트는 정말이지 마법의 도시 같았다.

에드윈이 카미유에게 몸을 숙이면서 말했다.

"꿈의 문을 통해 궁전으로 들어가게 하고 싶었다. 하지만 너무 눈에 띌까 봐 친위대 전용 출입문으로 통과할 거야."

에드윈은 일행을 이끌고 도시로 들어갔다.

카미유와 살림은 경이로운 광경에 눈이 휘둥그레졌다. 이미 알제이트에 와본 적이 있는 다른 일행도 아름다운 도시에 매료되기는 마찬가지였다. 에드윈조차 현기증이 날 정도의 멋진 건축물을 넋을 빼고 바라보았다.

불투명 유리로 지은 것 같은 원통형의 거대한 탑이 우뚝 솟아 있고, 둥근 문이 열려 있는데 거기가 친위대 전용 출입문인 모양이었다.

친위대 병사 여덟 명이 차려 자세로 서 있었다.

에드윈이 그들 중 장교에게 다가가서 몇 마디를 속삭였다.

바짝 긴장한 장교가 지시를 내리자 병사들이 비켜섰다. 카미유 일행은 말을 탄 채로 출입문을 통과했다. 원통형 터널을 30미터쯤 지나자 대리석을 깔아놓은 듯 바닥이 반들반들하고 하얀 앞뜰에 이르렀다.

머리 위 하늘에 파란 원이 뚜렷이 드러나 있었다. 유리벽에 수많은 창문과 문 몇 개가 열려 있었다.

에드윈이 말에서 내리자 모두 따라 내렸다. 마치 자신감과 카리스마를 요하는 새로운 역할을 떠맡은 것처럼 에드윈이 훨씬 더 위엄을 보이고 있었다. 에드윈은 황급히 달려온 친위대 병사들에게 짤막하게 명을 내리고 나서 카미유를 향해 돌아섰다.

"괜찮다면 나랑 같이 가자. 그사이에 나머지 일행은 휴식을 취할 것이다."

"선택의 여지가 없네요." 카미유가 차분하게 말했다.

"신중하게 행동해!" 살림이 에드윈과 함께 돌아서는 카미유를 향해 소리쳤다. "너도 잘 알지? 내가 없으면 바보 같은 짓 하는 거!"

정말 못 말리겠다는 듯이 카미유는 고개를 설레설레 저었다. 에드윈과 카미유는 긴 복도를 따라가면서 때로는 병사들과 때로는 민간인들과 마주쳤다. 이어서 층계를 올라가자 한적한 곳에 이르렀다. 카미유는 탑을 벗어난 느낌이 들었지만 정신없이 따라가다 보니 방향감각을 잃고 말았다.

카미유가 한마디 해야겠다고 생각할 때 에드윈이 세 번 노크를 하더니 대답을 기다리지 않고 문을 밀고 들어갔다. 방은 밝았고, 서류와 지도가 잔뜩 놓인 커다란 책상이 보였다.

한 남자가 뒷짐을 지고 서 있었다.

그들이 들어오는 소리에 돌아서던 남자의 얼굴이 환한 미소를 지었다.

"에드윈! 보름 전에 기별을 준 뒤로 소식이 없어서 걱정하고 있었네. 그래, 파엘족을 설득했나?"

카미유는 재빨리 남자를 살피면서 황제라는 걸 알아차렸다. 키가 큰 40대의 남자로 수염 난 얼굴은 초췌하지만 눈매는 날카로웠다. 바지와 흰색 튜닉 차림에 가벼운 쇠사슬 갑옷 같은 것을 걸치고 있었다.

에드윈이 정중하게 허리를 굽혔다.

"임무를 포기했습니다."

황제가 놀라는 몸짓을 하자 에드윈이 말을 이었다.

"파엘족의 왕자 키암 비트와 함께 왔습니다. 그러나 그 때문에 돌아온 것은 아닙니다."

더 이상의 설명을 하지 않고 에드윈은 황제에게 카미유가 보이도록 비켜섰다.

5

고뫼르: 30센티미터 길이에 무게가 3킬로그램이 나가는 복잡한 생활양식을 가진 양서류. 옹브르 늪지에서만 야생으로 서식한다. 고뫼르는 이미지네이션의 스파이럴 접근을 가로막는 정신장애 충격파를 발산한다.

지식과 힘의 백과사전

궨달라비르의 황제 실 아피안이 얼굴을 뚫어져라 쳐다봤지만, 에드윈은 아무 말도 덧붙이지 않았다. 그러자 황제의 눈길이 카미유에게 머물렀다. 잠시 동안 살피던 황제의 눈빛이 반짝이기 시작했다. 이어서 다가서더니 카미유의 어깨에 두 손을 얹었다.

"네 어머니의 눈빛과 똑같구나." 황제가 마침내 말했다.

"저를 아십니까?" 카미유는 깜짝 놀랐다.

황제가 고개를 끄덕였다. 카미유는 황제의 감정이 에드윈을 다시 보게 된 것 때문인지, 아니면 자신이 온 것 때문인지 종잡을 수가 없었다.

"에윌란 질 사이얀이 아니면 누가 나의 오랜 친구 에드윈으로 하여금 임무를 포기하게 만들 수 있겠나?"

황제가 또다시 카미유를 응시하다가 말을 이었다.

"엘리시아를 꼭 닮았구나. 네 어머니는 한 번 보면 누구든 절대로 잊을 수가 없지. 나는 네 부모와 오랜 세월을 함께 지냈다. 에드윈이 너를 찾아낸 것은 기쁘지만 나라가 어려운 시기에 돌아온 것이 유감스럽구나."

"폐하," 에드윈이 끼어들었다. "에월란은 천부적 재능을 지니고 있습니다."

황제가 깜짝 놀라서 에드윈을 쳐다봤다.

"이렇게 어린데…… 무슨 말을 하는 건가?"

"닐 에르그가 테스트한 결과, 이 아이의 분석표는 검은색 원이었습니다."

"검은색 원? 하지만……."

"이 아이는 어린 시절에 대한 기억이 전혀 없습니다, 폐하. 부모가 다른 세상에 안전하게 숨겨놓고 아이의 기억을 지워버렸으니까요. 이 아이는 축지술로 혼자 돌아왔습니다. 그리고 카오스의 용병 멘타이를 혼자서 물리쳤지요. 수준 높은 데생까지 할 줄 알기 때문에 이 아이의 능력이라면……."

"식물인간들을 깨울 수 있다?" 황제가 중얼거렸다.

황제는 두 손으로 머리를 쓸어 넘겼다.

"그들이 어디 있는지 안다면 그럴 수도……."

"알고 있습니다, 폐하!" 에드윈이 말했다. "그것도 에윌란이 알아냈습니다!"

황제가 주먹으로 쾅, 책상을 내리쳤다.

"그렇다면 얘기가 달라지지. 이제 우리에게도 가능성이 생겼어! 두옴 선생은 어떻게 생각하고 있는가?"

"두옴 선생님도 지금 궁전에 와 있습니다, 폐하. 우리와 함께 먼 길을 나섰습니다."

실 아피안 황제가 흐뭇한 얼굴로 카미유를 쳐다봤다.

"에드윈의 말이 우리에게 어떤 의미가 있는지 아느냐?"

"여러분이 애써준 덕분에 충분히 이해했다고 생각합니다. 저에게 식물인간들을 깨울 수 있는 능력이 있다면 그렇게 하겠습니다."

정말 총명한 아이로구나, 하는 얼굴로 실 아피안 황제가 카미유를 관찰했다.

"비범한 소녀입니다. 알탄과 엘리시아의 딸인데 당연히 그렇지 않겠습니까? 알탄 부부와 에윌란이 정말 자랑스럽습니다."

카미유는 에드윈을 뚫어져라 쳐다봤다. 에드윈은 부모를 개인적으로 안다는 내색을 한 적이 없었다. 에드윈이 부모와 친한 사이라는 걸 알아차린 카미유는 나중에 물어보기로 마음먹었다.

"우린 할 일이 많아, 에드윈. 처음부터 자세히 말해보게. 그다음에 필요한 결정을 내리세."

에드윈이 카미유를 쳐다보자 눈치를 챈 황제가 말을 이었다.

"에윌란, 너는 휴식을 취해야 할 것 같으니 편히 쉴 방으로 안내하라고 이르마. 우리는 나중에 다시 보자."

"죄송하지만," 에드윈이 나섰다. "에윌란은 여기까지 함께 온 일행에게 돌아가고 싶을 겁니다."

"물론 그렇겠지. 그들은 지금 어디 있나?"

"궁전 현관 앞에 있습니다."

"궁전에 그들의 거처를 마련하라고 명을 내리지."

카미유는 황제가 시종을 부르기 위해 밧줄 같은 걸 잡아당길 거라고 예상했는데 황제는 데생을 그리고 있었다. 옆방에서 울리는 종소리에 카미유는 웃음이 나왔지만 꾹 참았다. 궨달라비르의 황제가 저런 정도 수준의 데시나퇴르라니!

병사 한 명이 나타나자 황제가 짤막하게 몇 가지 명을 내렸다.

"이 병사가 네 일행에게 안내해줄 것이다." 황제가 카미유에게 말했다.

황제와 작별할 때는 어떻게 해야 하는지 몰라서 카미유가 우물쭈물하자 황제가 카미유의 머리에 손을 얹으면서 말했다.

"나중에 보자, 에윌란. 네가 우리에게 가져다준 희망 이상으로 너를 다시 찾은 것이 진심으로 기쁘구나."

6

엘레아 릴 모리엔발은 뱀처럼 본심을 감추고 있는 반역자였다. 그러나 내 말을 귀담아들을 것이라고 기대했던 사이 힐 무란 영주는 진실을 들으려고 하지 않았다.

카르보이스트 수도원장, 7서클의 회고록

두옴 선생님과 아르티스 발피에르는 보이지 않고, 나머지 일행은 낮은 테이블을 중심으로 가죽 소파에 둘러앉아서 시원한 음료수를 마시고 있었다.

키암 비트는 다리 하나를 팔걸이에 걸쳐놓은 자세로 맥주를 홀짝거리며 상황을 즐기는 듯 엘라나와 이야기를 나누고 있었다. 늘 그랬듯이 비욘은 능청스럽게 장난을 치는 살림과 티격태격했다.

마니엘만 편치 않은 얼굴이었다. 카미유는 자신이 오는 걸 보고 유독 반기는 마니엘에게 다가갔다. 다른 사람들과 달리 거인은 소파에 꼿꼿하게 앉아 있었고, 음료수를 건드리지도 않았다.

"왜 그래요?"

마니엘이 우물쭈물 주위를 쳐다보고 나서 대답했다.

"여기서는 내가 할 일이 없어."

"그게 무슨 말이에요?"

"난 한낱 병사일 뿐이야. 내가 있어야 할 자리는 황제의 궁전이 아니라는 뜻이지."

"하지만 우리는 다 같이 위험을 무릅쓰고 여기까지 왔잖아요. 우리는 함께 힘든 순간을 넘겼어요. 따라서 우리가 같이 있는 건 당연한 일이에요."

다른 사람들은 입을 꾹 다물고 둘의 대화에 귀를 기울였다. 마니엘이 슬픈 미소를 지었다.

"위험이라는 건 병사의 생활이야. 우리가 겪은 일이 너에게는 특별한 것이지만, 나에게는 일상적이니까. 나는 다른 건 아무것도 기대하지 말아야 해. 나는 귀족도 아니고, 부자도 아니니까. 내가 있어야 할 자리는 도시의 성문 앞을 지키며 오가는 사람을 감시하거나 라이족과 싸워야 하는 전쟁터야. 에드윈 틸 일란 대장님도 알제이트에 도착하기 전에 나에게 그 점을 상기하셨고."

카미유는 화가 치밀었다.

"말도 안 되는 소리예요! 귀족이나 돈이 이 일과 무슨 상관이에요? 엘라나 언니, 비욘, 그렇게 가만있지 말고 무슨 말 좀 해봐요……."

카미유는 일행의 굳은 얼굴을 보면서 입을 다물었다.

키암 비트가 말했다.

"이제는 내가 왜 파엘족과 인간족이 다르다고 했는지 이해하겠지? 우리 파엘족은 가치를 중요하게 여기지. 출신과 돈은 아무런 의미가 없어. 파엘족은 누구나 자신이 원하는 삶을 살 수 있지만, 인간은 아니지."

"하지만……."

"뭐가 하지만이야! 마니엘은 내일부터 알제이트의 성문을 지키면 되는 건데. 소수의 특권층은 명령을 내리고, 대다수 서민층은 복종을 하면 되니까. 내 말이 믿어지지 않으면 네 친구들에게 물어봐. 정말 하고 싶은 것이 무엇인지!"

카미유는 당황한 얼굴로 다른 사람들을 돌아봤다. 아무도 입을 열지 않았고, 침묵이 흐르고 있었다. 마침내 비온이 흠, 흠, 헛기침을 하면서 말문을 열었다.

"너를 만나고 내 삶이 어떻게 바뀌었는지 이미 고백했지? 그래서 정말 계속 같이 지내고 싶어. 하지만……."

"하지만?"

비온이 난처한 얼굴로 있다가 마지못해서 말했다.

"알제이트에 도착하기 전에 에드윈 틸 일란 대장님이 나한테도 내 역할은 끝났다고 말했어. 앞으로는 레지옹 누아르의 대원들이 너를 호위할 거라면서. 나는 내일 정처 없이 다시 떠날 거야."

카미유는 심호흡을 하면서 엘라나를 향해 돌아섰다. 엘라나도 쏨

쓸한 미소를 지었다.

"내가 여기 왜 있는지 알지? 나는 에드윈의 목숨을 세 번 구하겠다는 약속을 지켜야 해. 그리고 위험을 무릅쓰고 너를 꿋꿋하게 따라다니는 씩씩한 살림을 정말 사랑해. 그래서 끝까지 네 곁에 남고 싶다고 했지만, 나도 똑같은 대답을 들었어."

울화가 치민 카미유가 땅이 꺼지도록 한숨을 내쉬자 키암이 다시 끼어들었다.

"그럼 어떻게 될 거라고 생각했는데? 에드윈 틸 일란이 네 응석을 받아주면서 친구들과 같이 있게 해줄 거라고 생각했니? 나는 네 임무가 뭔지 모르고, 또 알고 싶지도 않아. 하지만 그 임무가 제국의 황제와 에드윈 사령관에게 중요한 일이라고 생각해. 중요한 것은 그것밖에 없으니까 우정이나 감정 따위는 무시해버리고 말지. 살림이 너와 계속 지낼 권리가 있다고 생각하니? 내 활을 걸고 단언하는데 살림에게도 떠나라고 했을 거다. 그럼 이제 여기는 자기가 있을 자리가 아니라고 한 마니엘의 말이 이해가 되겠지!"

카미유가 주먹을 불끈 쥐었다.

"모두 나랑 끝까지 가고 싶은 거 아니었어요? 정말 금지된 일이에요? 각자 자기의 자리가 따로 있다고 생각하는 거예요? 그래서 아무도 반박하지 않았단 말이에요? 가자, 살림!"

살림이 발딱 일어났다.

"걱정 마, 누나야." 살림이 활기차게 말했다. "나는 당연히 따라가지. 이번에는 누구에게 화풀이하려고?"

"위선자 에드윈에게!" 카미유가 내뱉었다.

카미유는 살림을 데리고 몇 분 전에 통과했던 문으로 나갔다.

"어쩌죠?" 비욘이 불안해했다. "한바탕 소동이 일게 생겼는데……."

"우리가 뭘 어쩌겠어요, 할 수 없지."

엘라나가 중얼거리듯 말했다.

엘라나의 얼굴이 굳어지는 반면에 키암 비트의 얼굴에는 미소가 번졌다. 비욘은 무슨 말을 하려다 말고 웃음을 터뜨렸다.

"궨달라비르 군대의 사령관이며 친위대 대장이자 레지옹 누아르의 수장이고 열 판 전승의 사나이……. 난 에윌란이 그 대단한 에드윈을 이기는 데 금화 100닢을 걸겠어."

"나도 에드윈이 꼼짝 못하는 것에 화살을 걸겠소!" 키암 비트가 외쳤다.

에드윈을 향해 걸음을 뗄 때마다 카미유의 분노는 점점 커졌다.

카미유가 어찌나 빠르게 걸어가는지 살림은 쫓아가기가 힘들었다. 사실 살림은 친구의 기분을 풀어주기 위해서라기보다는 두려움을 떨치기 위해 농담을 하느라고 에너지 소비가 많았다.

방향감각을 잃을 정도로 복잡하게 갔던 길인데 이상하게도 카미유는 황제를 만났던 방을 쉽게 찾아갔다. 카미유가 노크도 하지 않고 들어갔다.

지도를 들여다보고 있던 실 아피안 황제와 에드윈이 놀라서 고개를 들었다.

"에윌란, 무슨 일이니?" 에드윈이 외쳤다.

"비욘과 엘라나에게 앞으로는 같이 행동할 필요가 없다고 한 것이 사실이에요? 마니엘에게 성문이나 지키라고 한 것이 사실이에요? 살림과 나를 갈라놓을 생각인 게 사실이에요?"

언성을 점점 높이던 카미유는 거의 고함을 지르고 있었다. 친구의 기세에 감탄하여 입을 멍하니 벌리고 있던 살림은 에드윈의 성난 얼굴을 보는 순간 주눅이 들었다.

"그만해, 에윌란!" 에드윈이 나무랐다. "내가 무슨 말을 했는지 알고 있으니까. 네 생각은 중요하지 않아, 결정은 내가 하니까!"

그 순간 살림은 에드윈이 아니라 츨리쉬와 맞서고 있는 느낌이 들었다. 서슬이 퍼레서 이를 악물고 있는 에드윈의 모습은 소름이 끼쳤다. 그러나 살림은 친구의 반응에 아연실색했다.

카미유가 시니컬한 웃음을 터뜨렸다.

"내 이름은 에윌란이 아니라 카미유예요! 그리고 난 당신의 어처구니없고 독단적인 명령에 복종하길 거부합니다! 내 친구들을 저버리는 것도 거부합니다!"

"어리석기는!" 에드윈이 간신히 자제하면서 으름장을 놓았다.

"중요한 건 우정이 아니라 능력이야. 비욘과 마니엘이 용맹하지만 전투에서는 레지옹 누아르의 정예군이 훨씬 뛰어나니까. 두옴 선생님은 나이가 너무 많아서 끝까지 같이 갈 수가 없고, 엘라나와 키암은 훈련이 부족해. 아르티스는 명상 치료사니까 내가 굳이 결정을 내릴 필요도 없는 사람이고. 이제 알겠니?"

카미유는 팔짱을 끼고 에드윈을 노려봤다.

"아뇨! 당신의 정예군은 나와 아무런 관계가 없어요. 아무리 대단한 정예군이라도 제국을 구할 수는 없어요. 비욘이나 엘라나, 마니엘, 두옴 선생님, 그들은 모두 여기까지 오면서 역량을 보여주었고, 나와 끝까지 가고 싶어 했어요. 따라서 그들은 나와 함께할 권리가 있어요!"

실 아피안 황제가 참견하려고 했지만, 에드윈이 겨를을 주지 않았다.

"입 다물어! 정말 변덕스러운 계집아이구나! 낭비할 시간 없으니까 빨리 나가!"

카미유의 얼굴이 창백해졌다.

"내가 변덕쟁이면 당신은 독재자예요! 내가 떠나길 바란단 말이죠? 그렇다면 나도 더 이상 바랄 것이 없죠. 가서 파수병들에게 깨어나라고 명령을 내리시죠. 복종하지 않는 사람은 낙인을 찍어서 내치면 될 테니까!"

카미유는 코를 쿵쿵거리더니 거만한 표정으로 고개를 바짝 쳐들었다. 카미유가 살림의 팔을 잡았는데…… 흔적도 없이 사라지고, 에드윈과 황제만 남아 있었다.

"축지술을 사용했군." 황제가 탄성을 질렀다. "어디로 갔지? 아이를 찾아야 한다!"

에드윈은 이미 방을 뛰쳐나가고 없었다.

7

라이족은 추하고 어리석으며 훈련이 부족하지만 피에 굶주린 잔혹한 종족이고 수가 많다! 제국 군대의 병사 한 명이 라이 세 놈을 해치울 수 있는데 병사 한 명이 감당해야 할 라이는 열 놈이다.

사이 힐 무란 영주, 군사회의 중에 나눈 밀담

"너무 심했다고 생각하지 않아?"

사람들로 북적거리는 알제이트 거리에서 살림과 카미유는 나란히 걷고 있었다. 축지술 덕분에 그들은 친위대 전용 출입문 안쪽의 마당으로 이동했다. 입구에서 병사들이 보초를 서고 있지만, 그들은 아무런 제지도 받지 않고 문을 통과했고, 거의 한 시간 동안 여기저기 돌아다니면서 제국의 수도를 구경했다.

"내 말이 틀렸다는 거야?"

"아니, 그건 아니지만 그래도 상대가 에드윈인데……."

카미유가 걸음을 멈추고 친구를 똑바로 쳐다봤다.

"살림, 비욘처럼 선량한 사람들을 우습게 여기고, 에드윈 같은 권력자들 앞에서는 비굴하게 군다면 정말 너에게 실망이야."

살림이 알아들을 수 없는 말을 중얼거리자 카미유가 미소를 지었다. 카미유는 에드윈에게 너무 심했다는 것을 알고 있었다. 살림이 무슨 뜻으로 한 말인지도 잘 알았다.

"내가 좀 심했다는 건 인정하지만 속이 후련해. 그렇게 비난해야 이 일이 해결되니까 할 수 없었어."

"그럼 포기할 생각이 아냐?"

"당연히 아니지. 식물인간들을 깨워야 하는데. 그리고 엘레아 릴 모리엔발이란 여자에게 내 부모님을 왜 배신했는지 이유를 꼭 따질 거야."

"그럼 에드윈은?"

"난처한 지경에 빠지도록 내버려둬야지. 에드윈에게는 흔한 일이 아닐 테니까. 그를 다시 만날 때까지 우리는 판타지 소설 속 도시 같은 알제이트나 실컷 구경하자. 어때? 마음에 안 들어?"

"당연히 마음에 들지. 무지무지 마음에 들어."

이미 오래전에 어둠이 내려앉았다. 그렇지만 건물마다 발산하는 다양한 빛 덕분에 도시는 대낮처럼 번쩍번쩍 빛났다. 거리에는 여전히 사람이 많았고, 파엘족도 몇 명 눈에 띄었다.

마침내 카미유와 살림은 도시의 고지대 정복에 나섰다. 둘은 비취로 세운 뾰족탑을 휘감는 듯 현기증이 날 정도로 높은 나선형 층계를 올라간 다음, 밟으면 박살이 날 것 같지만 사실은 강철 못지않게 단단한 크리스털 구름다리를 건넜다. 좀 더 높은 꼭대기로 이어지는 또 다른 층계가 보였다. 올라가는 곳마다 화려한 불빛 속을 산책하는 사람들과 장사꾼들로 활기가 넘쳤다. 살림이 다른 것들보다 더 높이 솟은 탑을 가리키면서 카미유에게 제안했다.

"올라가 볼까? 저 꼭대기에서 내려다보면 세상 끝까지 볼 수 있을 것 같은데."

"망설일 이유가 없지!"

거미줄 같은 다리를 건너는데 어찌나 높은지 카미유는 여러 번 눈을 감았다. 탑 앞에 이른 카미유와 살림은 입구로 들어갔다. 도시의 소음이 닿지 않을 정도로 높은 곳이라서 거의 인적이 없었다. 탑의 안쪽 벽을 따라 나선형 층계가 있었다. 100계단쯤 올라가자 확 트인 공간이 나타났다.

카미유와 살림은 도시의 최고봉에 올라와 있었다. 거기까지는 빛이 닿지 않아서 밤하늘에 총총한 별이 또렷했다. 지름이 거의 20미터에 이르는 원형 옥상에서, 며칠 만에 처음으로 단둘이 되어 있었다. 카미유와 살림은 난간에 몸을 기대고 알제이트를 감상했다.

"내 지도가 맞는다면 우리가 있는 위치는 제국의 남동쪽이고," 카미유가 손가락으로 가리키면서 말했다. "알폴은 저 방향으로 1000킬로미터쯤 떨어진 데에 있어."

"근데 말이야, 네 지도가 우리의 숙소로 가는 방향도 가르쳐주려나? 어쨌든 피곤해지기 시작했고, 네가 비웃겠지만 배도 고파."

"네가 배꼽시계라는 걸 깜빡했다. 게으름뱅이라는 것도. 그래, 돌아가야지. 근데 난 조금만 더 있다 돌아가고 싶은데 참을 수 있겠어? 넌 이 자유를 만끽하고 싶지 않아?"

"좋아, 알았어."

그들이 내려가려고 할 때 계단에서 발소리가 들렸다. 그러고는 지체 없이 키가 큰 실루엣이 옥상에 모습을 드러냈다. 카미유는 등골이 오싹했다. 카미유가 살림을 재빨리 잡아끌면서 후닥닥 뒤로 물러섰다.

휙, 하는 소리가 나면서 별빛을 받은 칼날이 번쩍였다.

"맙소사, 카오스의 용병이야." 살림이 말했다.

카미유는 살림의 팔을 잡은 손에 힘을 주면서 데생으로 축지술을 그렸다.

아무 일도 일어나지 않았다.

검은색 가죽 갑옷 차림의 용병이 다가오고 있었다. 용병의 어깨에 끈적끈적한 물체가 들러붙어 있는데 두꺼비와 달팽이의 잡종 같았다.

"고피르*다." 용병이 조롱과 증오가 섞인 목소리로 말했다. "스파이럴 출입을 막는 능력을 가진 무시무시한 동물이지. 어때, 흥미롭지 않니?"

카미유와 살림은 등에 난간이 느껴질 때까지 뒷걸음쳤다. 둘은 동시에 아래쪽을 힐끔 쳐다봤다. 용병이 비열한 웃음을 흘렸다.

"그래, 그것도 한 가지 방법이지." 용병이 이죽거렸다. "그런데 여기서 떨어지면 바로 죽는단 말이야. 그러면 너무 싱겁게 끝나잖아. 내가 그렇게 빨리 가지 않게 해줄게, 이걸로!"

용병의 검이 즉시 허공을 갈랐고, 카미유와 살림은 소스라치게 놀랐다.

"자, 칼을 받아라!" 용병이 소리쳤다.

8

라이족 왕국을 탐사한 알라비리 사람은 극소수에 불과하지만, 우리는 라이족을 다스리는 왕이 살육을 즐기는 미치광이라는 걸 알고 있다. 츨리쉬들이 오합지졸의 전사들을 강제로 조직화하지 않았다면 라이족은 우리에게 그렇게 위협적인 존재가 되지 못했을 것이다.

사이 힐 무란 영주, 항해일지

"마니엘과 비욘은 남쪽의 큰길을 샅샅이 훑어봐." 에드윈이 지시를 내렸다. "엘라나와 키암은 고지대 쪽을 맡으시오. 나는 성문 쪽을 살피겠다. 아르티스, 자네는 여기서 기다리게. 아이들이 돌아올 때를 대비해서."

아르티스가 고개를 끄덕였다. 마니엘과 비욘은 거의 차려 자세를 취했지만, 파엘족 키암 비트는 아무 말도 하지 않았고, 엘라나는 미소만 짓고 있었다.

에드윈이 깜짝 놀란 얼굴로 그들을 쳐다봤다.

"동의하지 않겠다는 뜻인가?"

"우리의 역할이 끝났다고 한 건 당신이에요." 엘라나가 쏘아붙였다. "내 추측이 틀리지 않는다면 아마 그 때문에 카미유가 나가버린 것이고요. 그러니까 혼자 알아서 결정해요. 더 이상 내 문제가 아니니까."

에드윈은 감정을 억제했다.

"상황이 바뀌었고, 내 잘못을 시인합니다. 모두 나를 도와줘야겠소."

에드윈이 정말 하기 힘든 말을 꺼냈지만, 엘라나는 콧방귀를 뀌었다.

"우리 같은 하찮은 인간들이 알제이트를 뒤진다고 그 아이들을 찾을 수나 있겠어요? 높은 데 계신 당신이 알아서 하시죠!"

"선택의 여지가 없어요. 그 아이들을 알아볼 수 있는 건 우리밖에 없으니까." 에드윈이 응수했다.

"아이들이 아직 도시에 있는지도 확실치 않잖아요."

"경비병들이 밖으로 나가는 걸 봤답니다. 여러분의 도움이 필요해요. 에윌란은 식물인간들을 깨울 수 있는 유일한 아이인데 위험하단 말이오. 축지술을 사용했으니 츨리쉬들이 찾아냈을 거요. 이번에는 놈들이 누굴 보냈는지 알 수 없단 말이오!"

키암 비트가 눈살을 찌푸렸다.

"중요한 아이라는 건 눈치챘지만 그 정도일 줄이야. 더구나 다른 것도 아니고 퀜달라비르의 파수병들을 깨울 수 있다니······."

"그래요, 에윌란은 그럴 수 있소." 에드윈이 말했다. "그리고 절박한 상황이오. 우리 군대는 지금 츨리쉬 데시나퇴르들과 라이족에게 참패를 당하고 있는 중이오."

그때까지 한마디도 하지 않던 아르티스 발피에르가 얼굴을 찌푸렸다.

"그 정도로 심각한 상태입니까?"

에드윈이 어두운 얼굴로 그들을 쳐다봤다.

"상황은 거의 절망적이오. 우리 군사는 모두 북방에 있는데 곤경에 처해 있소. 버티고 있지만 오래가지 못할 거요. 알보르의 영주, 사이 힐 무란에게서 그저께 전갈을 받았는데 우리 군대가 한두 달 이상은 버티지 못할 것이라고 하였소. 군대가 굴복하면 라이족은 몇 주일 이내에 아무런 저항도 받지 않고 제국을 침략할 것이오. 알제이트가 무너질 것이고, 그리되면 궨달라비르와 주민들은 기억 속으로 사라질 것이오."

아르티스의 얼굴이 파랗게 질렸다. 그가 결심한 듯 엘라나를 향해 돌아섰다.

"당신이 나를 어떻게 생각하는지 압니다." 그는 말을 더듬지도, 얼굴이 빨개지지도 않았다. "나를 비겁한 겁쟁이라고 생각하는 것도 압니다. 그런데 당신과 닮지 않은 것이 천만다행이군요. 당신은 오만하고 고집스러운 여자입니다. 그 알량한 자존심 때문에 수많은 목숨을 희생시키려고 하는 당신이 수치스럽습니다."

엘라나가 웃음을 터뜨렸지만 아르티스의 비난에 정곡을 찔린 것이 역력했다.

"좋아요. 짚 더미에서 바늘을 찾는 격이지만 도울게요. 하지만 먼저 조건이 있어요. 에윌란과 살림을 찾으면 앞으로의 일정에 대해 완전히 동등한 입장에서 다시 협상하는 거예요."

모두 에드윈을 쳐다봤다.

"알았소." 에드윈이 마침내 말했다. "계속 같이 가겠다는 사람에게는 동행을 약속하겠소."

바로 그 순간, 카미유가 방에 유형화되었다. 온몸이 피투성이였다.

아르티스를 발견한 카미유의 눈이 빛났다.

누가 말 한마디 할 겨를도 없이 카미유는 명상 치료사에게 달려가서 팔을 움켜잡았다.

그러고는 눈 깜짝할 사이에 두 사람이 사라져버렸다.

9

그림자걸음! 사람들이 얼마나 동경하는 말인가! 사람들은 의심, 두려움, 비난의 가면을 쓰고 그 마음을 감추지만 사람들이 우리를 시기하고 있는 것은 분명하다! 사람들은 도둑이나 곡예사 따위의 표현으로 우리 그림자걸음을 업신여기고 있다. 그러나 진실은 한마디로 요약된다. 우리는 자유롭고, 그래서 우리는 사람들의 법을 단호하게 거부한다.

엘룬드릴 샤리아킨, 전설의 그림자걸음

카오스의 용병이 한 발짝 앞으로 나섰다.

카미유와 살림은 난간에 막혀서 꼼짝 못하는 상태였고, 용병은 그 상황을 즐기고 있는 것이 역력했다. 용병의 검이 다시 한 번 허공을 갈랐다. 카미유는 비명을 지르지 않을 수 없었다. 용병의 사악한 웃음소리가 다시 울려 퍼졌다. 썩어서 흐물흐물해진 해파리처럼 어깨에 들러붙어 있는 고뫼르는 주인이랑 어쩌면 그렇게 딱 어울리는지……. 살림이 이를 악물었다.

"네 단검을 나한테 줘." 살림이 카미유에게 말했다.

"안 돼, 살림……."

용병이 칼끝을 내렸다.

"그거 아주 좋은 생각이구나." 용병이 비아냥거렸다. "네 칼을 이

놈에게 줘, 어떻게 되나 보게…….”

용병이 무슨 말을 하거나 말거나 살림은 카미유를 뚫어져라 응시했다.

"줘!" 살림이 단호하게 말했다.

차분하면서 자신 있는 목소리였다. 그렇지만 몹시 긴장한 나머지, 턱의 근육이 미세하게 떨리고 있었다.

카미유는 천천히 엘라나가 준 단검을 꺼내서 살림에게 내밀었다. 살림이 용병을 향해 돌아섰다.

"용기가 가상하구나! 어리석은 놈이 아니면 맹랑한 녀석으로 봐 주지.”

"우리 세상에 이런 속담이 있죠." 살림이 억양 없는 목소리로 말했다. "용병은 꼴통이다!"

무슨 소리를 하려나 듣고 있다가 뒤통수를 맞은 용병이 잠시 주의가 산만해지는 틈을 타서 살림이 번개같이 달려들었다. 그러나 상대는 고도의 훈련을 받은 전문 킬러였다. 용병은 소년의 서투른 공격을 가볍게 피하면서 검을 쳐들었다.

겁에 질린 살림이 딸꾹질을 하는 순간 친구의 배를 관통한 칼날이 등으로 나오는 걸 보면서 카미유는 비명을 질렀다. 피가 콸콸 쏟아지고 있었다.

살림은 용병을 이기기는커녕 상처조차 입히지 못하리라는 걸 처음부터 알고 있었지만 피하지 않고 과감하게 맞섰다.

참을 수 없는 통증 때문에 살림은 힘이 빠지고 있었다. 눈앞이 흐려지면서 다리가 후들거리기 시작했다.

"용병은 꼴통이다!" 살림이 중얼거리면서 단검을 날렸다.

힘이 다 빠져서일까, 칼의 위력이 약했다. 용병의 갑옷은 멀쩡한 것 같고 대신 고꾀르가 반토막이 나 있었다. 살림은 그 자리에서 푹 쓰러졌다.

용병은 빨리 행동해야 한다는 걸 깨달았다. 소녀를 공격하려고 했지만, 카미유는 이미 이미지네이션에 들어가 있었다.

용병은 카미유가 사라질 거라고 예상했다. 그런데 갑자기 가슴에 뚝 떨어진 불덩어리 때문에 용병이 데굴데굴 굴렀다. 카미유는 꼼짝하지 않았다.

용병이 간신히 일어났는데 옷에 불이 붙어 있었다. 그가 한 발짝을 떼는 순간이었다. 번쩍, 하늘을 가를 듯한 번개가 치면서 순식간에 용병은 한 줌의 재로 변해버렸다.

카미유는 살림에게 뛰어갔다. 창백한 얼굴로 쓰러진 살림의 몸 밑으로 피가 흥건히 괴어 있었다. 그렇지만 살림은 카미유를 보면서 미소를 지으려고 애를 썼다.

"멋진 번개다. 네 눈빛만큼 멋지다." 살림이 힘겹게 중얼거렸다.

갑자기 부들부들 떠는 살림을 보면서 카미유는 공포에 사로잡했다.

"추워." 살림이 속삭였다. "넌 안 추워?"

카미유는 대답하지 않고 사라졌다.

살림은 눈을 찡그리면서 중얼거렸다.

"또 없어졌구나……."

살림은 어둠 속에 묻혔다.

쓰러져 있는 살림 옆에 아르티스 발피에르가 꿇어앉았다.

"살려주세요, 아르티스, 제발……. 죽은 거 아니죠, 아르티스? 아르티스, 제발……."

10

　이제 2년째를 맞는 여러분은 모두 불을 데생할 수 있다. 그것은 다른 감각들 중에서 특히 시각에 기인한다. 보이는 것을 상상하는 것은 느끼는 것을 상상하는 것보다 훨씬 쉽다. 빛은 오직 시각적인 실재성을 지니고 있기 때문이다. 반대로 맹인은 불꽃보다는 냄새를 훨씬 더 수월하게 데생할 수 있다.

　　　　엘리스 밀 트루이프, 알제이트 아카데미의 데시나퇴르 교수

　에드윈 틸 일란이 심각한 표정으로 동지들 앞에 섰다. 그의 턱에서 경련이 일어나고 목에 힘줄이 솟아 있었다. 무거운 침묵이 흘렀다.

　실 아피안 황제까지 나서서 한사코 말렸지만, 두옴 선생님은 극도로 허약해진 몸에도 불구하고 같이 가겠다고 우겼다. 선생님은 최선을 다해서 부축해주는 아르티스 발피에르에게 기대고 있었다. 비욘이 의자를 권했지만, 고집스러운 노인은 거부했다. 모두 서 있는데 혼자만 앉는다는 것은 있을 수 없다는 듯이.

　에드윈이 심호흡을 했고, 다른 사람들은 숨을 죽였다.

　"미안합니다." 에드윈이 우렁찬 목소리로 말문을 열었다.

　카미유는 목이 메는 감동을 느꼈다. 에드윈이 말을 이었다.

"여러분 모두에게 용서를 구합니다."

엘라나가 불편해서 어쩔 줄 모르는 마니엘의 팔을 잡아주었다. 떠날 생각을 하던 마니엘은 이제 자신의 자리가 이곳이라는 걸, 자신은 그럴 만한 가치가 있다는 걸 깨달았다.

에드윈이 엄숙하게 말했다.

"우리 인간들이 위험에 처해 있습니다. 지금까지 우리가 직면했던 위험보다 훨씬 심각한 상황입니다. 그 위험에 대항하기에는 우리 군대의 힘이 부족합니다. 나라의 미래가 하루하루 어두워지고 있는 때에 에윌란이 희망을 가져왔습니다. 그러나 에윌란은 불굴의 전사가 아니라 이제 겨우 유년기를 벗어난 어린 소녀일 뿐입니다. 이 명백한 사실을 고려해야 했는데 나는 신중하지 못한 처신을 하였습니다. 우리 여정의 1단계를 지나는 동안 여러분은 최선을 다해 역량을 발휘하였고, 나는 식물인간들을 깨울 때까지 함께 가기를 원하고 있습니다. 그것은 여러분의 권리이고, 나는 기꺼이 여러분의 바람을 받아들입니다."

비욘이 우쭐해져서 어깨에 힘을 주자 키암 비트가 비웃는 눈길을 던졌다. 에드윈은 잠시 입을 다물었다. 제국의 사령관으로서 그런 말을 하는 것이 괴롭지 않다면 거짓말일 것이다. 에드윈이 괴로운 마음을 추스른 다음 입가에 미소를 띠면서 말을 이었다.

"진행 과정이 어찌 되었든 변화를 기대하지는 마시오. 나는 여전히 지휘권을 갖고 있으며, 앞으로는 여러분의 의견에 귀를 기울일 것입니다. 그러나 내 명령에 불복하는 사람은 그냥 넘어가지 않겠습니다."

"말씀 잘하셨습니다, 대장님!" 살림이 외치면서 비욘을 힐끔 쳐다봤다. "제가 한 사람 알고 있는데요. 누구라고 말은 안 하겠지만 날이 갈수록 굴욕적인 패배를 원하는 사람인데 그 사람부터 본보기로 삼는 게 어떨까요?"

카미유가 웃음을 터뜨리자 모두 따라 웃었다.

명상 치료사 아르티스가 기적적으로 목숨을 구해준 덕분에 살림은 죽을 고비를 넘겼다. 나중에 명상 치료사는 몇 초만 더 지났더라면 생명이 위태로운 상태였다고 말했다.

아르티스는 용병의 검에 찔려서 위독한 살림의 손상된 장기를 명상 치료술로 봉합하고, 혈관을 온전한 상태로 복원했다. 그 나머지는 살림의 믿을 수 없을 정도로 강인한 생명력에 달려 있었다. 다른 사람 같으면 일주일이 걸려야 회복했을 테지만 살림은 놀랍게도 하룻밤 만에 툭툭 털고 일어났다.

살림은 아직 약간 비틀거리고, 이따금 깜짝깜짝 놀라며 배를 만졌지만 누가 봐도 회복한 것이 분명했다. 비욘이 속내를 감추고 농담을 던졌다.

"네가 좀 더 죽은 듯이 누워 있어줬으면 덕분에 며칠 푹 쉴 수 있을 텐데!"

 그 농담에 카미유가 미소를 머금었다. 살림이 위험한 고비를 넘겼지만, 카미유는 사고에 대한 책임이 절반은 자신에게 있기 때문에 혼란스러웠다. 카오스의 용병을 한 줌의 재로 만들어버린 번개가 머리에서 떠나지 않았다. 번개는 맑은 밤하늘에서 돌연 나타났고, 용병은 피할 겨를이 없었다. 카미유는 의식적으로 한 행동이었고, 설사 무의식적이었다고 해도 전혀 후회되지는 않았다. 그러나 그 순간에 자신의 몸에서 폭발했던 힘 때문에 덜컥 겁이 났다. 폭우를 만들어낸 데생과 파리에서 용병과 싸울 때 사용했던 데생과 비교하면 차이가 확연했다. 카미유는 자신의 재능에 과연 한계라는 것이 있는지 의문이 들었다.

 "살림이 거의 회복했지만, 우리는 사흘 후에 출발합니다." 에드윈이 말했다.
 "위급한 상황 아닌가요?" 엘라나가 물었다.
 "위급한 상황 맞소. 그렇다고 성급하게 라이족에게 달려갈 일은 아니지요. 츨리쉬들은 엘레아 릴 모리엔발이 에월란에게 식물인간들이 억류되어 있는 장소를 알려줬다는 걸 모르고 있어요. 그렇지만 놈들은 우리가 어디 있는지 알기 때문에 알폴로 이르는 길목을 지키고 있을 거요. 함정에 빠지지 않으려면 속임수를 쓸 필요가 있어요."

에드윈은 탁자 위에 지도를 펼쳐놓고 움직이지 않게 가장자리에 유리잔 몇 개를 올려놨다.

"알폴로 가려면 알제이트와 알센을 잇는 북쪽 길을 통해 가는 것이 가장 빠른 길이지요."

"그럼 그 길로 가면 되잖아요?" 비욘이 물었다.

"날마다 즐리쉬들이 보내는 라이족 무리와 싸우면서 말인가? 그래서 우리는 우회합니다."

무거운 침묵이 흘렀다.

"아치 다리에서 약간 북쪽에 있는 폴리마즈 강으로 갈 겁니다. 거기서 배를 타고 센 호수로 갈 예정입니다. 긴 여정이지만 그게 안전한 노선이니까."

"그러면 즐리쉬들이 아무런 의심도 하지 않나요?" 엘라나가 비꼬듯 물었다.

"교란작전으로 즐리쉬들을 속일 겁니다." 에드윈이 진지하게 대답했다. "우리 대역을 하는 군단이 우리와 동시에 북쪽 길로 출발할 거니까."

엘라나는 잠시 생각했다.

"그건 가능성이 있네요. 그럼 알센 다음부터는?"

"미리 예측하기는 어려워요. 라이족과 전투를 얼마나 많이 하느냐에 달려 있으니까."

"그런데 왜 사흘을 기다려요?" 카미유가 끼어들었다.

에드윈이 두옴 선생님을 향해 돌아섰다.

"선생님이 연구를 끝내야 하니까."

두옴 선생님이 마른기침을 하고 나서 말했다.

"간수의 정체를 알아내야지."

"간수요?" 카미유가 물었다.

"엘레아 릴 모리엔발이 바라일 숲 기슭에서 간수가 감시하고 있다는 말을 했다면서?"

"저는 그게 츨리쉬라고 생각했는데요……."

"천만에! 간수는 훨씬 위험한 존재일 가능성이 커!"

"츨리쉬보다 더 위험한 존재예요?" 살림이 외쳤다.

"그래서 그 간수의 정체를 알아내려는 거야." 살림의 말에 개의치 않고 두옴 선생님이 말을 이었다.

"특별한 이유라도 있습니까?" 이번에는 비욘이 물었다.

"결정적으로 성공할 확률을 따져본 뒤에 상대하기 위해서지. 역사와 전설에 관련된 서적을 모조리 뒤져서 연구해야 하는데 궁전의 도서관에서만 자료를 찾을 수 있으니 그때까지는 여기 머물러야 한다."

살림은 두옴 선생님이 사흘 만에 그 많은 책을 읽을 수 있을지 의문이 들었지만 아무도 내색하지 않기 때문에 입을 다물기로 했다.

에드윈이 결론을 내렸다.

"그리고 우리는 휴식이 필요합니다. 알제이트에서는 안전하니까. 이 기회에 에월란은 데시나퇴르 교수들을 만나고, 비욘과 마니엘은 새 갑옷을 구입하게. 키암 비트, 황제께서 만나고 싶어 하시니 우리 국민의 미래에 대해 허심탄회한 대화를 나누기 바라오. 물론 나의 제안일 뿐 명령은 아니오. 여러분은 모두 자유라는 걸 잊지 마시오."

11

데생 기술은 엉터리로 꾸며낸 황당무계한 것이 아니다.

메르윈 릴 아발론

회의가 끝난 오후, 각자 자신이 맡은 일에 열중했다.

키암 비트는 황제를 만나러 갔고, 엘라나는 알제이트를 둘러보러 나갔다. 아르티스 발피에르가 하루 이틀 더 쉬라고 했지만, 그림자 걸음 엘라나를 따라나서겠다고 우기는 살림을 아무도 말릴 수 없었다.

비욘은 마니엘을 데리고 장비를 구하러 나갔다. 황제가 궁전의 무기고에서 마음에 드는 것을 고르라고 했지만, 비욘은 스스로 해결하겠다면서 사양했다.

"돈 걱정은 하지 마요, 갑옷 열 벌쯤 살 정도는 되니까. 마니엘, 내가 한 벌 선물할 생각이니까 아무 걱정 말고 나갑시다. 난 친위대의 갑옷과 비슷한 것을 사고 싶지 않아요. 이참에 이 도시 최고의

술집 구경도 좀 해보자고요."

부러운 듯 쳐다보는 아르티스의 눈길을 받으면서 비욘과 마니엘은 궁전을 나섰다.

"자네도 따라가지 그러나?" 에드윈이 제안했다.

"저 사람들은 술을 많이 마실 텐데 나는 술을 못해서 분위기만 깰 겁니다. 게다가 두옴 선생님의 건강 상태를 살펴야 합니다."

"아주 좋으니까 내 걱정은 말게." 두옴 선생님이 얼른 안심시켰다. "어차피 도서관에서 연구를 해야 하니까 나를 따라다닐 필요도 없고."

명상 치료사의 얼굴이 환해졌는데 미소를 짓는 것은 정말 드문 일이었다.

"오늘만 귀찮게 쫓아다니겠습니다. 내일 새벽에 페리안으로 떠날 겁니다."

"우리랑 같이 안 가고요?" 카미유가 깜짝 놀랐다.

아르티스가 잘 모르겠다는 표시로 어깨를 으쓱했다.

"카르보이스트 원장님께서 알제이트까지 동행하라는 지시를 내렸습니다. 페리안에 있는 수도원에 가서 지시를 받아야 해요. 여러분과 모험을 계속할 것인지, 말 것인지에 대한 결정은 내가 내리는 것이 아니지요."

카미유는 한숨을 쉬었다. 계급제도라는 것을 참을 수가 없고, 구속을 허락하는 사람들을 이해할 수 없었다.

무언의 비판을 알아차린 아르티스가 말했다.

"복종은 또 하나의 선택일 수 있어요." 아르티스는 단호하게 말했다. "명상의 길로 들어선 것은 내가 선택한 것이니까 비판받을 일은 아니지요. 섣불리 판단하면 안 돼요."

"옳은 말씀이에요. 하지만 우리는 아르티스에게 신세를 많이 졌고, 내 입장에서는 그걸 잊어버릴 수 없죠. 엘라나와 비욘, 살림 그리고 두옴 선생님의 목숨도 구해주셨어요. 나는 비판하는 것이 아니라 아르티스가 우리와 함께 있기를 바라는 뜻에서 말씀드린 거예요. 같이 가는 것이 싫다면 몰라도……."

명상 치료사가 몹시 난감해하는 것 같았다. 평소대로 빨개진 얼굴을 두 손으로 감싸고 나서 말했다.

"물론 같이 가고 싶어요, 아가씨. 진심으로 그러고 싶어요."

그렇게 말하고 나서 아르티스가 돌아서자 카미유는 에드윈과 놀라는 눈길을 주고받았다. 명상 치료사의 행동은 계속 어리둥절하게 만들고 있었다. 카미유는 그가 아가씨라고 부르는 것도 당황스러웠다. 살림이 '누나야'라고 부르는 건 그렇다 치고 아가씨로 불릴 만큼 나이를 먹은 것도 아닌데…….

두옴 선생님과 아르티스까지 자리를 뜨고 나자 카미유와 에드윈 둘만 남았다.

"너는 어쩔 생각이니?" 에드윈이 물었다.

"아침에 알제이트의 데시나퇴르 교수님들을 만나보라고 했잖아요. 그럴 생각이에요."

"잘 생각했다. 츨리쉬의 빗장 때문에 스파이럴 안으로 깊이 들어갈 수는 없지만 교수들은 데생 기술을 가르치는 데 중점을 두고 있으니까 만나면 흥미로울 거야. 아직 알려지지 않은 데생 기술을 보여줄 테니까."

"정말 교수님들도 빗장을 풀 수 없는 거예요?"

"실력 있는 데시나퇴르들이고, 훌륭한 교수들이지만 빗장을 없앨 수 있는 것은 파수병들밖에 없어."

카미유는 에드윈을 살폈다. 늘 긴장하고 있는 에드윈이 기분이 좋아 보였다. 카미유는 궁금했던 얘기를 꺼내기로 마음먹었다.

"내 부모님과 잘 아는 사이죠? 두 분에 대해 들려주시겠어요?"

에드윈이 잠시 망설이다가 미소를 지으면서 소파에 앉았다. 카미유는 맞은편에 자리를 잡고 귀를 기울일 준비를 했다.

"그래, 네 아버지 알탄을 알아." 에드윈이 말문을 열었다. "처음 만났을 때 알탄은 열일곱 살, 나는 스무 살이었지. 알탄은 제국에서 가장 뛰어난 데시나퇴르 중 한 사람이었고, 아주 조숙한 청년이었어. 당시 북쪽 국경지대 요새의 귀족이었던 나는 나름대로 아주 잘났다고 생각했는데 알제이트에 와보니 그렇지가 않더구나. 우리는 궁전에서 만났고, 이내 친구가 되었지. 개방적이고 사교적인 네 아버지와 내성적이고 소극적인 나, 우리 둘은 궁합이 아주 잘 맞았어. 서로에게 보완이 될 수 있는 성격이니까. 알탄은 미래의 황제가 될 실 아피안에게 데생 기술의 비법을 전수할 의무가 있고, 나는 무기 다루는 기술을 가르칠 의무가 있었지. 실 아피안의 신분 때문에 늘 붙어 다닐 수는 없었지만 그래도 우리는 떼려야 뗄 수 없는 삼총사가 되었고 3년 동안은 정말 멋지게 살았어. 우리는 젊었고, 자유로웠고, 완벽한 우정을 쌓고 있었으니까. 그러던 중 네 어머니 엘리시아가 나타났어……. 겨우 열여덟 살의 어린 아가씨였지만 알탄보다 데생 기술의 재능이 훨씬 더 뛰어난 것 같았어. 우리 셋 모두 아름답고 지적이고 세련된 엘리시아에게 홀딱 반하고 말았지. 엘리시아는 네 아버지 알탄을 선택했어. 그렇다고 우리의 우정이 깨진 것은 아니지만 행복하던 생활은 끝나고 말았지. 실 아피안이 제일 먼저 떠났어. 그는 권좌에 올랐기 때문에 임무에 전념했고, 나는 라이족의 공격을 받는 북쪽 국경지대로 떠났으니까. 사실 나는 떠나는 것이 만족스러웠어. 네 부모의 결합을 차분하게 받아들이려면 나한테 시간이 필요했으니까……."

에드윈이 추억에 젖은 듯 잠시 침묵했다.

"여러 해가 흐르기 전에는 네 부모를 만나지 않기로 결심했지. 그 사이에 네 오빠 아키로가 태어났더구나. 나는 제국의 군대 사령관이었고, 전쟁은 내게 한시도 쉴 틈을 주지 않았지. 하지만 나는 네 부모가 파수병 기사단에 들어갔다는 걸 알고 있었어. 놀랄 일은 아니었지. 메르윈 이후 가장 특출한 데시나퇴르들이었으니까. 라이 족과의 전쟁이 마침내 끝났고, 나는 알제이트로 돌아올 수 있었다. 지금으로부터 14년 전이었고, 네가 태어난 지 얼마 되지 않았을 때였어. 기쁜 마음으로 네 부모와 재회했지. 그제야 그들을 얼마나 그리워했는지 깨달았고, 행복한 가정을 보면서 나도 진심으로 기뻤어. 6개월도 안 된 너를 안고 동화책을 읽어주는 엘리시아를 봤지. 내 발을 잡아보겠다고 종알거리는 너와 여전히 아름다운 네 엄마……. 너희 가족과 함께 보낸 그 며칠은 내 인생에서 가장 달콤한 순간이었다. 당시 대여섯 살의 아키로는 생기가 넘치는 아주 똘똘한 소년이었어. 그렇지만 너는 나에게 정말 특별했다. 더 이상 네 어머니를 사랑하는 것도 아닌데 너의 미소는 나의 울적한 가슴속을 따뜻하게 어루만져 주었으니까. 그때 북부지방에서 전쟁이 터졌고, 남부지방에서는 알린족 해적들이 기습했기 때문에 나는 다시 전쟁터로 떠나야 했지. 그리고 다시는 네 부모를 보지 못했어."

에드윈이 멍한 얼굴로 입을 다물었다.

조용히 일어난 카미유가 에드윈에게 다가서서 뺨에 입을 맞추었다. 에드윈은 머리를 쓸어 넘기면서 미소를 지었다.

"이제 다 알았지? 그런데 이게 무슨 얄궂은 운명의 장난인지……! 우리가 만나 엘레아 릴 모리엔발을 구출하러 떠나게 되었다니. 네 부모를 죽음으로 몰아넣었을 게 틀림없는 여자인데 말이다."

카미유는 좀 더 가까이 다가섰다.

"비밀 한 가지 알려드릴게요." 카미유가 속삭였다. "아무에게도 말하지 않은 건데……."

에드윈이 놀라서 쳐다보자 카미유가 한 발짝 비켜섰다. 카미유는 잠시 앞에 서 있다가 부드러운 목소리로 불렀다.

"엄마……."

대번에 나타난 슈쇼테르가 카미유의 어깨에 올라앉았다. 에드윈이 어리둥절해 있는 사이에 메시지가 카미유의 머릿속이 아니라 방 전체에 울렸다.

'에윌란을 보살펴줘요, 에드윈. 당신에게 내 딸을 맡길게요. 무슨 일이 일어나더라도 세상에서 가장 소중한 나의 딸이라는 걸 기억해줘요. 나의 영원한 친구, 나는 당신을 믿어요. 당신이 내 딸 곁에 있어서 기뻐요.

당신을 잊지 않고 있어요…….'

마지막 말이 사라지면서 정적이 흘렀다.

에드윈이 눈가에 맺힌 눈물을 기계적으로 닦았다. 그는 카미유를 꼭 끌어안고 중얼거렸다.

"약속하겠소, 엘리시아! 약속하겠소!"

12

시플레르: 사슴 크기의 야생동물로 발굽이 있고, 땅을 파는 데 사용하는 뼈다귀 돌기가 머리에 나 있다. 휘파람 같은 독특한 소리를 내며, 소리를 변화시켜서 다양한 정보를 전달한다. 궨달라비르에 사는 알라비리 사람들이 고기와 가죽, 젖을 얻기 위해 사육한다.

지식과 힘의 백과사전

사흘의 휴식 시간이 빠르게 흘러가고 있었다.

살림은 엘라나와 키암을 따라 알제이트 거리를 돌아다녔다. 살림은 파엘족 키암 비트와 그가 신랄하게 내뱉는 말속에 담긴 의미를 높이 평가하게 되었고, 엘라나가 보여주는 그림자걸음의 매력에 빠져들었다.

엘라나가 살림에 대한 훈련의 강도를 높였다. 에드윈이 훈련장을 개방해준 덕분에 살림은 매번 몸이 녹초가 되었지만 행복한 얼굴로 나오곤 했다.

날마다 어울려 다니던 비욘과 마니엘은 깊은 우정을 쌓게 되었다. 두 사람은 알제이트의 이름난 장인에게 거의 똑같은 갑옷 두 벌을 주문했다. 다른 것이 있다면 마니엘이 힐 무란 가문의 금빛 나뭇가지 문장을 갑옷에 새겨달라고 한 것이었다. 가격이 아주 비쌌지만 비욘은 걱정하지 말라고 마니엘을 안심시켰다. 대장장이가 이틀을 요구했기 때문에 그들은 술집을 드나들면서 모처럼 맞은 휴식 시간을 즐겼다.

두옴 선생님은 도서관에 틀어박혀 있어서 거의 얼굴을 볼 수 없었다.

예정대로 페리안으로 떠난 아르티스는 아무런 기별을 주지 않고 있었다.

에드윈은 황제와 즐거운 시간을 보내면서도 카미유를 세심하게 보살펴주었다.

카미유는 데시나퇴르 교수들을 만났다. 첫날부터 카미유는 기대했던 교수들의 데생 기술이 그리 대단한 수준이 아니라는 걸 파악했다.

"궁전에 머물고 있을 때는 데생 기술을 사용해도 돼." 두옴 선생님이 안심시켰다.

두옴 선생님은 복도와 중요한 장소에서 보초를 서는 시커먼 갑옷 차림의 병사들을 손가락으로 가리켰다.

"츨리쉬들이 보내는 멍청한 자객쯤은 레지옹 누아르의 정예군들이 모조리 해치울 수 있거든. 몇 달 전부터 그것이 그들의 주요 임무였고, 실력을 보여줬지. 그러니까 이 기회에 실컷 데생을 시험해봐! 다시 출발한 뒤에는 하고 싶어도 하면 안 되니까."

교수들이 제시한 첫 번째 훈련은 불꽃을 만드는 것이었다. 카미유는 에드윈의 말을 떠올렸다. '그래프라는 것을 이용해서 불을 피우는 정도는 여기서는 많은 사람이 할 수 있는 일이야.'

카미유는 체념하듯 한숨을 쉬면서 불꽃을 만들었다. 아주 간단한 것이었는데도 카미유의 데생을 보면서 교수들은 굉장히 놀라워했다. 그다음에 한 데생도 약간 더 복잡한 것에 지나지 않았다. 한 시간쯤 지나자 따분해서 죽을 지경이 된 카미유는 푸념이 나왔다. 휴, 다시 학교에 와 있는 것 같네!

그렇지만 카미유는 싫은 내색을 하지 않고 계속했다. 마침내 교수들은 프로그램을 중단했고, 그중 엘리스*라는 이름의 교수가 카미유에게 말했다.

"우리가 제시한 훈련이 너무 단순했다면 미안하네. 알려진 만큼 자네의 재능이 정말 그렇게 대단한지 확인하고 싶었던 것뿐이니까. 동의한다면 자네보다 나이가 훨씬 더 많은 학생들에게 실시하는 훈련으로 넘어가겠네."

카미유는 안심했다. 이제야 좀 재미있어지려나?

데시나퇴르 교수들은 민첩성과 상상력이 능력만큼이나 중요한 데생에 도전하게 했다. 교수들의 요구에 응하기 위해 카미유는 물과 불 외에도 온갖 종류의 원소를 만들었다. 그리고 색깔과 형태,

천을 가지고 재주를 부렸고, 함정을 놓을 때마다 어렵지 않게 방법을 찾아냈다. 수업이 끝났을 때 카미유는 열렬한 찬사를 받았다.

"오늘은 창조력을 공부했는데 자네는 아주 뛰어난 재능을 보여 줬네." 엘리스 교수가 말했다. "스파이럴에 걸린 빗장 때문에 능력을 시험해볼 수 없으니 내일은 의지력을 우선으로 시험해보지. 자네의 방어력과 그 한계가 어디까지인지 정말 궁금하군."

카미유는 건방지게 보이고 싶지 않아서 아무 말도 하지 않았다.

하지만 자신의 데생 기술이 한계에 이르려면 아직 멀었다는 걸 알고 있었다.

다음 날 훈련은 의지력 대결로 시작되었다.

지름이 1미터쯤 되는 커다란 흰색 유리구슬이 탁자 위에 놓여 있었다. 엘리스 교수는 구슬을 가리키면서 카미유에게 훈련에 대해 설명했다.

"아주 간단한 것이네. 내가 이 구슬을 빨간색으로 칠하면 자네는 파란색으로 바꿔보게. 준비됐나?"

카미유가 고개를 끄덕이자 즉시 교수의 데생이 유형화되었다. 유리구슬이 빨간색으로 변해 있었다.

이번에는 카미유가 이미지네이션으로 들어갔다. 카미유는 아무런 어려움 없이 엘리스 교수의 창작물에 개입할 수 있었고, 빨간 구슬이 아름다운 청록빛으로 변했다.

그러자 엘리스 교수는 데생의 색깔을 제압하려고 애를 썼다. 그러나 교수의 노력은 카미유가 만든 청록빛에 부딪혀서 깨지는 것 같았다. 이마에 땀방울이 맺힌 교수가 아연실색한 얼굴로 동료 교수들을 돌아봤다. 교수들이 눈길을 주고받는 듯하더니 모두 스파이럴로 뛰어들었다. 유리구슬 주위에서 붉은빛이 탁탁 소리를 내는 것 같았지만 여전히 청록빛을 유지하고 있었다. 교수 다섯 명이 합세해서 색깔을 바꾸려고 애를 썼다.

헛수고였다.

헛된 데생 싸움을 시작한 지 몇 분쯤 지나자 카미유는 지겨웠다. 카미유는 교수들이 절대로 패배를 인정하지 않을 사람들이라는 걸 깨달았다. 하지만 카미유는 교수들이 이길 가능성이 전혀 없다는 걸 알고 있었다. 카미유는 자신 없는 체하면서 예의상 교수들이 이기게 해줄 수도 있었다. 그러나 처음에는 분명히 엘리스 교수와 일대일 대결로 시작한 것인데 갑자기 교수들이 모두 힘을 합한다는 것은 정정당당한 행위가 아니었다. 카미유는 데생에 약간 변화를 주었다.

에윌란의 모험

구슬이 깜빡거리기 시작했다. 청록빛, 쪽빛, 청록빛, 쪽빛, 청록빛……. 유리구슬 표면에 금빛 글씨가 나타났다. '속임수는 재미없는데요.'

자존심이 상해서일까, 들킨 것이 민망해서일까? 데시나퇴르 교수들은 몹시 기분이 상한 얼굴로 한마디 말도 없이 자리를 떴다.

"그냥 장난이었어요." 카미유는 두옴 선생님에게 상황을 설명하려고 애를 썼다.

두옴 선생님은 미소를 짓지 않을 수 없었다.

"네 마음은 알아. 하지만 예의 있는 태도는 아니었어!"

"그분들의 의도가 나빴다니까요!"

"그래, 그럴 줄 알았어. 너보다는 재능이 떨어지는 사람들이니까. 하지만 평범한 학생들을 가르칠 때는 훌륭한 교수들이야. 너는 메르윈 이후로 가장 뛰어난 데생 기술을 지니고 있어. 그러니까 어차피 너하고는 상대가 안 되는 교육자들을 그렇게까지 눌러버릴 필요는 없었다는 거야!"

카미유는 어이없는 얼굴을 했다.

"배울 게 없잖아요!"

두옴 선생님이 수수께끼 같은 눈길을 던졌다.

"배울 게 없다고 어떻게 단정 지을 수 있니, 에윌란?"

살림과 엘라나, 키암을 만난 카미유는 그들과 어울려서 알제이트 거리로 나갔고, 그 기회에 신기한 것들을 실컷 구경했다. 얼마 후, 주문한 갑옷을 배달받은 비욘과 마니엘이 합류했다. 아르티스 발 피에르도 함께 떠나겠다는 소식을 보내왔다.

에드윈이 출발 시간이 임박했다고 알렸을 때 그들은 전율이 일었다. 그들은 더욱 결속되었고, 키암 비트까지 난생처음으로 인간족과 맺은 관계를 즐기면서 헤어지지 않겠다고 생각했다. 카미유는 막중한 임무에도 불구하고 엘레아 릴 모리엔발을 만날 순간을 초조하게 기다렸다.

카미유는 속으로 다짐했다. 그 여자에게 내 부모님이 어디 있는지 실토하게 만들겠어! 그리고 무슨 일이 있어도 부모님을 구해낼 거야. 그 누구도 막을 수 없어!

1

나는 다른 세상을 연구해왔다. 다른 세상은 오랜 세월 계속되는 전쟁으로 분열되어 있다. 수년에 걸쳐 세운 것을 하루아침에 파괴하고 있다. 퀜달라비르에서는 그런 일이 없을 것이라고 단언할 수 있으면 좋으련만 애석하게도 불가능하다. 여기서도 전쟁이 일어나고 있으니! 어쩌면 인간은 근본적으로 평화를 참지 못하는 것일까?

카르보이스트 수도원장, 7서클의 회고록

실 아피안 황제는 에드윈 일행이 출발하기 전에 인사차 전원을 불러들였다.

"여러분과 만나는 시간을 갖지 못한 것이 유감스럽소. 여러분은 제국의 미래를 위해 중요한 역할을 할 것이고, 성공 여부에 관계 없이 여러분에게 감사의 뜻을 표합니다. 나는 여러분이 특별한 인연으로 끈끈하게 맺어진 군단이라는 걸 느낍니다. 사실 나는 레지옹 누아르의 정예군과 데시나퇴르들로 병력을 보강하라고 했지만, 나의 오랜 친구 에드윈이 반대했습니다. 내가 비록 황제이긴 하나 자주 그랬듯이 에드윈의 반대를 꺾지 못했지요. 여러분은 지금까지 유감없이 실력을 발휘해주었고, 내 믿음과 희망이 여러분과 함께 할 것이오. 츨리쉬들을 속이기 위해 여러분의 역할을 하게 될 군단은 오늘 아침 북쪽 길로 떠났소. 말들이 여러분을 기다리고 있습니다. 행운이 있기를!"

한 사람, 한 사람, 황제에게 인사를 하고 자리를 떴다.

카미유의 차례였다. 황제가 뜨겁게 포옹하면서 말했다.

"고맙다, 에윌란. 네 부모도 너를 자랑스러워할 거야."

에드윈이 엘리시아의 메시지를 받았다는 말을 황제에게 하지 않았다고 확신한 카미유는 아무 말도 하지 않았다. 사라졌다가 전날 저녁에 다시 돌아온 슈쇼테르가 셔츠 주머니 안에 죽은 듯이 숨어 있었다. 카미유는 상냥하게 미소를 지었다. 실 아피안이 황제지만 한때는 어머니를 사랑했던 남자가 아닌가. 일방적인 사랑으로 가슴앓이를 한 경험이 있어서일까, 최고 신분의 황제는 생각보다 부드러운 면이 있었다.

※

카미유와 살림은 알제이트를 눈에 담기라도 할 듯 고개를 돌려 시야에서 사라질 때까지 바라봤다. 제국의 수도는 기억 속에 깊이 새겨졌지만 그들은 눈을 뗄 수가 없었다.

"쥐방울, 앞을 보고 가야지!" 두옴 선생님이 나무랐다.

건강을 완전히 회복한 두옴 선생님은 열 권의 책을 가져가면서 짬이 날 때마다 연구를 했다. 가죽으로 장정한 묵직한 마법서적인데 종이가 누렇게 바래고 설형문자[1]로 쓰여 있었다. 마법사나 마술사의 책장에서도 쉽게 볼 수 없는 희귀한 책 같았다. 유난히 울퉁불퉁한 길을 지나면서 수레가 심하게 덜커덕거리자 두옴 선생님이 훑던 책을 덮고 살림을 흘겨봤다.

"걱정 마세요, 할아버지." 숙달된 마부처럼 느긋하게 수레를 몰면서 살림이 말했다.

두옴 선생님은 하늘을 쳐다보면서 한숨을 쉬었다.

"무례한 녀석 옆에서 이 여행길을 계속 가야 한다고 생각하니 기가 막히는구나."

말은 그렇게 하면서도 두옴 선생님이 보내는 애정 어린 눈길을 느끼며 살림은 가슴이 뭉클해졌다. 둘의 대화를 듣느라고 카미유가 몸을 앞으로 쭉 내밀자 말이 너도 정신 차려, 하는 듯 신호를 보냈다.

"그래, 알았어, 아쿠아렐. 똑바로 앉을게."

황제가 선물로 준 흰색과 회색 점박이 암말이었다. 출발하는 순간 말을 보면서 카미유는 첫눈에 반했다. 전투용이 아니라 경주용

---

[1] 기원전 3000년경부터 메소포타미아를 중심으로 고대 오리엔트에서 광범위하게 쓰인 문자. 갈대나 금속으로 새겨 썼기 때문에 문자의 선이 쐐기 모양으로 보인다.

으로 조련된 말이었고, 엘라나의 말 뮈르뮈르처럼 발목이 가늘고, 눈이 똘망똘망했다. 카미유가 말의 머리에 손을 얹는 순간 둘은 아주 오래된 사이처럼 마음이 통했다. 흰색으로 가장자리를 두른 회색 가죽 안장은 털빛과 아주 잘 어울렸다. 비욘이 아주 멋진 말이라면서 부러워할 정도였다.

살림도 질투심이 일었지만 기뻐하는 친구에게 옹졸한 모습을 보일 수는 없었다. 게다가 황제가 잊지 않고 자신에게도 선물을 하사했는데……. 살림은 자랑스럽게, 멋진 단검 두 개를 허리춤에 매달았고, 은빛 광채가 나는 밧줄을 둘둘 말아서 가방에 넣었다.

"식충식물 홀름의 덩굴손으로 짠 거야!" 엘라나가 탄성을 질렀다. "이젠 아무도 너를 얕보지 못하겠다. 이 세상에 다섯 개밖에 없는 거니까."

엘라나의 설명에 따르면 그 밧줄은 메르윈이 직접 만든 작품이었다. 많은 역사책에 언급되어 있는 것으로 여러 가지 힘을 지닌 밧줄이었다. 거의 파괴할 수 없는 밧줄이라는 것 외에 가장 흥미로운 것 중 하나는 주인이 원하는 대로 밧줄의 길이가 늘어나는 특성이었다. 살림은 결정적인 순간이 오면 사용해보리라 마음먹었다.

2

훌름 정글은 뚫고 들어갈 수 없는 밀림이며, 야생 괴물과 신비한 존재들이 서식하고 있다. 소풍 갈 곳으로 그보다 이상적인 장소가 있을까.

메르윈 릴 아발론

폴리마즈 강기슭에 이르려면 사흘을 가야 했다.

말들은 충분히 휴식을 취했고, 다른 사람보다 몸무게가 두 배쯤 더 나가는 비욘과 마니엘은 추가로 데려온 말을 번갈아 갈아타는 것으로 무리가 없도록 세심한 배려를 했다.

회색 말을 탄 아르티스 발피에르와 한스의 갈색 말을 차지한 키암 비트는 나란히 가고 있었다.

에드윈이 더 북쪽에서 배를 타기로 결정했기 때문에 카미유는 아치 다리를 다시 못 보는 것에 많이 실망했다. 그들은 해가 질 무렵 폴리마즈 강의 모릴란 부두에 도착했다. 카잔에 이르렀을 때 보았던 범선들 옆에 커다란 외륜선[2] 몇 척이 부두를 따라 정박해 있었다.

---

[2] 양 뱃전 가운데에 바퀴 모양의 추진기를 붙인 기선으로 외륜선이라고 부른다. 이 차륜 추진기 둘레에 물갈퀴 역할을 하는 장치가 방사형으로 달려 있다.

"저기 바퀴같이 생긴 회전판을 누가 작동해요?" 카미유가 의아한 얼굴로 분석가에게 물었다. "도착한 뒤로 기계라곤 못 봤는데요."

두옴 선생님이 미소를 지으면서 쳐다봤다.

"정말 모르겠니?"

카미유가 잠시 생각에 잠겼다.

"데시나퇴르들이에요?"

"맞았어! 데시나퇴르 한 명이 각각 배 한 척을 책임지고 있지. 데생 기술로 차륜 추진기를 돌려서 배를 움직이는 거야."

"엄청난 노력이 필요할 텐데……."

"그렇겠지. 항해사*들로 구성된 길드는 아주 폐쇄적인 단체야. 항해사들은 능력이나 창의력이 부족한 반면에 의지력이 매우 발달되어 있지. 항해사들을 불도 피우지 못하는 자들이라고 주장하는 독설가들도 있어. 하지만 항해사들은 각고의 노력 끝에 데생을 실물 상태로 오랫동안 유지하는 데 성공했지. 길드 덕분에 그들은 훌륭한 직업에 종사하며, 다른 데시나퇴르들보다 풍족하게 살고 있어."

카미유 일행은 밧줄에 단단히 묶여서 정박되어 있는 흰색 배 앞으로 갔다. 파란색 바퀴 문양을 새긴 노란색 작업복 차림의 남자가 갑판을 내려왔다. 남자는 잠시 그들을 쳐다보다가 두옴 선생님에게 말을 건넸다.

"선생님이 야크 말도입니까? 나는 이 배 '셴의 진주호'의 일등항해사 일리안 폴림*입니다."

두옴 선생님이 항해사와 악수를 했다. 두옴 선생님은 식솔과 호위병, 하인들을 데리고 여행하는 해양 건축 전문가라는 가짜 신분으로 행세했다.

"언제 출발할 수 있습니까?" 두옴 닐 에르그가 물었다.

"여러분의 수레를 배에 싣는 즉시 출발할 겁니다." 항해사가 대답했다.

일등항해사가 휘파람을 불자 선원들이 상갑판 난간 중 한 부분을 분리하여 부두와 연결되는 튼튼한 나무다리를 만들어주었다. 그 다리를 통해 수레를 몰고 들어간 살림이 화물창으로 내려가는 난간으로 진입했다. 비욘과 마니엘이 수레를 묶는 사이에 다른 사람들은 말들에게 족쇄를 채웠다.

카미유 일행이 모두 배에 오르자 셴의 진주호가 움직이기 시작했다. 대형 회전판 두 개가 돌아가면서 배는 조류를 거슬러서 북쪽으로 미끄러졌다. 카미유는 항해사의 데생을 느끼려고 했지만 감지할 수가 없었다.

"아주 복잡한 기술이란다." 두옴 선생님이 말했다. "저들이 어떻게 하는지 나도 도저히 알 수가 없어. 아르티스의 명상 못지않게 우리의 데생 기술과는 아주 달라. 항해사들도 즐리쉬들의 빗장에는 전혀 방해를 받지 않는 것 같아."

승객은 그들밖에 없었고, 승무원도 관리와 요리, 수리를 담당하는 열 명에 불과했다. 따라서 그들은 배의 공간 전체를 자유롭게 사용할 수 있었다.

카미유와 살림은 위에서부터 아래까지 구석구석 배를 돌아다니기 시작했다.

커다란 화물창에는 그들의 수레와 말들밖에 없었다. 선원들의 주거 구역은 텅 비어 있었다. 카미유와 살림은 주방에도 들어가 봤다. 아이들을 보고 반가웠는지 쾌활한 요리사가 저녁 식사를 위해 준비해둔 케이크를 선물로 주었다. 배를 거의 다 둘러보고 나서 돌아가자 나머지 일행이 선실을 배정하고 있었다.

"나랑 같이 쏠래?" 엘라나가 물었다.

"셋인데 괜찮겠어요?" 카미유가 주머니에서 슈쇼테르를 꺼내면서 물었다.

"코를 골지 않고, 발톱을 갉아 먹지만 않으면 난 상관없어."

육로로 이동하는 것보다는 속도가 좀 느렸지만, 일리안 폴림 항해사는 하루에 열여덟 시간 가까이 회전판을 조종했다.

"잠도 안 자나 봐!" 살림이 혀를 내둘렀다.

"자면서도 일할지 모르지." 키암 비트가 말했다. "인간들과 있으니 무슨 일이 일어날지 도무지 예측을 못하겠군."

배에 올랐을 때 항해사가 데생을 하려면 조용한 곳이 필요하다고 설명하더니 그 말대로 그의 얼굴을 거의 볼 수가 없었다.

에드윈이 비욘과 마니엘에게 전투 훈련을 다시 시작하자 엘라나와 키암도 살림을 훈련시켰다. 아르티스 발피에르와 두옴 닐 에르그는 얘기를 나누면서 시간을 보냈고, 혼자 있는 시간이 많아진 카미유는 갑판 난간에 기댄 채 공상에 빠졌다.

카미유는 그들이 싸워야 할 간수의 정체에 대해 생각했다. 두옴 선생님이 아직 연구가 끝나지 않았다면서 말해주지 않았지만 카미유는 석연치 않은 느낌이 들었다.

생각에 잠겨 있느라고 카미유는 배에서 몇 미터 떨어진 물속을 질주하는 거대한 회색 물체를 하마터면 보지 못할 뻔했다. 사라지기 직전에 물체를 발견한 카미유가 비명을 질렀다. 멀지 않은 곳에 있던 한 선원이 물었다.

"봤니? 담므*야."

"담므요? 엄청나게 크던데…… 고래 아니에요?"

"제법이구나. 회색 고래가 맞긴 한데 우리는 담므라고 불러."

"말도 안 돼요! 여긴 강이지 바다가 아니잖아요!"

"도시의 아이들은 하나같이 똑같군!" 선원이 한심하다는 듯 말했다. "너희는 학교에 다니니까 모든 걸 다 안다고 생각하지만 아무것도 모르고 있어. 담므는 원하는 곳이면 어디든 가지. 강물이든 바닷물이든 상관없으니까. 네가 본 놈은 새끼야. 성장한 담므는 이 배보다 두세 배가 더 크지. 담므는 자기가 원하면 폴리마즈 강도 돌아다닐 수 있어."

깜짝 놀란 카미유가 아무 말도 못하자 선원이 고개를 설레설레 저으면서 멀어져 갔다.

카미유는 혹시라도 고래를 다시 보게 되지 않을까 기대하며 며칠 동안 강을 살폈다. 그렇지만 폴리마즈 강의 수면은 고요했다. 담므를 본 뒤로 카미유는 감탄과 실망이 뒤섞인 이상한 감정을 느꼈다. 불가능한 일이라고 생각하면서도 또다시 만나게 되기를 진심으로 바라고 있다니…….

3

그림자걸음의 칼날은 보이지도 않고, 소리가 나지도 않지만 치명적으로 강력하다. 몸속에 이식된 상태로 언제든 손가락 사이에서 튀어나오는 칼날은 그림자걸음 길드의 정신을 반영한다. 따라서 칼날은 그림자걸음의 영혼이다.

엘룬드릴 샤리아킨, 전설의 그림자걸음

어느 날 아침 카미유는 이상한 요동 때문에 잠을 깼다. 황급히 일어난 카미유가 뛰어나갔다. 밤사이에 꽤 많은 거리를 왔는지 배는 센 호수에 이르러 있었다. 그러나 바람을 타고 파도처럼 동그랗게 말리는 거센 물결과 시퍼런 물, 어디를 둘러봐도 망망대해 같았다. 공기에 습기가 실려 있고, 갑판에 물방울이 맺혀 있었다.

카미유는 살림에게 이끌려서 망루가 우뚝 서 있는 갑판으로 올라갔다. 수평선에 육지는 보이지 않았다.

"이상하네, 왜 호수라고 하지?" 살림이 의아한 얼굴로 친구에게 말했다. "혹시 헤엄쳐서 횡단한 사람이 있었나?"

"헤엄치는 데 성공해서가 아니라 내륙에 있고, 염분이 없으니까 호수라고 하겠지." 카미유가 똑 부러지게 말했다.

"그럴지도 모르지." 살림이 태연하게 대꾸했다. "그래도 이해가 안 돼. 내가 욕조의 물에 소금을 넣는다고 바다가 되는 게 아니잖아. 그런데 왜 바다에 염분이 없으면 호수가 되는 거냐고?"

"살림, 고집스럽기는!"

"정말 그렇게 생각해?"

"그게 아니라…… 나도 어떻게 호수에 저런 파도가 일고 고래가 있는지 이유를 설명해줄 수 없다고!"

살림이 한마디 더 하려고 할 때 비욘이 갑판으로 올라왔다. 그가 북동쪽을 가리키면서 말했다.

"저기가 알센이야. 어린 시절을 저기서 보냈어. 기슭에서 10킬로미터쯤 떨어진 곳에 할아버님의 농장이 있거든. 아름다운 곳이지."

"저기서 멈췄다 갈까요?" 카미유가 물었다.

"설마. 이 배는 계속 북진할 것 같아. 에드윈이 너희를 찾아오라고 하는 걸로 봐서 여정에 대한 무슨 설명이 있겠지."

카미유와 살림이 비욘을 따라 때로는 회의도 하고 식사도 하는 선실로 들어갔다. 알제이트에서 출발을 앞두고 카미유와 크게 대립한 뒤로 에드윈의 태도가 완전히 달라져 있었다. 에드윈은 일행, 특히 엘라나에게 의견을 물었고 결정한 내용을 대부분 설명해주었다.

"다음 단계에 대한 선택을 해야 합니다." 모두 한자리에 모이자 에드윈이 시작했다. "호수를 가로지른 다음 닷새 동안 폴리마즈 강을 따라 북진할 겁니다. 그다음은 물살이 빨라지기 때문에 더 이상 배로 이동할 수 없어요. 따라서 육지로 이동해야 합니다."

"그럼 어디에다 배를 댈 생각이에요?"

"여러분에게 말하고 싶은 것이 바로 그거요. 폴리마즈 강을 따라가다 곧장 폴 산맥의 지맥까지 가면 좋겠지만 라이족이 다리 두 개를 모조리 파괴했기 때문에 건널 수가 없어요. 그래서 중요한 결정을 내려야 하는 거죠."

"알폴로 곧장 갈 수 있는 기슭에 정박해야 확실할 것 같아요." 카미유가 말했다.

"그게 그렇게 간단하지가 않아. 우리가 가야 할 곳은 산속에 있는데 거기 폴리마즈 강은 하천 정도에 불과해. 알폴에 갈 수 있느냐 없느냐가 아니라 우리가 어느 기슭을 선택하느냐에 따라 상황이 달라지기 때문이야."

"그게 무슨 뜻입니까?" 비욘이 물었다.

"서쪽 아스타리울 고원은 제국에서 가장 원시적인 곳이라서 무시무시한 야수와 굶주린 괴물들이 우글거리지."

"그럼 동쪽은 어떤데요?" 살림이 물었다.

"통행이 가능한 도로가 있지. 알폴에서 네댓새 떨어진 곳에 위치한 국경지대 요새에 이르기만 하면 안전하다고 할 수 있지."

"그럼 선택하고 말고도 없잖아요!"

마치 못 들은 듯 에드윈이 계속했다.

"그 지역에서 라이족과 전투가 벌어지고 있다. 적어도 5만의 라이족 전사 진영을 돌파해야 요새에 이를 수 있어."

"그렇게 수가 많으면 파엘족도 감당할 수 없죠." 키암 비트가 인정했다.

엘라나가 어이없다는 얼굴로 빈정거렸다.

"털끝만큼의 겸손함도 없군요."

"적어도 난 나의 가치를 알고 있으니까요." 키암이 미소를 지었다. "그러는 당신도 겸손과는 거리가 먼 사람인 것 같은데······."

"파엘족 1 대 0 승리!" 두옴 선생님이 판결을 내리는 바람에 모두 웃음을 터뜨렸다.

웃음이 그치자 에드윈이 말을 이었다.

"서쪽으로 갑시다!"

"왜요?" 비욘이 의외라는 얼굴로 물었다.

"알폴로 가려면 국경지대 주민 열 명이 우리를 지원해주러 나설 텐데······ 그럴 수는 없지, 무슨 산책을 나가는 것도 아닌데."

"하지만······."

"뭐가 하지만인가? 우리와 요새 사이에는 라이족이 있다니까! 따라서 아스타리울 고원에서 괴물들과 맞서는 것으로 결론 내립시다."

모두 에드윈을 전적으로 믿기 때문에 아무도 그 결정에 이의를 달지 않았다.

"그런데 국경지대 주민이 그 정도로 대단해요?" 살림이 물었다.

"라이족 전사는 수만이야. 두려움이라는 걸 모르는 흉악한 놈들이지. 그저 죽이고 죽는 것밖에 몰라. 그렇지만 요새를 공략할 생각은 안 하지. 제국이 몰락하면 그때 무력으로 공격하기 위해 요새를 피해 지나쳐버리거든."

"츨리쉬 데시나퇴르들이 요새를 무너뜨리지 못하는 무슨 이유가 있나요?"

미소를 지으면서 일어난 에드윈이 살림의 어깨에 손을 얹었다.

"메르윈이 국경지대 주민이었거든. 이상 끝."

살림은 무슨 말인지 전혀 이해가 안 되지만 더 이상은 호기심을 보일 용기가 없었다.

에드윈이 결론을 내렸다.

"셴 호수를 건너려면 사흘이 걸릴 겁니다. 일주일쯤 후에 하선할 것이고, 평온한 여행은 그것으로 끝날 것이오."

셴 호수를 지나서 다시 폴리마즈 강에 이르기 얼마 전이었다. 한

밤중에 슈쇼테르가 바스락거리는 소리에 카미유는 잠을 깼다. 회전판이 돌아가지 않고 있었다. 셴의 진주호가 정지해 있었다. 하루 중에서 항해사가 쉬는 시간이 이때쯤이라는 것을 알기 때문에 불안해할 필요는 없었다. 그런데 슈쇼테르의 행동이 이상했다. 이불 위를 오락가락하면서 찍찍거리기도 하고 머리를 흔들기도 했다.

"너 왜 그래?" 카미유가 손을 내밀면서 속삭였다.

슈쇼테르가 펄쩍 뛰어내리더니 문 쪽으로 아장아장 걸어갔다. 발을 사용해서 이동하는 일이 거의 없기 때문에 카미유는 호기심이 동했다. 바닥에 발을 내딛다가 카미유는 몸을 부르르 떨었다. 이틀 전부터 날씨가 추워지고 있었다. 에드윈이 북부지방은 알제이트보다 훨씬 춥다고 알려줬기 때문에 카미유는 판초로 몸을 감쌌다.

"그래, 알았어, 기다려." 카미유가 엘라나를 깨우지 않으려고 속삭였다.

카미유가 선실 문을 열자 슈쇼테르가 복도로 톡 튀어나갔다. 슈쇼테르가 아무리 빨리 간다고 해도 카미유는 금방 따라잡을 수 있었다.

"잠깐, 이리 와."

말을 알아들은 슈쇼테르가 카미유가 내미는 손에 냉큼 올라왔다.

"갑판으로 올라가고 싶은 거야?" 카미유가 물었다.

슈쇼테르의 울음소리를 그렇다는 대답으로 판단하고 카미유는 바깥으로 나갔다. 수많은 별과 보름달이 배를 환상적인 빛으로 에워싸고 있었다. 공기가 차가워서 카미유는 몸을 부르르 떨었다.

찰랑거리는 물소리에 끌린 카미유가 갑판 난간에 다가섰다. 잔물결이 일렁이는 은빛 호수에 별빛이 물들어 있었다. 카미유의 눈이 휘둥그레졌다.

배에서 몇 미터 떨어진 데에 담므가 있었다.

고래의 은빛 등이 반짝거리는데 모든 생명체가 주눅이 들 정도로 그 크기가 압도적이었다. 산더미같이 큰 덩치로 보아 카미유가 며칠 전에 언뜻 봤던 것보다 열 배는 더 큰 것 같았다. 고래가 물속에서 꼼짝하지 않은 채 머리를 절반만 내밀고 있는데도 갑판 높이에 이르고 있었다.

사람의 키만 한 눈을 보면서 카미유는 깊이를 알 수 없는 지혜의 바다 같다고 생각했다. 그 커다란 무지갯빛 눈이 카미유를 가만히 응시했다. 카미유는 영혼이 빨려드는 것 같았다.

그렇게 한동안 담므와 카미유는 서로를 뚫어져라 쳐다보았다.

둘 사이에 수천 년 동안 멈춰 있던 교감이 일어나고 있었다. 아주 긴 시간이 흐른 후, 고래가 물결에 몸을 내맡겼다.

깊은 물속으로 사라지기 직전에 고래가 위아래로 움직이는 신비한 몸짓을 했다. 번질번질한 꼬리지느러미가 하늘을 향해 소리 없이 솟구치더니 허공을 탁 쳤다. 어떤 약속을 하기 위한 몸짓이랄까,

카미유는 알아채지 못했지만 고래와 한 무언의 약속이 영혼 깊은 곳에 새겨져 있었다.

이윽고 파문 하나 일으키지 않고 조용히 담므가 사라졌다.

4

나는 파엘족 여자 하나가 술에 취한 군인 세 명에게 공격당하는 것을 목격했다. 군인들이 달려들려고 할 때 여자는 화살집을 둘러멘 채 앉아 있고 활이 옆에 놓여 있었다. 군인들이 4미터 앞에 다가왔을 때 그녀가 알아챘다. 그러고는 눈 깜짝할 사이에 세 군인의 양미간에 화살이 하나씩 꽂혀 있었다.

사이 힐 무란 영주, 항해일지

센 호수를 횡단한 뒤에 진입한 북쪽 폴리마즈 강은 남쪽보다 폭이 넓지 않은 대신 물살이 더 거칠었다. 배를 전진시키기가 훨씬 힘들어진 항해사가 자주 배를 멈췄지만 아무도 불평하지 않았다.

카미유는 계속 강을 살폈다. 이유는 알 수 없지만 담므와 만난 뒤로 마음이 평온해진 카미유는 기슭을 살피면서 분위기가 사뭇 다른 풍경을 바라보고 있었다.

황량한 풍경으로 보아 오랜 세월 인간의 손길이 닿지 않은 곳 같았다. 오는 동안 외륜선 한 척과 마주쳤을 뿐 지나다니는 배도 거의 보이지 않았다.

닷새 전에 호수를 출발한 셴의 진주호는 폴리마즈 강의 중류를 벗어나 서쪽 기슭으로 향했다. 작은 도시 아르파그가 보였다.

"힘내세요!"

셴의 진주호에 다시 오르면서 일리안 폴림이 그들에게 건넨 마지막 말이었다.

목적지가 알셴이 아니라는 걸 알면서부터 항해사는 두옴 닐 에르 그가 밝힌 직업도 그의 일행들이 각자 맡고 있는 역할도 더 이상 믿지 않는 것 같았다. 깍듯하게 예의를 표하는 태도에는 변함이 없지만 함께 지낸 시간이 열흘이 넘어가면서 카미유는 항해사가 생각보다 자신들에 대해 더 많이 알고 있다는 걸 알아차렸다.

그들은 배에서 수레를 내리고 재빨리 따뜻한 옷을 꺼내 입었다. 카미유는 양털 망토를 입었다. 강을 따라 뻗은 언덕에서 불어오는 매서운 바람이 셴의 진주호가 정박해 있는 부두의 골목길에 휘몰아쳤다.

말들은 추위를 느끼지 않는 것 같았다. 여러 날 동안 꼼짝 못하고 있어서 빨리 달리고 싶다는 듯 히이잉, 울음소리를 내면서 안달했다. 카미유는 아쿠아렐의 목을 쓰다듬었다.

"그래 가자, 내 귀염둥이." 카미유가 말의 귀에 대고 속삭였다.

노련한 마부로 보이고 싶은 살림이 수레에 이상이 없는지 확인하고, 코코트와 부리숑의 편자도 주의 깊게 살폈다.

"다 괜찮아요!" 살림이 웃음을 참고 있는 키암에게 말했다.

에드윈과 마니엘이 아르파그 시장에서 사 들고 온 식량을 수레에 실었다.

"비계 사 오는 거 잊지 않았지요?" 아르티스 발피에르가 물었다.

"당연히 사 왔지." 에드윈이 큼직한 토기 항아리를 보여주었다.

"살이 트면 큰일인데 음식할 때마다 먹어둬야지."

명상 치료사가 미소를 지었다. 아르티스는 일행에게 조금씩 마음의 문을 열기 시작했다. 엘라나는 아직 피하고 있지만, 아르티스는 한결 편안하고 유쾌한 동반자로 행동했다.

주거 지역을 빠져나오는 데는 몇 분밖에 걸리지 않았다. 그들은 이내 메마른 언덕 중턱에 이르렀다.

유일하게 있는 비포장도로는 서쪽 알파르 방향으로 가는 길이었고, 주변의 농가들과 통하는 길도 그리 많은 편이 아니었다.

에드윈이 폴리마즈 강을 따라 북쪽으로 일행을 이끌었다. 그들은 한낮이 될 때까지 전진했다. 길이 점점 험해지고 있었다. 오른쪽으로 보이는 강물은 물살이 빨라지다가 여기저기서 바위에 부딪혀 폭포처럼 부서지고 있었다.

"배를 타고 계속 가지 않은 이유를 이제야 알겠어요." 살림이 외쳤다.

"이쪽 길도 만만치 않아." 마니엘이 완만한 곡선을 이루다 가파르게 높아지는 언덕을 가리키면서 말했다.

에드윈은 불안해하지 않았다. 그 지역을 잘 알고 있어서인지 도로가 없는데도 주저하는 기색 없이 일행을 이끌었다. 햇빛이 약해지기 시작할 때 에드윈이 기적처럼 바람을 피할 수 있는 협곡을 찾아냈다.

"여기서 야영합시다."

각자 해야 할 일을 알기 때문에 그들은 순식간에 원을 그리듯 텐트를 세웠다.

"여긴 밤에 굉장히 추워요." 에드윈이 설명했다. "바람도 그치지 않아요. 폴 산맥에서 곧장 내려오는 바람인데 아스타리울 고원은 바람을 막아줄 만큼 높지 않기 때문에 한여름에도 아침에는 서리가 내려 있을 정도니까."

약간 떨어진 데에 말들을 묶어놨기 때문에 카미유가 아쿠아렐에게 다가가서 말을 긁어주었다. 에드윈이 따라왔.

"원한다면 여기서 자라는 엉겅퀴를 보여줄게. 말을 긁어주고 싶어하는 사람에게 아주 이상적인 친구거든."

"엉겅퀴로 긁어요?"

"그래, 말을 사랑하는 기사일수록 금속 솔을 사용하지 않아."

두 사람은 이런저런 이야기를 나누면서 야영지를 떠났다. 카미유는 아버지가 에드윈과 닮았는지 너무나 궁금했다. 옹알거리는 아기를 안고 얼러주는 에드윈의 모습은 쉽게 상상이 안 되지만 어머니의 목소리를 들으면서 눈물을 흘리던 모습이 떠올랐다. 그 어느 때보다 에드윈이 친근하게 느껴진 카미유는 팔을 잡았다.

"에드윈……." 카미유가 입을 열었다.

바로 그때 호랑이가 나타났다.

1미터가 넘는 키에 몸길이가 3미터에 이르는 호랑이가 바위 뒤에서 튀어나왔다. 커다란 아가리를 벌리고 10센티미터가 넘는 송곳니들을 드러낸 호랑이의 발에 면도날처럼 날카로운 갈퀴발톱이 달려 있었다. 완벽한 살상 무기였다.

눈 깜짝할 사이였고, 카미유가 팔을 잡고 있어서 에드윈은 장검을 뽑을 겨를이 없었다. 에드윈이 재빠르게 카미유를 잡아끌면서 피하는 바람에 호랑이의 갈퀴발톱이 가죽 코트만 쭉 찢고 말았다. 공격이 빗나간 것에 화가 난 호랑이가 다시 덤벼들었다.

카미유는 에드윈 같은 민첩성도 없고 싸움에 익숙하지도 않았다. 함께 땅바닥에 나뒹굴게 된 카미유가 비명을 지르면서 에드윈에게 달라붙었다. 그 바람에 또다시 장검을 뽑아 들 기회를 놓친 에드윈은 아슬아슬하게 카미유를 떠밀어버리고 무릎을 꿇은 자세로 앉았다. 그 순간 호랑이가 에드윈의 몸을 덮쳤다.

호랑이가 거대한 몸집으로 에드윈을 깔아뭉개고 있었다. 그러고는 커다란 발로 목을 짓누르는데…… 갑자기 모든 것이 얼어붙은 듯 정지되었다.

카미유의 의지와 상관없이 고함 소리가 목구멍에 붙었고 근육이 굳어버렸다. 호랑이도 공격을 하는 그 자세로 꼼짝 못하고 있었다. 에드윈의 목 몇 센티미터 앞에서 쫙 벌리고 있는 아가리, 이글거리는 눈, 가슴속에서 올라오는 거친 울음소리…… 믿을 수 없을 정도로 덩치가 엄청난 호랑이가 갑자기 힘을 못 쓰다니.

호랑이에게 깔린 에드윈이 가까스로 몸을 약간 움직였다. 언제 왔지? 엘라나가 보였다.

그림자걸음이라더니, 과연 엘라나가 미끄러지듯 움직이고 있었다. 이어서 엘라나의 입에서 노래 같기도 하고 휘파람 같기도 한 소리가 흘러나왔다. 카미유는 엘라나가 아르티스 발피에르에게 따끔한 맛을 보여주기 위해 일행을 꼼짝 못하게 마비시켰던 장면이 떠올랐다. 엘라나의 능력이 500킬로그램도 넘을 것 같은 호랑이까지 옴짝달싹 못하게 할 정도란 말인가?

엘라나가 머리 위에 손을 얹자 커다란 고양이과 동물이 덩치에 어울리지 않게 바들바들 떨었다. 호랑이가 다시 움직였는데 그것은 그림자걸음이 노래로 불러주는 명령에 복종하기 위해서였다. 호랑이가 에드윈의 목에서 발을 떼고 뒤로 두 발짝 물러섰다. 엘라나의 손가락들이 호랑이의 머리털 속에 묻혀 있었다.

엘라나는 마치 보이지 않는 줄을 쥐고 있는 듯 호랑이를 십여 미터 떨어진 데로 끌고 갔다. 그러고는 옆에 쭈그리고 앉아서 아르티스에게 했던 것처럼 호랑이의 귀에 대고 무슨 말인가 속삭였다. 호랑이는 커다란 머리를 흔들면서 으르렁거렸다.

그러나 엘라나는 태연하게 호랑이 머리를 세게 움켜잡더니 계속 중얼거렸다. 그리고 나서 엘라나가 일어서자 호랑이는 눈길 한번 주지 않고 어슬렁어슬렁 멀어져 갔다.

마비시켰던 보이지 않는 속박이 사라져 카미유가 일어났다.

에드윈은 이미 일어서 있었다. 그는 손으로 피가 흘러내리는 목을 누르면서 엘라나가 돌아오길 기다렸다.

"이제 두 번 남은 거예요!" 엘라나가 활짝 미소를 지으면서 말했다. "호랑이는 정말 뜻밖이었어요. 당신의 목숨을 구해줄 일은 절대로 없을 거라고 생각했는데."

에드윈이 심호흡을 하고 나서 무슨 말을 하려다가 그만두었다.

"얼마나 걱정했는지 몰라요." 엘라나가 말을 이었는데 어찌나 나직한 소리로 말하는지 카미유는 알아들을 수가 없었다.

엘라나가 어깨에 손을 얹자 에드윈이 팔을 내밀었다.

그러고는 무슨 일인가 일어났는데…… 그들은 마치 카미유의 존재를 의식하지 않는 듯했다. 카미유는 얼굴이 화끈 달아오르는 걸 느꼈다.

"나는 신경 쓰지 마세요. 가서 식사 준비를 도울게요." 카미유가 얼른 말했다.

엘라나가 웃음을 터뜨렸다.

"같이 가자. 나 배고파죽을 지경이야! 비밀은 지켜져야 가치가 있다는 거…… 알지?"

위험한 야생동물을 노래로 제압한다는 것은 대단한 능력이었다. 엘라나는 그것이 비밀로 지켜지기를 바라고 있었다.

"벌써 잊어버렸어요!" 카미유가 약속했다.

그들은 야영지로 돌아가서 불가에 둘러앉았다. 에드윈이 코트 깃을 올리고 엘라나에게 보내는 눈길을 알아챈 사람은 카미유밖에 없었다.

얼음같이 차가운 바람이 불고 있었다. 어둠이 내리자 그들은 텐트 안으로 들어갔다. 첫 번째 보초를 서게 된 마니엘이 텐트 안에 있는 일행을 부러운 눈으로 쳐다봤다.

카미유는 덜덜 떨면서 이불로 몸을 감쌌다. 그러고는 옆에 누운 엘라나를 살폈다.

"아까 말이에요……." 카미유가 말문을 열었다.

엘라나가 손가락을 입술에 대면서 속삭였다.

"쉿. 벌써 잊었다고 한 약속은 지켜야지!"

카미유가 미소를 지었다. 몸이 따뜻해지면서 카미유는 기분이 좋아졌다.

"고마워." 엘라나가 속삭였다.

카미유는 잠을 이루지 못했다. 엘라나의 고른 숨소리를 들으면서 카미유는 이런저런 생각을 했다.

파리에 남은 오빠의 모습이 떠올랐다. 오빠를 좀 더 알 수 있는 시간을 갖지 못한 것이 유감스러웠다. 오빠는 지금 이 순간 뭘 하고 있을까? 그토록 중요하게 여기던 시험은 잘 쳤을까? 이어서 양부모가 떠올랐다. 언아더월드로 돌아올 결심을 하지 않았다면 그들과 살고 있을 텐데. 카미유는 그런 자신의 모습을 상상하자 소름이 끼쳤다.

그러고는 친부모에 대한 생각으로 넘어갔다. 그들은 살아 있고, 어딘가에 억류되어 있는 것이 틀림없었다. 일단 식물인간들을 구한 다음에는 무슨 일이 있어도 내가 부모님을 찾아낼 거야! 누구도 가로막지 못해!

그런 생각으로 자신을 위로하면서 카미유는 눈을 감았다.

5

츨리쉬의 빗장? 집을 나서서 걸어가는 길이 이내 어디로 이르는지 모를 수많은 길로 갈라진다고 상상해보라. 그것이 바로 스파이럴의 이미지다. 여러분의 문턱 몇 미터 떨어진 곳에 뛰어넘을 수 없는 장벽이 서 있고, 여러분은 빗장의 열쇠를 갖고 있다. 그래서 여러분이 낯선 곳으로 여행하는 습관을 갖게 되었다. 그런데 돌연 대문에 빗장이 걸려서 자기 집 마당에 갇혀 있게 된다면 어떻겠는가?

엘리스 밀 트루이프, 알제이트 아카데미의 데시나퇴르 교수

도로가 없는데도 전진하기가 수월했다. 시야가 확 트여 있고, 말들의 건강 상태도 아주 좋아서 수레가 풀밭 길을 잘 굴러갔다. 어느덧 그들은 무적의 군단으로 결집이 되었고, 각자 맡은 역할에 충실했다. 믿음직한 사람들의 보호를 받는 카미유와 살림은 행복을 느꼈다.

에드윈이 밀착 경호를 지시했다.

"야생 짐승의 공격은 정찰을 한다고 막을 수 있는 게 아니지. 산적들이 나타나는 곳도 아니고."

그렇게 말하면서 에드윈은 노랗고 빨갛게 물든 숲을 손가락으로 가리켰다.

"땅도 비옥하고, 겨울을 따뜻하게 보낼 나무도 많고, 잡아먹히지

만 않는다면 언제든 사냥감을 찾을 수 있는데 이렇게 적막하다는 것은 분명히 지나친 면이 있어. 그러니까 이 언덕에 사는 알라비리 사람들은 은둔 생활을 즐기고 있다고 봐야겠지."

배에서 내린 지 사흘째 저녁, 에드윈은 말발굽 자국을 발견하고 일행을 협곡으로 이끌었는데 낮지만 아주 튼튼하게 지은 농장이 있었다. 여주인과 가족 그리고 농부들이 그들을 따뜻하게 맞아주었다. 그쪽으로 지나가는 나그네들을 보는 일이 드물기 때문인지 동네는 거의 잔치 분위기였다. 은둔 생활을 선택한 사람들은 대체로 과묵하고 신중하다는 걸 알기 때문에 그걸 존중하는 뜻에서 에드윈이 전투 지역을 피해 요새로 가는 중이라는 말로 짤막하게 소개를 하면서 질문은 일절 하지 않았다.

농장을 경영하는 여주인 밀리아 준도는 "더 빠른 길을 두고 먼 길을 선택했군요." 라고 딱 한마디만 했다. 호리호리한 체격에 개성이 강해 보이는 얼굴, 부인은 무쇠같이 억센 손을 갖고 있었다. 푸짐한 음식과 술, 그들은 오랜만에 화기애애한 분위기에서 식사를 했다. 키암 비트가 알라비리 사람들의 거만한 태도를 비웃는 의미가 담긴 재치 있는 이야기로 식사 자리를 즐겁게 해주었다. 에드윈도 모처럼 긴장을 풀었다. 얼마 만에 갖는 꿀맛 같은 휴식인가. 이날 저녁, 안전한 곳에서 그들은 귀중한 휴식 시간을 가질 수 있었다.

그들은 축사에 쌓아놓은 마른 짚 더미에서 밤을 보냈고, 깊은 잠에 빠져들었다. 아침에 밀리아 준도가 식량을 내주었는데 한사코 돈을 받지 않았다.

"우리는 겨울 내내 먹을 식량이 충분하니까 걱정 말고 그냥 가져가세요." 그녀가 울타리까지 배웅하면서 말했다. "나는 돈이 필요 없어요. 그리고 조심해요. 몇 달 동안 방화꾼들이 보이지 않았으니 아스타리울 고원에 흡혈귀들이 있을 겁니다. 어쩌면 곰이나 호랑이를 만날 수도 있어요."

그들은 부인에게 고맙다는 인사를 하고 헤어졌다. 에드윈이 출발신호를 했다.

밀리아 준도가 주의를 줬지만, 카미유 일행은 며칠 동안 알 만한 동물과 정체불명의 발자국들만 수없이 봤을 뿐 포식동물은 한 마리도 발견하지 못했다. 그 발자국들을 보면서 에드윈이 얼굴을 찌푸렸지만 아무 말도 하지 않았다. 지금으로서는 점점 기승을 부리는 추위가 그들의 유일한 적이었다. 카미유는 가을이라서 그나마 다행이라고 생각했다. 겨울에 이 지방을 지나간다는 것은 끔찍한 일임에 틀림없었다.

닷샛날 아침, 두옴 선생님이 보고 있던 책을 던져버리는 과격한 행동으로 일행을 깜짝 놀라게 했다.

"이해할 수가 없어! 이 책을 반쯤 읽었는데 식물인간들을 감시하는 간수가 덩치는 산더미만 한데 새처럼 날아다닌다는 거야. 물에서도 살고 불을 삼켰다 내뿜기도 하고 지상에서는 말도 한다니! 어떻게 그럴 수가 있어. 도대체 말이 돼야지! 아무런 대책도 없이 간수와 맞서게 생겼으니 이거 정말 난감한 일이군!"

"상관없어요." 카미유가 말했다. "선생님이 읽은 내용이 틀린 걸 수도 있잖아요. 그리고 사실이라면 새삼 놀라지 않아도 되니까요."

"누나야, 정말 놀라운 건 너야." 살림이 말했다. "괴물을 만나는 데 이렇게 즐거워할 수 있는 사람은 아마 세상에 너밖에 없을 거다!"

"틀렸어!" 비욘이 한술 더 떴다. "내가 괴물을 좋아하거든. 내가 너랑 같이 다니는 게 그 증거잖아!"

"진짜 웃기시네요!" 살림이 이죽거렸다. "형님은 꾀를 부렸지만 그래도 난 내 능력을 보여줬다고요!"

살림이 마지막 말에 특히 힘을 주자 비욘이 웃음을 터뜨렸다.

"네가 나불대는 것만큼 능력이 있다면 너 무서워서라도 간수가 얌전하게 굴 텐데." 비욘이 응수했다. "그런데 불행히도 너는 혀만 제 역할을 하는 게 문제란 말이지."

"와우, 그렇게 멋진 말을! 그거 형님의 입에서 나온 말 맞아요?"

"모두 와봐요!" 비욘이 대꾸하려는 순간 에드윈이 외쳤다.

그들은 에드윈이 가리키는 꼭대기로 따라갔다. 폴리마즈 강이 한눈에 내려다보이고, 강 건너편에서 1킬로미터쯤 떨어진 곳에 제국 군대가 있었다. 수천 명의 병사가 전투대형을 이루고 있는데 말을 탄 기병들도 보이지만 보병이 대부분이었다. 평원 도처에 거대한 투석기들이 서 있고, 전령들이 전투 부대 사이를 오가고 있었다. 전투 준비를 하는 사람들의 함성이 그들이 있는 곳까지 들려왔다.

"군대가 뭘 기다리고 있는 겁니까?"

아르티스 발피에르가 물었다.

"라이족." 키암이 짤막하게 대답했다.

오랜 세월 앙숙 관계라고는 하지만 라이족이라는 이름을 입에 담는 것만으로도 불쾌한지 키암이 증오가 가득한 눈초리를 했다.

"아스타리울 고원을 선택하길 잘한 것 같군요." 에드윈이 말했다. "라이족이 내가 예상했던 것보다 훨씬 남쪽으로 내려오고 있으니. 군대가 전투대형이라는 것은 놈들의 수가 적어도 6만에 이른다는 뜻이지요. 저런 곳을 빠져나가기는 어려울 겁니다. 어서 떠납시다. 서쪽으로 비스듬히 돌아서 고원으로 들어가야겠어요. 오늘 밤을 안전하게 보내려면 그게 유일한 길이니까."

밤에 무슨 위험이 있다는 건지 아무도 물어볼 엄두를 내지 못했다. 그들은 말에 올랐고 폴리마즈 강가를 떠나 아스타리울 고원으로 향했다.

이내 땅이 울퉁불퉁해지면서 풀밭이 자갈밭으로 바뀌고 나무들도 비뚤비뚤한 것이 상태가 좋지 않았다. 언덕으로 수레를 모는 것이 점점 힘들어졌다. 통행이 가능한 길을 찾기 위해 살림이 여러 번 수레를 되돌려야 했기 때문에 시간이 지체되었다. 마니엘이 살림 대신 고삐를 잡겠다고 하자 에드윈이 말했다.

"살림이 잘해낼 거야. 그리고 혹시라도 우리가 공격을 받게 될 경우 자네는 말을 타고 있어야 싸움을 하지."

그 칭찬에 살림은 얼굴이 빨개졌다. 카미유가 엘라나 옆으로 말을 몰았다.

"전부 잊어버리기로 한 건 알지만 한 가지 궁금한 게 있어서요."

"계속해봐."

"사람들이나 호랑이를 마비시키는 언니의 능력 말이에요. 한스가 죽었던 날 저녁에 용병이 사용했던 능력과 비슷하다는 생각이 들어서……."

"용병은 악한 짓을 하기 위해 다른 사람의 재능을 흉내 내는 비열한 놈들이야. 그 용병은 너와 네 일행을 꼼짝 못하게 하려고 그림자 걸음의 노래를 이용한 거야. 놈은 그렇게 하면 너를 쉽게 죽일 수 있다고 생각한 거지."

"하지만 언니는……."

"놈은 내가 거기 있다는 걸 몰랐지. 우리의 기술이니까 나한테는 통하지 않아."

"하지만 에드윈은 움직였어요. 언니가 호랑이를 마비시켰을 때도 그랬고, 아르티스에게 화를 낼 때도 그랬어요."

그때 일을 떠올리면서 엘라나가 미소를 지었다.

"명상 치료사가 나쁜 사람은 아냐. 너무 고지식한 게 문제지."

"그럼 에드윈은?"

엘라나의 눈빛이 반짝였다.

"그건 별개의 문제야. 에드윈은 아주 비범한 인물이니까. 그에 대해서는 이미 들어서 알고 있는데 같이 있으면서 겪어보니까 풍문에 떠도는 얘기는 아무것도 아니라는 걸 알았어."

뺨이 붉게 물든 엘라나가 허공을 응시했다. 하지만 카미유가 뚫어져라 쳐다보고 있는 것을 알아채고 깔깔대고 웃었다.

"네가 뭘 안다고 그래?"

"맞죠?"

"너의 살림도 나쁘지 않아!"

카미유는 얼굴이 화끈 달아올랐다. 누구 들은 사람이 없는지 주변을 둘러보고 나서 카미유가 엘라나에게 말했다.

"왜 그런 말을……."

그 순간 엘라나가 보내는 공모의 눈짓을 보면서 카미유는 가슴이

콩닥콩닥 뛰었다.

"벌써 다 잊어버렸어요!" 카미유도 웃으면서 말했다.

"당연히 그래야지!"

6

어둠 속 칼날의 숨결
기쁨의 파도처럼
어슬렁거리는 위험

엘룬드릴 샤리아킨, 전설의 그림자걸음

땅거미가 질 무렵, 에드윈이 갑자기 동쪽으로 방향을 바꿨다. 얼굴이 밝아져 있었다.

"제대로 온 건지 확실하지는 않지만 운이 좋으면 오늘 밤은 안전하게 잘 수 있을 겁니다."

일행은 에드윈에게 그 방향으로 가는 의미를 물을 겨를이 없었다. 해가 바위산 봉우리를 넘어갈 무렵 그들은 거대한 돌덩어리로 지은 버려진 건물을 발견했다. 창문을 대신하는 총안, 검은색 돌 지붕, 두꺼운 나무 대문은 큼직한 자물쇠로 잠겨 있었다.

"내가 알기로 여기가 아스타리울 고원에서 개척자들이 유일하게 정착하려고 노력했던 곳입니다. 그 옛날의 개척자들은 죽었지만 건물은 남아 지금 이렇게 우리에게 안식처가 되어주니 감사할 따름이지요. 어쨌든 이 고원에서는 여행자들이 한데서 자지 않아도 되니 얼마나 고마운 집입니까. 신중한 사람들은 들어가지 않을지도 모르지만.”

“그럼 말들은 어떡하죠?” 마니엘이 물었다.

“데리고 들어가야지. 누가 사는지 몰라도 혹시 집주인이 돌아온다면 싫은 소리를 하겠지만 할 수 없지.”

벽난로에 불을 피우자 차츰 냉기가 가시는 것 같았다. 그들은 판초로 몸을 감싸고 자루를 깔고 앉아서 식사를 했다. 에드윈이 수레에 실은 짐을 모두 내리라고 지시하면서 말했다.

“이 건물이 튼튼하지만 그래도 아스타리울에 사는 야행성 동물들의 주의를 끌면 곤란하니까.”

문짝 안쪽에 무쇠 빗장이 달려 있었다. 에드윈이 흡족한 표정을 지으며 빗장을 걸었다. 하나밖에 없는 널찍한 방에 가구라고는 없기 때문에 그들은 벽난로 가까이에 누웠고, 말들은 조금 떨어진 곳에서 체온을 나누기 위해 서로 달라붙어 있었다.

얼마나 지났을까, 갑자기 들리는 고함 소리에 카미유는 소스라치게 놀라서 잠을 깼다. 카미유는 정신을 차리기까지 시간이 좀 걸렸다. 비명 소리라고 해야 할까, 고함 소리라고 해야 할까……. 인간의 것이라고 할 수 없는 날카로운 소리가 다시 울렸는데 도저히 듣고 있기가 힘들 정도로 점점 커지더니 마침내 꾸르륵거리는 소리로 잦아들었다. 옆에서 자던 일행이 일어났다. 비욘은 도끼 자루를 움켜잡았다.

"위험하지 않아."

에드윈의 목소리였다. 그가 어둠 속에 서서 총안을 통해 바깥을 살피고 있었다.

"방화꾼이야. 수 킬로미터 떨어진 곳에 있어. 별일 없을 테니까 그냥 자도 돼."

그들은 동이 막 틀 무렵 출발했다. 긴장한 에드윈이 검을 잡은 채로 말을 몰았다. 에드윈의 불안이 일행에게 전염된 것처럼 침묵 속에서 몇 시간이 흘러갔다.

수레가 통과할 수 없는 길이라서 그들은 시간을 많이 허비했다. 해질 무렵, 에드윈이 유감스러운 얼굴로 아스타리울 고원에서 이틀 밤을 더 보낼 수밖에 없겠다고 말했다.

어디를 둘러봐도 적막하고 황량한 풍경이었다. 언덕, 자갈길, 바람에 쓰러진 키 큰 수풀, 꽃이 시든 금작화 숲, 비뚤비뚤하게 자란 나무…….

"와, 진짜 을씨년스럽다." 살림이 한마디 했다. "여기 계속 있으면 그 어떤 위험보다도 우울하거나 추위 때문에 죽을 수도 있겠어."

"저 바위에 붙여서 텐트를 쳐야겠다." 에드윈이 말했다. "밤새도록 불을 피워야 하는데 여기는 나무가 많지 않다. 나뭇가지, 나무뿌리 등 태울 만한 것은 모조리 주워 와야 한다. 그리고 내 말을 주의 깊게 듣기 바란다. 아스타리울 고원에는 사람이 살지 않는데 그럴 만한 이유가 있지. 야수들 때문에 인간이 정착해서 살 수가 없어. 그런데 몇 시간 동안 동물의 발자국을 보지 못했다는 것이 오히려 불안하군. 간밤에 소리를 질렀던 방화꾼은 아마 근처에 있을 것이다. 아니면……."

"아니면 뭐요?" 비온이 물었다.

"더 위험한 것이 있거나. 오늘 밤에 우리는 흡혈귀의 공격을 받을 수도 있다."

"식인귀보다 훨씬 무서운 짐승이에요?"

참다 못한 살림이 물었다.

"인간처럼 두 발로 걸어 다니는 야행성 괴물인데 내가 알기로 무기는 사용하지 않아."

"하지만……."

"5분만 입 다물고 있을 수 없겠니?" 에드윈이 살림에게 핀잔을 주었다. "흡혈귀의 수는 그리 많지 않고 단독으로 사냥을 하는 경향이 있지. 흡혈귀들이 수백 년 동안 아스타리올 고원에 살고 있는데 불행하게도 거의 멸종시킬 수가 없다는 게 문제지. 마치 비물질적인 것처럼 강철 검으로 찔러도 그냥 통과해버려서 끄떡없고, 데시나퇴르의 기술도 흡혈귀에게는 통하지 않아. 흡혈귀의 몸에서 발산되는 냉기 때문에 얼어죽기 십상이고, 깨물리면 치명적인 독 때문에 죽음을 면할 수 없지. 우리가 믿을 수 있는 건 불밖에 없어. 흡혈귀는 불을 제일 무서워하니까. 질문 있나?"

비욘이 용기를 냈다.

"그럼 라이족을 상대하는 편이 더 나을 수도 있을……."

"너무 늦었다. 또 다른 질문은?"

에드윈은 쓸데없는 항의를 차단하기 위해 의도적으로 단정적인 어조로 말한 다음 입을 막으려는 듯 곧바로 지시를 내렸다.

"빨리 움직인다, 실시!"

그 말이 떨어지기가 무섭게 모두 땔감을 주우러 갔고, 밤이 되었을 때 야영지 중앙에 장작이 높이 쌓였다.

에드윈이 불을 피우기 위해 정신을 집중했다. 카미유는 스파이럴에 들어가서 에드윈을 도와주려고 하다가 생각을 바꿨다. 두옴 선생님이 알제이트를 출발한 뒤로는 데생 기술을 사용하면 안 된다고 주의를 주지 않았던가. 선생님의 판단을 믿고 복종하는 것이 나았다.

엘라나가 첫 번째로 보초를 섰고, 텐트 안에 혼자 남은 카미유는 바깥에서 나는 소리에 귀를 곤두세웠다. 어느새 깜빡 잠이 들었던 카미유는 엘라나가 들어와서 옆에 누울 때 잠을 깼다.

"나야, 아무 일 없으니까 어서 자."

별들은 더 이상 반짝이지 않고 잿빛 하늘이 푸르스름한 빛을 띨 무렵이었다. 보초를 서려고 나온 비욘이 옷을 파고드는 추위 때문에 성큼성큼 걸어 다니면서 몸을 비볐다. 날이 밝아오고 있어서 비욘은 불길이 사그라드는 걸 알아채지 못했다. 그러다 갑자기 불이 거의 꺼져가고 있다는 걸 발견한 비욘이 나뭇가지를 한 움큼 던져 넣으려고 할 때였다. 으르렁거리는 소리에 돌아보는 비욘을 향해 흡혈귀가 달려들었다.

처음에 비욘은 누더기를 걸치고 머리를 산발한 노파라고 생각했다. 그러다 송곳니와 노란 눈빛, 뼈마디가 앙상한 손가락에 달린 갈퀴손톱을 발견했다. 비욘은 나뭇가지를 떨어뜨리고 뒤로 물러서서 도끼 자루를 움켜잡았다.

발이 땅에 닿기는 하는 걸까, 스르르스르르…… 흡혈귀가 미끄러지듯 따라왔다.

비욘이 고함을 지르면서 도끼를 힘껏 내던졌다. 에드윈의 말을 기억하면서도 도끼를 던진 걸까. 그 말을 까맣게 잊어버렸다면 비욘이 역습을 받는 것은 당연한 일이었다.

마치 환영인 것처럼 도끼날이 흡혈귀를 휙 통과해버렸으니……. 싸울 준비를 하던 비욘이 폼 나게 회전하다가 괴물과 등지게 되었다.

그런 기회를 놓칠 리 있을까, 흡혈귀가 앙상한 두 팔로 허리를 조르자 비욘이 비명을 질렀다. 흡혈귀에게서 발산되는 끔찍한 냉기가 독극물처럼 온몸으로 퍼졌다.

겉모습과는 딴판으로 흡혈귀는 힘이 엄청났다. 정신이 가물가물해지던 비욘은 에드윈이 달려오는 것을 봤다. 에드윈은 검을 뽑아 들지 않고 흡혈귀와 비욘 사이로 몸을 날렸다.

비욘은 냉기가 물러가는 것을 느끼면서 쓰러졌다. 에드윈은 옆으로 데굴데굴 굴러가는 것으로 흡혈귀의 공격을 피했다.

"불! 불을 피워라!" 에드윈이 고함을 질렀다.

이번에는 마니엘이 싸움에 뛰어들었다. 그도 무기를 들지 않고 있었다. 마니엘이 주먹을 날렸지만 흡혈귀는 날렵하게 피했다. 거인의 허리를 잡은 흡혈귀가 너무나도 가볍게 머리 위로 답삭 들어 올리더니 빙글빙글 돌려서 내던졌다. 10미터쯤 날아가다 내동댕이쳐진 마니엘은 그대로 까무러쳤다.

텐트에서 나온 엘라나와 살림이 필사적으로 불을 되살리려고 애를 쓰는 사이에 에드윈은 흡혈귀의 주의를 흐트러뜨렸다. 그러나 흡혈귀가 훨씬 빨랐다. 명치를 한 방 얻어맞고 비틀거리던 에드윈이 다시 날아온 주먹을 맞고 뒤로 벌렁 나자빠졌다.

카미유는 공포에 떨면서 지켜보고 있었다. 흡혈귀가 돌아서는가 싶더니 어느새 카미유에게 달려들었다. 저지하려던 두옴 선생님은 흡혈귀가 손등으로 툭 밀었을 뿐인데 맥없이 쓰러지고 말았다. 흡혈귀가 두 팔로 조르는 순간 카미유는 비명을 질렀다. 엄청난 냉기가 엄습하면서 팔다리가 얼어붙고 심장이 터질 것 같았다.

이번에는 엘라나가 카미유를 도우러 달려들었는데 단검이 새벽빛에 번쩍였다. 그러나 데생으로 만든 칼날도 상처 하나 없이 흡혈귀의 몸을 통과해버렸다. 흡혈귀가 손바닥으로 탁, 때리자 엘라나도 털썩 주저앉았다.

키암 비트가 화살을 부러뜨리고 있었다. 왜 저러지? 카미유는 분명히 그렇게 봤는데 환영이었을까? 살림이 이름을 부르면서 달려왔다.

몸이 얼어붙고, 살갗이 쭈글쭈글해지는 가운데 카미유의 가슴에 달라붙은 작은 생명체가 몸을 비벼대며 체온을 주려고 애쓰고 있었다. 슈쇼테르가 카미유를 위해 온 힘을 쏟고 있는 것이다.

그때 키암 비트가 소리쳤다.

"거기 꼼짝 말고 있어, 살림!"

키암 비트가 촉을 잘라버린 화살을 한 움큼 들고 있었다. 이어서 현란한 손놀림으로 날린 화살이 슝슝, 공기를 가르면서 흡혈귀의 몸에 연거푸 꽂혔다.

흡혈귀는 아무 일도 없다는 듯 버티었다. 그러나 카미유를 조르는 힘이 점점 약해졌다. 이윽고 바늘꽂이처럼 온몸에 화살이 박힌 노파 모습의 흡혈귀가 잠시 비틀거리다가 쓰러졌고 더는 움직이지 않았다.

카미유는 어찌나 추운지 할 수만 있다면 소리를 지르고 싶었다. 그러나 뻣뻣해진 근육이 점점 마비되고, 심장이 통증으로 오그라드는 것 같았다.

카미유는 누군가 팔을 잡는 것도, 이불을 덮어주는 것도, 몸을 문질러주는 것도 느끼지 못했다. 죽으면 안 된다고 울부짖는 소리도 듣지 못했고, 아르티스가 더는 손쓸 수 없다는 듯 힘없이 두 팔을 늘어뜨리는 것도 보지 못했다.

추웠다.

정말 너무나 추웠다.

주머니 안에서 슈쇼테르가 날카로운 울음소리를 냈다.

카미유의 입에서 신음 소리가 흘러나왔다.

7

죽음은 일시적인 것일 뿐이다.

메르윈 릴 아발론

추운 느낌이 사라졌다.

나는 별들의 바다에서 무중력 상태로 떠다닌다. 나는 무한대이면서 무한소다. 나는 보잘것없으면서 중요한 존재다. 내가 아직 에윌란일까?

지표도, 경계도, 수평선도 없다.

나는 아무런 감각이 없다. 따끔거리는 내 가슴에 달라붙어 있는 따뜻한 형체를 겨우 느낄 뿐이다.

눈앞에 은하수가 열려 있다. 온 세상이 드러나고, 새로운 별이 나타날 때마다 나는 기억을 하나씩 지운다.

이제 나만 남았다. 다른 사람들에게서 자유롭고, 세상에서 자유롭고, 모든 것에서 자유로워진다. 나는 생각이 되고 별들이 내게 손을 내민다.

그리고 거기 고래가 있다.

거대하고, 강하고, 지혜로운 고래.

나는 거기서 떠다니고, 고래는 헤엄친다. 나는 거기서 떠돌고, 고래는 제집인 양 유유하다.

담므.

나를 위해 무지갯빛 눈을 뜨고 말을 건넨다.

'고래는 원하는 곳이면 어디든 가. 바다든 은하수든. 하지만 여긴 네가 있을 곳이 아냐. 너의 운명은 다른 데 있어. 나는 너와 너의 도움이 필요해. 어서 가. 돌아가서 약속을 지켜.'

별빛이 흐려지고, 은하수가 희미해진다. 나는 기억한다…….

다시 춥지만 내 가슴에 붙어서 나를 위해 싸우는 열기가 물결처럼 온몸으로 퍼진다.

아프다, 계속 떠다니고 싶은데…….

나는 눈을 뜬다.

8

궨달라비르와 다른 세상은 근본적인 차이가 있다. 궨달라비르에는 종교가 없다. 숭배해야 하는 신도, 초자연적인 존재도, 우상도 없다. 그러나 정말 그럴까? 우리에게는 담므가 있는데…….

카르보이스트 수도원장, 7서클의 회고록

"살림, 살림……. 살림!"

소년이 눈물로 범벅이 된 얼굴을 들었다. 비욘이 어깨를 흔들고 있었다.

"살림, 카미유가 눈을 떴어! 죽지 않았어!"

잠시 멍한 얼굴을 하던 살림이 산이 쩌렁쩌렁 울릴 정도로 고함을 지르면서 뛰어갔다.

카미유는 엘라나의 품에 안겨 있고, 그 옆에 에드윈과 아르티스가 무릎을 꿇고 앉아 있었다.

마니엘이 두옴 선생님과 덩실덩실 춤을 추고, 키암 비트는 응원의 박수를 치고 있었다.

살림은 아무에게도 눈길을 주지 않고 친구를 들여다봤다.

"조심해!" 엘라나가 주의를 줬다.

그러나 얼굴에 미소를 지으면서 엘라나가 몸을 약간 비켜주었다. 카미유는 창백한 얼굴로 꼼짝 않았고, 슈쇼테르가 어깨에 앉아 있었다. 살림을 발견한 카미유가 손을 들려고 하자 살림이 말했다.

"아니, 움직이지 마, 누나야. 더 주목받고 싶어서 그래?"

이런 상황에서도 친구를 위해 유머를 잃지 않으려고 애를 쓰고 있지만 살림의 눈에서는 눈물이 줄줄 흘러내렸다. 살림은 눈물을 닦을 생각도 하지 않고 말을 이었다.

"괜찮아?"

카미유가 힘겹게 숨을 쉬면서 무슨 말인가 중얼거렸다.

"살림, 담므, 은하수에서 담므가……."

갑자기 불안해진 살림은 피가 얼어붙는 것 같았다. 살림이 아르티스 발피에르를 돌아봤지만 그는 이미 명상에 잠겨 있었다. 명상을 끝낸 아르티스가 살림을 안심시켰다.

"괜찮아. 충격 때문에 헛소리를 하는 것뿐이야. 정상으로 돌아올 거니까 걱정하지 마."

카미유가 손을 뻗어서 친구의 팔을 잡았다.

"살림, 은하수, 수많은 별……." 카미유가 좀 더 큰 소리로 되풀이 했다.

살림이 손가락으로 친구의 뺨을 건드렸다. 지금껏 한 번도 해보지 않은 행동이었다. 대답 대신에 보랏빛 눈으로 빤히 쳐다보는 친구를 보면서 살림은 가슴 한 귀퉁이가 무너지는 느낌이 들었다. 처음에는 전율이 일다가 감동의 물결이 불안을 씻어갔다.

마치 옆에 아무도 없는 것처럼 살림이 속삭였다.

"네가 원하는 곳이면 어디든 갈게. 어디든 따라갈게, 거기가 은하수라도. 너 없이는 살 수 없어. 그러니까 부탁인데 제발 죽지 마. 네가 잘못되면 나도 따라 죽을 거니까. 너 없는 삶은 아무런 의미가 없으니까……. 네 눈이 없으면 나는 장님이니까. 네가 없으면 나는 길 잃고 헤매는 미아야. 네가 없으면 내 영혼도 없어. 네가 없으면 나는 아무것도 아냐. 왜냐하면…… 너를 사랑하니까……."

모두 숨을 죽이면서 듣고 있지만 살림은 개의치 않았다. 뚫어져라 응시하는 카미유의 눈동자에서 살림은 친구가 말하는 별들을 봤다.

엘라나가 아무도 방해하지 말라는 눈짓을 보내려고 고개를 들었다. 아르티스 발피에르의 얼굴이 창백해지고, 두옴 선생님 옆에 앉은 키암 비트는 감동한 얼굴로 두 아이를 바라보았다. 비욘과 마니엘은 넋이 나간 듯 꼼짝도 하지 않았다.

엘라나가 돌아보자 에드윈이 미소를 지었다. 엘라나는 무슨 말을 하려다가 생각을 바꿨다. 이 순간은 그녀가 아니라 카미유와 살림의 시간이었다. 엘라나는 두 아이가 그 아름다운 순간을 만끽하게 내버려두었다.

카미유가 몸을 움직이려면 한 시간쯤 더 있어야 했다. 정오경 식사를 하기 위해 멈췄을 때 마침내 카미유가 일어났다. 카미유는 산더미같이 쌓인 담요를 들춰내고 수레를 내려와서 일행에게 다가갔다.

날씨는 전날보다 훨씬 추웠고, 새파란 하늘에 구름 한 점 없었다. 북쪽 멀리 환상적인 모습의 거대한 산맥이 또렷이 보이고 파란 하늘을 찢을 듯 뾰족한 산봉우리가 눈에 덮여 있었다.

에드윈이 카미유를 보면서 말했다.

"폴 산맥이야. 아직 멀지만 내일은 아스타리울 고원을 벗어나게 될 거야."

에드윈이 북동쪽을 가리켰는데 그리 높지는 않지만 웅장한 산맥이 보였다.

"저기가 얼음 국경이다. 라이족이 퀜달라비르를 공격하기 위해 통과하는 곳이 바로 저기지. 국경지대 요새는 그 통로를 막기 위해 세운 것이고."

카미유가 부르르 떨자 살림이 재빨리 담요를 가지러 수레로 달려갔다.

 살림은 카미유에게 고백한 것에 대해 생각할 겨를이 없었다. 야영지를 정리하느라고 모두 바빴고, 마침내 출발 준비가 끝났을 때 비욘이 다가왔다. 비욘이 진지한 표정으로 양어깨에 두 손을 얹고 오랫동안 살림을 쳐다봤는데 태견해하는 얼굴이었다.

 잠시 후, 수레 고삐를 잡고 코코트와 부리숑을 몰면서 살림은 정말 행복한 느낌이 들었다.

9

그림자걸음들의 영혼은 그들만 이해하는 노래 속에 담겨 있다.

카르보이스트 수도원장, 7서클의 회고록

고원에서 보낸 사흘째 밤에는 아무 일도 없었다. 높이 타오르는 불길이 어둠을 압도할 정도였고, 보초를 서는 사람도 경계를 게을리하지 않았다.

호랑이 발자국을 발견했을 때 에드윈은 불안해하기는커녕 안도의 숨을 내쉬었다.

"호랑이가 돌아다닌다는 것은 이 지역에 위험한 것이 없다는 뜻이다."

아침에 일어나 보니 텐트 천에 서리꽃이 피고, 사방이 온통 하얗게 얼어붙어 있었다. 말들이 하얀 입김을 뿜어내고, 발굽에 밟힐 때마다 꽁꽁 언 풀이 부스러지는 소리가 났다. 그들은 야영지를 정리하고 나서 출발했다.

정오경, 풍경이 달라지고 있었다. 듬성듬성한 풀과 울퉁불퉁하던 나무들은 사라지고 고원에서 보던 것과는 확연히 차이가 날 정도로 울창한 숲이 보이기 시작했다. 카미유 일행의 발소리에 놀란 시플레르 떼가 혼비백산해서 달아나자 에드윈이 또다시 안도의 숨을 내쉬었다.

"이제 고원을 벗어나서 샤알 평원을 통과할 것이오. 오늘 밤은 산기슭에서 야영하고 내일 알폴로 들어갑시다."

"알폴이 어디 있습니까?" 마니엘이 물었다. "도시 이름은 많이 들었는데 전혀 몰라서요."

"자네만 모르는 게 아니야." 에드윈이 말했다. "알폴은 메르윈의 시대에 세운 거대한 지하도시였어. 알제이트에 뒤지지 않는 아름다운 건축물들이 동굴 주위에 둘러서 있고, 자연이 선물한 경탄할 만한 성당까지 있었으니! 데시나퇴르들과 건축가들, 자연이 마치 경합을 벌이듯 만들어내는 건축물들은 경이로움 그 자체였지. 하지만 1000년 전쯤 알폴에 끔찍한 일이 발생했지. 인간들이 산을 깊이 파냈는데 그 속에서 미로를 발견했으니……. 그런데 살육을 즐기는 괴물이 우글거리고 있는 거야. 엄청나게 많은 이아크닐*이 도시로 몰려나와 데시나퇴르들과 병사들을 휩쓸어버렸지. 끔찍한 살육이 일어났어. 모든 주민이 도시를 탈출했고, 전투를 해봐야 소용없다고 판단한 제국은 손을 들고 말았지. 이아크닐들은 자기들의 동굴을 되찾았고 알폴의 출입구는 붕괴되었어. 그렇게 버려진 도시는 차츰 전설 속으로 사라지고 말았지."

"그런데 우리가 어떻게 거길 들어갈 수 있겠어요?" 살림이 겁에 질린 얼굴로 물었다.

에드윈이 미소를 지었다.

"다른 입구가 있어. 누군가 알폴의 악마들을 깨우는 일이 없도록 감시하는 것이 국경지대 주민들이 맡은 임무 중 하나거든."

에드윈이 북쪽을 향해 돌아서자 모두 그의 눈길을 좇았다.

지평선에 산이 엄청난 장벽을 이루고 있었다. 기슭은 숲으로 울창한데 꼭대기는 눈과 얼음에 덮인 바위였다.

에드윈이 말을 이었다.

"알폴과 요새를 잇는 도로가 있었는데 오래전에 없어졌지. 내일부터 우리는 걸어서 이동할 것이다."

"그럼 말들은 어떡하고요?" 카미유가 물었다.

"야영지에 남겨둬야지. 돌아갈 때 타야 하니까."

마치 자기에 대해 말하는 걸 느꼈다는 듯이 아쿠아렐이 다가오자 카미유가 목덜미를 긁어주었다.

"응, 그래, 내 귀염둥이. 우린 돌아올 거야, 약속할게."

에윌란의 모험

그들은 아스타리울 고원을 뒤로하고 폴 산맥의 지맥까지 펼쳐지는 초원으로 들어섰다.

눈 덮인 산에서 불어오는 바람은 얼음처럼 차가웠다. 두꺼운 망토를 입고 있는데도 카미유는 몸이 꽁꽁 얼었다.

"여기가 샤알 평원이다." 에드윈이 말했다. "겨울에는 눈이 많이 쌓여 있어서 말을 타고 가는 것이 불가능하다. 그래서 개와 썰매가 필요한 곳이지."

그들은 추위를 견디기 위해 가능한 한 옷을 든든하게 입고 평원을 가로질렀다.

에드윈이 야영하겠다고 예고한 기슭에 이르러서야 바람이 잦아들었다. 분지에 커다란 바위 세 개가 있는데 빙하가 사라지면서 드러난 것들이었다.

그들은 텐트를 쳐놓고 다시 집합했다. 오는 길에 주워 온 나무뿌리와 나뭇가지들로 불을 피워놨는데도 열기가 느껴지지 않아서 그들은 가까이 모여 앉았다.

마니엘이 식사 준비를 하는 동안 에드윈이 엄숙한 얼굴로 말문을 열었는데 분위기가 심상치 않았다.

"여기까지 오는 동안 우리는 위험한 고비를 여러 번 넘겼습니다.

그러나 우리가 내일 직면하게 될 위험에 비하면 그건 아무것도 아니라고 할 수 있습니다. 여러분은 용감한 동지들이고, 이 임무를 수행하는 데 여러분보다 더 훌륭한 지원자를 바랄 수는 없을 겁니다. 그러나 여러분 중에 끝까지 가고 싶지 않은 사람도 있을 거라고 생각합니다."

에드윈이 말을 잠시 중단하고 분석가를 돌아봤다.

"두옴 선생님?"

노인이 소스라쳤다.

"나? 난 포기하지 않아, 절대로!"

"내일은 전투가 벌어질 겁니다. 따라서 여기 남아계셔야 합니다. 지금까지도 힘드셨을 텐데 뛰어야 할 일이 생기면 이번에는 정말 위험합니다."

에드윈은 책임감 때문에 그런 말을 꺼낼 수밖에 없지만 두옴 선생님을 걱정하는 것이 역력했다.

반론의 여지가 없는 말이기 때문에 두옴 선생님은 아무 말도 하지 않았다.

카미유는 슈쇼테르를 쓰다듬으면서 에드윈의 말을 듣고 있었다. 보드라운 털의 감촉 덕분에 마음이 안정된 카미유는 차분하게 생각을 정리한 다음 단호하면서 침착한 목소리로 말했다.

"한스가 이미 우리 곁을 영원히 떠났고, 비욘과 엘라나, 살림도 죽을 뻔했어요. 죽음은 우리가 당면한 현실이기 때문에 스스로 고민하고 걱정해야 할 문제예요. 따라서 그 결정은 두옴 선생님이 스스로 내려야 하는 것이라고 생각해요."

이번에는 키암 비트가 말했다.

"노인은 어린애가 아닙니다. 따라서 죽음을 어떻게 맞을 것인지 선택할 권리를 줘야 합니다. 그런데 우리보다 인생을 훨씬 많이 살아온 어르신에게 어느 누가 이래라저래라 말할 수 있겠습니까? 물론 우리의 임무는 아주 중요한 것입니다. 그러나 어떤 위험이 닥친다고 해도 두옴 선생님이 부딪쳤을 때 비로소 그것이 현실이 되는 것입니다. 그런데도 어르신의 소원을 들어주지 않는다는 것은 평생을 바쳐온 작품에 종지부를 찍지 못하게 막는 것과 같습니다. 그건 죄악입니다!"

엘라나가 고개를 끄덕이자 비욘과 마니엘도 고개를 끄덕였다.

에드윈이 눈을 감고 한숨을 내쉬었다. 이윽고 분석가를 향해 물었다.

"두옴 선생님?"

노인이 곰곰이 생각하다가 단호한 목소리로 선언했다.

"가겠네. 무슨 일이 있어도 짐이 되지 않을 테니까 걱정 말게! 나는 끝까지 같이 가!"

"좋습니다." 에드윈이 받아들였다. "끝까지 포기하지 않겠다는 그 말씀이 바로 우리 모험이 계속되어야 하는 이유입니다. 이제는 모두 자야 합니다. 내일은 긴 하루가 기다리고 있으니까."

모두 고개를 끄덕이면서 텐트 안으로 들어갔다.

별이 총총한 하늘 아래에 보초를 서기 위해 에드윈 혼자 남았다.

10

그림자걸음은
불 위의 눈이요
바람 속의 갈대다

엘룬드릴 샤리아킨, 전설의 그림자걸음

에드윈이 꼭두새벽에 그들을 깨웠다. 그러고는 수레에서 이미 풀어놓은 말들에게 족쇄를 채우는 시범을 보여주었다.

"말들이 묶여 있다는 걸 느낄 정도로 졸라매되 만일의 경우에 풀고 달아날 수 있게 묶어놔야 한다."

에드윈이 매듭을 점검하고 나서 출발신호를 했다. 그들은 가능한 한 짐을 줄였다. 카미유는 그것이 성공을 하거나 아니면 돌아오지 못할 수도 있음을 의미한다는 걸 깨달았다. 카미유가 마지막으로 다시 한 번 보려고 고개를 돌렸지만 아쿠아렐은 더 이상 보이지 않았다.

그들은 한 시간 전에 출발했고, 이제 동이 트고 있었다.

"내가 말을 갖게 되면 이름을 버터-햄이라고 지을 거야." 살림이 말했다.

카미유가 걸음을 멈추고 살림을 뚫어져라 쳐다보면서 놀랐다.

"시인인 줄 알았더니……."

사랑을 고백했던 것이 기억나서 얼굴이 빨개진 살림은 알아들을 수 없는 말을 중얼거리다가 그냥 넘어가 주면 안 되겠니? 하는 미소를 지어 보였다.

일행은 비탈길을 올라가느라고 뺨이 불그레해진 채 가쁘게 숨을 몰아쉬었다. 얼마쯤 가자 붉은빛을 띠기 시작한 나무들이 나타났다.

"단풍나무야." 마니엘이 살림에게 말했다. "얼마 후 단풍이 절정에 이르면 산에 불이 붙은 듯 빨갛게 물들지."

땅은 낙엽이 두껍게 쌓여 있어서 발소리가 나지 않았다. 드문드문 나타나는 덤불숲이 햇살을 받아 금빛 후광에 에워싸여 있었다.

에드윈이 선두에서 걸어가고 그 뒤를 두옴 선생님이 따라갔는데 무슨 일이 있어도 뒤처지지 않으려고 애를 쓰는 것 같았다.

키암 비트는 비욘과 마니엘 옆에서 걸어갔다. 휘파람을 불면서 화살대에 촉을 끼우는 키암 비트를 보며 살림이 혀를 내둘렀다. 파엘족은 주위를 살피지 않고 걸어가는데 한 번도 장애물에 부딪힌 적이 없었다. 손가락에 눈이 달렸나, 그는 1분도 안 돼서 그 많은 촉을 다 끼웠다.

"그렇게 하면 흡혈귀를 죽일 수 있다는 걸 어떻게 알았어요?"

카미유가 물었다.

"우리 파엘족의 나라에도 칼에 찔려도 끄떡없는 사악한 괴물이 있거든. 투엔툴스라고 부르는 놈들인데 우리는 오래전에 나무로 죽일 수 있다는 걸 깨달았지."

"하지만 그게 흡혈귀에게도 효력이 있다는 건 몰랐을 거 아네요!"

"그럼 무슨 좋은 방법이 있었니?"

"그건…… 아니지만……."

"그것 말고는 생각나는 게 없더라고."

키암이 얼굴을 찡그려 보여서 카미유는 그 정도로 만족해야 했다. 파엘족과 인간이 확실히 다르긴 다른 모양이었다.

카미유 일행은 산 높이 올라와 있었다. 하늘이 맑고, 공기는 몹시 차지만 올라오느라고 몸에 열이 나서 춥지 않았다. 마니엘은 아예 외투까지 벗고 근육질의 팔을 드러내고 있었다. 정오경, 그들은 바위 위로 폭포가 되어 떨어지는 급류를 건넜다. 에드윈이 정지 명령을 내렸다.

"이제 목적지에 거의 다 왔다. 지금부터는 모두 입을 다물어야 한다. 츨리쉬들이 식물인간들을 간수에게만 맡겨놓았을 거라고 생각하면 오산이다. 잡담 금지! 알았나?"

그들은 거의 아무 말도 하지 않고 간단하게 점심을 먹은 다음 출발했다. 바위 언덕 몇 개를 지나다가 첫 번째 눈밭을 발견했다. 살림이 눈 속에 손을 집어넣는 순간 커다란 바위 뒤에서 무슨 소리가 났다. 카미유는 기억 속에 새겨진 소리라서 정체를 대번에 알아차렸다.

"괴력거미!" 질겁한 카미유가 속삭였다.

"한데 모여라!" 에드윈이 명령했다. "전사가 여러 명 있을 때는 괴력거미가 절대로 공격하지 못한다."

일행은 각자의 무기를 꺼내 들고 경계를 하면서 다시 전진했다. 바위 뒤에 아무것도 없는 걸 확인하고 카미유가 눈살을 찌푸렸다. 분명히 바위 뒤에서 난 소리였는데!

갑자기 머리 위 오른쪽에서 돌멩이들이 떨어졌다. 아르티스 발피에르가 비명을 질렀다. 괴력거미 열 마리가 촉수를 휘저으면서 돌더미에서 질주해오고 있었다. 에드윈과 마니엘, 비욘이 일행을 방어하기 위해 동시에 앞으로 나섰다.

키암 비트 옆에 서 있던 카미유는 파엘족의 손이 어찌나 빠르게 움직이는지 퀵 모션[3] 영화의 한 장면을 보는 것 같았다. 화살집에

---

[3] 필름을 느리게 돌려 촬영한 것을 보통 속도로 영사하면 매우 빠르게 보이는 기법.

서 활, 활에서 화살집으로 오른손이 현란하게 움직일 때마다 화살이 날아갔다. 좀 전에 아르티스가 내지른 비명 소리…… 그 메아리가 그치는 순간 마지막 괴력거미가 아가리에 화살을 맞고 푹 쓰러졌다.

엘라나가 감동한 얼굴로 파엘족에게 다가갔다.

"환상적이네요! 파엘족에 대한 내 생각을 상향 조정해야겠어요."

"우리나라에 오면 아마 인간에 대한 당신의 생각을 하향 조정하게 될 거요."

키암이 씨익, 웃으면서 화살을 회수하러 갔다. 살림과 마니엘이 도와주러 따라갔지만, 카미유는 선뜻 발이 떨어지지 않았다. 괴력거미들에 대한 끔찍한 기억이 남아 있어서 죽었는데도 가까이 가고 싶지 않았다.

얼마 후, 그들은 황량한 골짜기에 이르렀는데 암벽에 막혀 있었다. 에드윈이 정지 명령을 내렸다.

"내가 아는 입구는 저기 절벽 바로 밑이다. 옛날에는 환기 통로였지."

에드윈의 말이 끝나자마자 등 뒤에서 라이족의 고함 소리가 들렸다. 에드윈이 욕설을 내뱉었다.

"지긋지긋한 놈들! 놈들이 아래쪽에서 정찰하다가 우리의 흔적을 발견한 게 틀림없어."

"아닐 수도 있잖아요." 살림이 감히 한마디 했다.

"아니, 라이족의 후각은 굉장히 발달되어 있어. 놈들이 우리의 냄새를 맡은 이상 포기하지 않을 거다."

에드윈이 귀를 기울이다가 얼굴을 찌푸렸다.

"두 무리, 어쩌면 세 무리일지도 모르겠군. 빨리 여길 떠야겠다. 전진!"

그들은 협곡으로 돌진했다. 덤불숲을 지나자 이내 암벽에 이르렀는데 입구가 보였다. 두 사람이 지나갈 수 있을 정도로 보이지만 안으로 들어갈수록 통로가 점점 좁아졌다.

"문제가 있다." 에드윈이 말했다. "몇 미터쯤 기어 올라간 다음에 지하통로로 내려가야 하는데 시간이 걸릴 것이다. 때문에 우리가 밑에 이르기도 전에 라이족이 도착할 것이다. 우리가 해치우기에는 놈들의 수가 너무 많아. 그래서 나는……."

"안 됩니다!" 비욘이 말을 잘랐다. "길을 아는 사람은 대장님 한 분밖에 없습니다. 여기는 제가 지키고 있다가 놈들을 해치우겠습니다!"

에드윈이 잠자코 비욘을 쳐다보다가 고개를 끄덕였다.

"저도 남겠습니다!"

마니엘이 가슴을 쭉 펴면서 나섰는데 평소보다 훨씬 우람해 보였다.

"우리 둘이서 입구를 막겠습니다." 마니엘이 말을 이었다. "놈들은 절대로 쉽게 통과할 수 없을 겁니다!"

키암 비트가 두 거인 사이에 끼어들었다.

"두 사람만 재미를 보겠다고 주장하지 않는다면 나도 그 축제에 동참하겠소. 특히 엘라나가 괜찮다고 하면."

엘라나가 키암에게 다가섰다.

"전혀 반대할 이유가 없죠. 그리고 이것으로 나에게 했던 약속에서 당신은 자유로워지는 거예요. 이 싸움이 얼마나 위험한지 알면서도 그런 결정을 내렸는데 그 약속을 지키는 것이 더 이상 무슨 의미가 있겠어요. 그러니까 이제부터 당신이 내리는 결정은 자유로운 인간의 선택이 되는 거예요."

"아니, 인간이 아니라 파엘족의 선택이죠. 여러분이 다시 나올 때 여기서 우리를 만나게 될 거라고 장담합니다."

카미유는 가슴이 뭉클해졌다. 가슴속에서 무언가 친구들이 희생될 것이라고, 살아서는 다시 보지 못할 거라고 소리치고 있었다.

"출발!" 에드윈이 감정을 내보이지 않으려고 명령을 내렸다.

에드윈이 마니엘과 비욘, 파엘족을 끌어안는 것으로 고마움을 표시하고 동굴로 들어갔다. 나머지 일행이 한 사람씩 뒤를 따랐다.

차례가 되었을 때 카미유가 비욘의 품에 뛰어들었다.

"내가 아는 사람 중 최고로 멋진 기사예요. 전설적인 기사가 되어 영웅들의 반열에 등극할 거라고 확신해요."

이어서 카미유가 마니엘과 키암을 향해 돌아섰다.

"두 분이 자랑스러워요. 누구도 따라올 수 없는 비범한 분들이에요."

카미유는 눈물이 글썽해서 덧붙였다.

"그럼 이따 봐요……."

바보 같은 말을 하게 될까 봐 거기서 말을 끊고 카미유는 동굴로 들어갔다.

카미유가 사라지자 세 친구는 미소를 지으면서 서로를 쳐다봤다.

비욘이 주위를 둘러보면서 말했다.

"죽기에는 안성맞춤인 장소 아니에요?"

"죽긴 누가 죽는다고 그러나?" 키암이 응수했다.

"이유야 충분하죠. 대장이 없으니까 하는 말인데 모르긴 몰라도 라이족의 수가 50은 훨씬 넘을 거니까."

"당연히 그렇겠지." 마니엘이 어깨를 으쓱하면서 비욘의 말을 인정했다. "우리는 다시 일출을 보지 못할지도 몰라. 하지만 카미유가 일을 성사할 수 있게 우리는 최대한 시간을 끌어주면 돼."

비욘이 손바닥에 침을 탁 뱉고 도끼를 움켜쥐었다.

"그래요, 카미유가 끝낼 수 있게 가능한 한 시간을 많이 끌어주는 게 상책이에요. 그럼 이제부터 신명 나게 놀아보자고요!"

그때 라이족의 괴성이 들려왔다.

11

내가 궨달라비르에서 무엇보다도 좋아하는 것은 버섯 샐러드 이외에 불가능이라는 말의 불필요성이다.

메르윈 릴 아발론

카미유가 10미터쯤 기어 올라가자 일행이 보였다. 그들은 천장이 높은 동굴 안의 지하통로 옆에서 카미유를 기다리고 있었다. 두옴 선생님이 만든 불빛이 손가락 끝에서 흔들거렸다. 발밑으로 보이는 입구를 살피면서 에드윈이 말했다.

"이 도시를 데생으로 만들었던 사람들은 지하도시가 밝을 거라면서 절대 어둠에 잠겨 있지 않을 거라고 했어. 이제 내려갑시다. 길이 험하니까 주의해야 할 겁니다."

"그렇게 위험해요?" 살림이 물었다.

"이 통로는 깊이가 적어도 50미터에 이르는데 우리에게 그렇게 긴 밧줄이 없으니까."

살림이 짊어진 자루를 풀고 무언가 꺼냈다. 황제에게 선물로 받은 밧줄이 불빛에 은은하게 반짝였다.

"홀름 밧줄!" 엘라나가 외쳤다. "내가 왜 그 생각을 못했을까? 기특한 녀석!"

살림은 거드름을 피우며 잘난 척을 하고 싶지만 비욘이 없어서 농담할 기분이 나지 않았다. 홀름 밧줄의 특성을 잘 알고 있는 에드윈이 밧줄의 끝을 고리 모양으로 묶은 다음 둘둘 감았다. 그리고 나서 두옴 선생님을 돌아봤다.

"먼저 내려가세요. 밑에서 뭐가 기다리는지 알 수 없는 상황이니까 절대로 봐드리는 게 아닙니다. 도착하면 밧줄을 여러 번 잡아당기세요."

두옴 선생님이 잠자코 고개를 끄덕였다. 그러고는 고리 모양의 밧줄을 허리에 감고 암벽에 바짝 붙어 섰다. 밧줄을 단단히 움켜잡은 에드윈이 천천히 풀어주자 선생님이 어둠 속으로 사라졌다. 밧줄은 계속 풀리고 있는데 양에는 변화가 없고 그렇다고 밧줄의 두께가 가늘어지지도 않았다. 두옴 선생님이 도착했다는 신호를 보냈다. 에드윈이 밧줄을 끌어올렸고, 이번에는 아르티스가 통로로 내려갔다.

"당신 차례요." 에드윈이 엘라나에게 말했다.

"그럼 당신은 어떡하려고요?"

"내가 알아서 할 것이오. 어쨌거나 나는 너무 무거워서 도와줄 수 없으니까."

"그렇다면 나도 남아 있다가 같이 내려갈게요."

바깥에서 싸우는 소리가 들렸다. 불안한 얼굴로 에드윈이 말했다.

"살림, 네 차례다. 빨리 서둘러야 해!"

살림이 밧줄 고리를 허리에 감자 에드윈이 허공 속으로 세게 떠밀었다. 살림은 공포의 비명을 질렀다. 잠시 후, 이미 내려와 있던 아르티스와 두옴 선생님이 살림의 허리에서 밧줄을 풀어주었다. 카미유도 이내 내려왔다.

그들은 또 다른 통로 입구에 있었다. 속에서 푸르스름한 빛이 보였다. 갑자기 머리 위에서 무슨 소리가 나더니 둥그런 돌덩어리 하나가 살림의 발치에 떨어졌다. 이어서 에드윈이 툴툴거리는 소리가 들렸다.

"이제 한 번 남은 거예요!" 엘라나가 외쳤다. "나 아니었으면 깔려 죽었을 테니까!"

살림이 카미유에게 놀라는 눈길을 던졌다.

"한 번 남았다고? 그럼 두 번째로 목숨을 구해줬다는 얘기잖아. 내가 모르는 사건이 있었나?"

카미유는 대답하지 않았다. 에드윈과 엘라나가 내려왔다. 엘라나의 얼굴은 미소를 짓고 있지만, 에드윈은 떨떠름한 표정이었다. 그는 훌름 밧줄을 살림에게 돌려주고 통로를 향해 앞장서 갔다.

"빨리 서두릅시다."

알폴은 나름대로 알제이트 못지않게 아름다운 도시였다.

어마어마하게 큰 동굴 속에 건설한 지하도시. 어디서 오는 불빛일까, 환한 빛 속에 수많은 탑이 반구형 바위 천장을 향해 쭉쭉 뻗어 있었다. 각기 다른 형상의 돌탑들이 마치 경합을 벌이듯 기발한 자태를 뽐냈다. 유리처럼 투명한 대리석 바닥을 지나가는 일행의 발소리가 동굴 속의 정적을 깨뜨렸다.

에드윈이 돔 지붕이 얹혀 있는 거대한 건축물을 가리켰다.

"선생님, 저기가 데시나퇴르들의 아카데미겠죠?"

"맞아. 식물인간들이 알폴에 있다면 저기 있을 가능성이 커."

카미유는 가슴이 뛰었다. 목적지에 이른 것이다.

에드윈이 탑 사이로 길게 이어지는 미로를 지나 깊은 구렁이 나타날 때까지 그들을 이끌었다. 폭이 100미터에 이르는 깊은 구렁이 면도칼로 자르듯 지하도시를 둘로 반듯하게 갈라놓고 있었다. 구렁 위로 우아한 곡선을 그리는 다리 열 개가 보이는데 폴리마즈 강의 아치 다리가 연상되었다. 그들은 서둘러 가까운 다리로 향했다.

그들이 다리에 거의 이르렀을 때 카미유는 주머니 안에서 스피어

그래프가 꿈틀거리는 걸 느꼈다. 이런 현상이 일어난 적이 딱 한 번 있었는데 그때가……?

카미유가 위험을 알리는 고함을 내질렀다. 에드윈과 엘라나가 휙 돌아섰고, 살림은 친구를 지키겠다는 듯 바짝 달라붙었다. 20여 걸음 떨어진 거리에 커다란 실루엣 넷이 서 있는데 보기만 해도 위협적인 모습에 소름이 끼쳤다. 츨리쉬!

카미유는 무슨 말을 하려고 했지만 괴물들의 엄청난 힘이 정면으로 날아왔다. 온몸에 냉기가 엄습하면서 흡혈귀를 만났을 때가 떠올랐다. 근육이 뻣뻣하게 굳고 정신이 희미해졌다.

통증이 몰려오지만 카미유는 상황이 다르다는 걸 깨달았다. 흥, 이제는 맘껏 데생해도 되는데 속수무책으로 당할 내가 아니지! 카미유가 싸움에 뛰어들었다.

카미유가 망치를 휘두르듯 츨리쉬들이 보내는 강력한 힘을 후려치자 통증이 물러가면서 움직임이 자유로워졌다. 그런데 데생 기술로 무언가를 만들어내려고 했지만 유형화되지 않았다. 반면에 츨리쉬들은 자유자재로 기술을 사용했다. 놈들이 다시 한 번 공격해오자 카미유는 이를 악물었다. 이마에 땀방울이 맺히고 소리를 지르는 것조차 힘들었다. 육신과 정신을 지배하려고 애를 쓰던 카미유는 이상한 낌새를 느꼈다. 어, 저놈들이 뭐 하는 거지……?

츨리쉬들이 그들을 꼼짝 못하게 마비시키고 있는 것이 아닌가!

정말 못하는 게 없는 놈들이었다. 이미 옆에 있는 일행이 더는 움직이지 않고 있었다. 카미유의 팔에 매달린 살림만 보호를 받고 있었다. 카미유가 본능적으로 주위에 세운 방어벽 덕분이었다. 그것에 용기를 얻은 카미유는 힘의 강도를 높였다. 츨리쉬들이 정신에 가하는 압박이 엄청나지만, 카미유는 저지하는 데 성공했다.

 카미유는 온 힘을 모으기 위해 정신을 집중하면서 천천히 츨리쉬의 공격을 밀어냈다. 분노한 괴물들이 발산하는 파괴적인 힘이 물결처럼 밀려왔지만 카미유는 물리쳤다. 몇 센티미터 앞에서 반짝거리는 에너지의 벽을 볼 수 있었다. 그러다 갑자기 츨리쉬의 데생이 산산조각 났고, 카미유는 자유로워지는 느낌이 들었다.

 옆에서 살림이 덜덜 떨고 있었다. 다른 사람들은 마치 '얼음땡 놀이'라도 하듯 동작이 정지된 상태로 꼼짝 않고 있었다. 츨리쉬들이 한 발짝 다가섰는데 소름 끼치게 흉측한 뼈다귀를 보면서 카미유는 다리가 후들거렸다. 본격적인 싸움을 위해 카미유가 스파이럴에 들어갈 준비를 할 때였다. 갑자기 공기를 가르는 소리가 들렸다. 이건 칼집에서 장검을 빼는 소리가 틀림없는데…….

 "너희 둘만이라도 어서 가!" 에드윈이 말했다.

 "하지만…….."

 에드윈이 깜짝 놀라는 츨리쉬들을 힐끔 쳐다보고 나서 카미유에게 미소를 지었다.

"나는 국경지대 주민이고, 메르윈의 후손이야. 저 괴물들의 형제들이 왜 바라일 숲에서 능력을 사용하지도 못하고 내 칼에 죽었는지 아니? 우리 국경지대 주민에게는 놈들의 데생이 통하지 않아. 저놈들도 그걸 알고 있어. 그러니까 너희 둘은 빨리 도망쳐, 어서!"

"그럴 수는 없어요." 카미유가 반대했다. "혼자서 싸우게 두고 갈 수는 없어요!"

"에윌란, 너는 네가 해야 할 일을 해. 츨리쉬들은 나한테 맡기고. 간수를 처치해야 한다는 걸 잊지 마. 간수를 상대할 사람은 너밖에 없어. 살림, 어서 카미유를 데리고 떠나!"

카미유가 한 발짝 뒤로 물러섰다. 에드윈은 다시 츨리쉬들을 향해 눈길을 돌렸다. 그 옆에 엘라나, 아르티스, 두옴 선생님이 굳어버린 상태로 옴짝달싹 못하고 있는데 고통스러운 표정이었다. 카미유가 다시 다가섰다. 에드윈이 불안한 눈길을 던졌지만, 카미유는 안심하라는 손짓을 하고 나서 스파이럴 안으로 뛰어들었다. 카미유는 이 순간에 필요한 것이 뭔지 정확하게 알고 있었고, 그것을 만드는 데 몇 초도 걸리지 않았다. 카미유는 살림의 손을 잡고 구렁 위로 난 다리를 향해 달려가면서 외쳤다.

"조금 있다 봐요."

에드윈은 대답하지 않았다.

그는 정신을 집중하면서 츨리쉬들의 공격에 대비했다. 그때 갑자기 바로 눈앞의 땅바닥에 이제껏 본 것 중 가장 아름다운 장검이 꽂혀 있었다.
 나무랄 데 없는 균형, 이상적인 무게, 날카로운 칼날…….
 카미유가 데생으로 만든 장검이었다.

12

에드윈 틸 일란! 혁혁한 위업으로 여러 세대에 걸쳐 젊은 기사들에게 꿈을 심어주는 신화적인 인물. 천재적인 전술가이자 뛰어난 추적자이고 비범한 기사였다. 그러나 그가 전설적인 인물이 된 것은 무엇보다도 천하무적의 전사이기 때문이다.

혼 실 풀림 영주, 레지옹 누아르 후보생들을 위한 강연

살림이 자주 뒤쪽을 힐끔거렸지만, 카미유는 돌아보지 않았다. 친구들을 한 사람 한 사람 저버리는 것이 정말 괴롭지만 카미유는 오직 목적만 생각해야 했다. 마침내 에드윈이 전투를 시작한 장소가 높은 건축물에 가려서 보이지 않았다.

결말이 어떻게 나든 이 전투는 전설로 기록될 것이었다.

데시나퇴르들의 아카데미는 알폴 도시를 그대로 본뜬 웅장한 건물이었다. 긴 층계를 따라 올라가니 코끼리 떼라도 너끈히 들어갈 수 있을 정도로 커다란 현관문이 보였다. 무게가 몇 톤은 될 것 같은 육중한 문인데 다행히 열려 있었다. 카미유와 살림이 안으로 들어갔다. 놀랍게도 건물 안이 칠흑 같은 어둠에 잠겨 있었다.

"누나야, 불을 만들어!" 살림이 속삭였다.

카미유가 데생 기술로 만든 불이 손가락 끝에서 희미한 빛을 발산했다.

"애걔, 조명치고는 너무 형편없는 거 아냐?" 살림이 말했다.

"난 우리가 눈에 띄지 않는 게 낫다고 생각하거든."

살림은 대꾸하지 않았다. 확신은 없지만 카미유만 두고 혼자 돌아갈 수는 없지 않은가.

재앙을 입은 탓인지 아카데미의 내부는 황폐했다. 굉장히 컸을 것이 틀림없는 원기둥들이 무너져 있고, 벽면이 거의 파손되어 있었다. 어둠에 잠긴 방 한가운데에 무너진 잔해 더미가 엄청나게 쌓여 있고, 거대한 층계가 까마득하게 높이 이어지고 있었다.

"여기서 사람을 찾을 수 있다고 생각해?" 살림이 속삭였다. "이런 곳에는 군대가 숨어 있어도 절대 못 찾을 거야."

"나도 몰라." 카미유가 잔해 더미에 기대면서 한숨을 내쉬었다.

그때였다. 갑자기 어깨 높이에서 뭔가가 바람에 펄럭이는 것 같은 소리가 났다. 문짝만 한 눈 하나가 보였다. 살림에 이어서 비명을 지르던 카미유는 기대고 있는 돌 더미가 살아서 움직이는 것을 느꼈다. 잔해 더미가 아니라 괴물……?

바닥에 깔린 돌에 차여 비틀거리면서 둘은 허겁지겁 뒷걸음쳤다.

저게 간수인가?

눈이 그들을 향해 고정되어 있는데 커다란 무지갯빛 눈에서 퍼지는 빛 때문에 카미유의 손가락에서 반짝이는 불이 초라해 보였다. 괴물이 몸을 세우는 순간 둘은 심장이 멈추는 것 같았다.

 등에 접힌 거대한 날개 한 쌍, 사람의 키만 한 송곳니들이 삐죽삐죽한 아가리, 다리는 여전히 구부리고 있는데도 키가 20여 미터에 이르는 어마어마하게 큰 괴물…… 간수는 드래곤이었다!

 "데생해!" 살림이 외쳤다.

 카미유는 더 생각할 것도 없이 무작정 이미지네이션으로 들어갔다. 뭘 해야 하지? 무기? 아니면 도망칠 구멍이라도 데생해야 하나?

 이미지네이션 안에서 카미유가 발견한 것은…… 드래곤이었다!

 드래곤이 엄청난 덩치로 이미지네이션의 길을 가로막고 있었다. 카미유는 이제껏 스파이럴에서 누군가를 만난 적이 한 번도 없었다. 그런데 동물이 있다니! 도저히 있을 수 없는 일이었다. 그러나 카미유의 머릿속에서 희한한 소리가 울렸다. 목에 걸린 생선 가시를 뱉어내는 소리라고 하면 좋을까…….

 '나는 오랜 세월 동안 구름과 바람을 벗 삼아 살았다. 이 세상의 모든 대륙을 봤고, 세상만큼 큰 바다 위를 날아다녔다. 별들과 폭풍우와도 맞서 싸웠다. 나는 산이었고 새였다. 내가 물, 공기, 불, 흙을 지배했을 때 인간은 아무것도 아니었다. 나는 공기를 먹고 불을 내뿜는다. 나는 흙에서 났고, 물에서 내 영혼의 나머지 반쪽을 찾았다. 나는 드래곤이었지만 지금은 한낱 간수에 지나지 않는다. 음흉한 놈들의 거짓말에 속고, 그 교활한 것들이 놓은 함정에 빠져서 내 왕국을 잃었고, 내 영혼의 반쪽을 잃었다. 그리고 내 힘으로는 벗어날 수 없는 사악한 힘에 얽매여 있다. 나는 불쌍한 인간들을 감시해야 하고, 겁도 없이 나에게 다가오는 미치광이들을 죽여야 한다. 소녀야, 나는 너를 죽일 것이지만 좋아서 하는 짓이 아니다. 네 힘과 고결한 정신을 꿰뚫어보고 있지만 나는 선택의 여지가 없다.'

"잠깐만요!"

카미유는 소리를 지르다가 스파이럴에서 나오게 되었다.

드래곤이 머리 위 한참 위에서 내려다보고 있었다. 굴뚝만 한 콧구멍에서 나오는 푸르스름한 연기, 목에서 번쩍거리는 금속 목걸이, 그런데 눈에서 반짝이는 저 지혜의 빛……? 그것은 카미유가 고래의 눈에서 봤던 그 눈빛이었다.

담므!

카미유는 갑자기 뭔가 떠오르는 것이 있었다. 고래와 한 약속, 자이언트 고래와 자이언트 드래곤, 두 존재의 눈에서 똑같이 반짝이는 지혜의 빛, 혹시 고래가 보낸 그 눈빛이 절반은 수생동물인 드래곤을 암시하는 것이었을까?

　드래곤이 쩍 벌린 아가리 깊은 속에서 붉은빛을 띤 지옥의 불이 보이지만, 카미유는 팔을 내밀었다. 카미유는 이제 두렵지 않았다.

　"담므가 나를 당신에게 보냈어요." 카미유는 침착하면서 다정한 목소리로 말했다. "배를 타고 있던 어느 날 밤, 담므가 내게 말을 건넸고, 우리는 내가 전혀 모르는 어떤 약속을 했어요. 그러나 지금까지는 담므가 내게 바라는 것이 무엇인지 몰랐어요. 오늘 이곳으로 나를 이르게 한 것 이외의 다른 이유는 없다고 생각했어요. 그런데 이제는 알아요. 누가 당신에게 이런 고역을 치르게 했는지, 누가 감히 담므의 영웅을 공격했는지 알아요."

　잠자코 카미유의 말을 듣고 있던 드래곤이 아가리를 다물고 카미유의 키 높이까지 머리를 숙였다. 살림이 얼른 한 발짝 뒤로 물러섰지만, 카미유는 꼼짝하지 않았다. 드래곤은 카미유를 한입에 삼켜 버릴 수도 있지만 위협을 주는 기색이 없었다. 카미유가 손가락으로 드래곤의 금속 목걸이를 건드리자 드래곤이 목소리를 높였다.

　"츨리쉬의 힘. 놈들이 파괴할 수 없는 것을 데생했다. 그것 때문에 나는 이 방에서 꼼짝 못하고 있다. 담므의 메신저, 너는 대적할 수 있는 방법이 있느냐?"

　용병을 해치우려고 번개를 만들면서 느꼈던 것과 비슷한 힘의 물결이 엄습했다. 카미유가 두 팔을 벌렸다.

"비록 어린애지만 내가 당신에게 날개를 돌려줄게요."

카미유는 천천히 이미지네이션으로 들어갔다. 보이지는 않지만 밀려오는 힘의 물결로 카미유는 드래곤의 존재를 느꼈다.

카미유는 처음으로 더 높이 올라갔다가 또 다른 지원자가 있음을 느꼈다. 담므가 합류하다니!

카미유는 드래곤의 목걸이에 정신을 집중했다. 드래곤에게 채운 에너지의 족쇄가 보였다. 카미유는 족쇄를 살피면서 그 속에 있는 에너지를 감지했다. '영원히 존재하도록 만든 데생은 절대로 파괴할 수 없다'고 했던 두옴 선생님의 말이 떠올랐다.

카미유가 정신을 집중하면서 족쇄를 공격하는 순간 또 다른 존재 둘이 합세했다. 카미유는 누군지 대번에 알아차렸다.

이번에는 어머니가 슈쇼테르를 통해서가 아니라 직접 나섰다. 드래곤과 담므의 힘에 비하면 어머니의 능력은 웃음거리밖에 안 되는 것이었다. 그러나 어머니의 사랑과 믿음이 전해져 오면서 카미유는 자신의 힘이 점점 커지는 걸 느꼈다.

또 한 사람은 아버지가 틀림없었다. 아버지도 살아 있었고, 그 싸움에 뛰어들었다. 카미유는 성공을 확신하면서 즐리쉬의 데생을 공격했다.

처음엔 아무 일도 일어나지 않았다. 즐리쉬들이 힘을 합해 만든 사물은 정말 파괴할 수 없는 걸까? 갑자기 카미유의 눈앞에서 스파이럴의 새로운 부분이 열렸다. 카미유가 결코 이를 수 없었을 곳, 결코 보지 못했을 곳이었다. 가능성이 무한대로 열려 있었다. 이제 한계라는 개념 자체가 무의미해졌다. 어머니와 아버지가 힘을 보태주는 느낌이 들었지만 카미유가 없으면 그들이 그 뛰어난 능력을 발휘할 수 없다는 것도 알고 있었다. 그들은 활이고, 카미유는 화살이었다. 카미유는 자신의 능력에 이끌려 표적을 향해 움직였다.

카미유의 능력과 표적이 부딪쳤을 때 빛이 폭발하면서 어찌나 요란한 소리를 내는지 귀가 먹먹해질 정도였다.

두 동강이 난 목걸이가 바닥에 떨어져 있었다.

드래곤이 기쁨의 포효를 내더니 머리를 쳐들고 반구형 천장을 향해 엄청난 불을 내뿜었다. 이어서 발동을 거는 것처럼 다리를 움직이다 별똥별처럼 휙 솟구쳤다. 드래곤은 천장을 마치 종잇장처럼 뚫고 통과했다.

눈 깜짝할 사이에 벌어진 일이라서 카미유와 살림은 하마터면 비 오듯 쏟아져 내리는 잔해에 깔릴 뻔했다.

드래곤이 아카데미 건물의 지붕을 뚫고 나갈 때 다시 돌덩어리가 떨어져서 둘은 아슬아슬하게 거대한 층계 밑으로 피신했다.

그곳에 식물인간들이 있었다.

이따금 돌 떨어지는 소리가 정적을 깨뜨렸다. 반쯤 무너져서 먼지로 뒤덮인 벽을 따라 열 명이 초라하게 앉아 있는데 투명한 물질 속에 갇혀 있는 것 같았다.

꼼짝 못하고 있지만 식물인간들의 눈빛에서 카미유는 의식이 있음을 알아차렸다. 카미유의 움직임을 한 여자의 눈길이 따라오고 있었다.

"저 모습을 보고 누가 그 대단한 파수병들이라고 하겠어?"

드래곤이 떠나면서 고래의 오라는 사라졌지만 카미유는 부모의 존재를 확실히 느꼈다. 카미유는 스파이럴 속으로 들어갔다.

식물인간들을 옭아맨 데생은 드래곤의 목걸이에 걸린 힘에 비교하면 아주 단순해서 해체하는 데 아무런 문제가 없었다.

파수병들이 하나둘 깨어나기 시작했다. 파수병들이 고마워하는 얼굴로 카미유와 살림을 향해 돌아섰고, 눈을 움직이던 여자가 카미유를 향해 한 발짝 다가섰다.

카미유는 말할 겨를을 주지 않았다.

"일단 내 임무는 달성했으니까 우리는 나중에 얘기하죠. 당신은 스파이럴에 걸어놓은 빗장을 풀어야 하고, 나는 구해야 할 친구들이 있으니까요."

"잠깐!" 여자가 외쳤다. "나는 엘레아 릴 모리엔발이다. 네가 궨달라비르에 왔을 때 접촉했던 사람이 바로 나야. 그런데 이렇게 가버리면 안 되지!"

카미유는 차가운 눈길로 노려보면서 여자의 얼굴을 기억 속에 영원히 새겼다.

"엘레아 릴 모리엔발……." 카미유는 그 이름을 또박또박 발음했다. "당신이 누군지 너무 잘 알고 있죠! 당신과 만날 날을 손꼽아 기다렸으니까요. 우리는 할 얘기가 아주 많지만 불행히도 지금은 내가 시간이 없네요. 하지만 걱정 마요, 우린 곧 다시 볼 테니까요! 당신과 해결할 일이 있으니까……."

엘레아가 무슨 말인가 덧붙이기 전에 카미유는 살림의 팔을 움켜잡고 사라졌다.

13

츨리쉬들을 어린애 갖고 놀듯 제압하는 존재가 있을 줄이야! 드래곤은 가공할 만한 위력을 지녔습니다. 제국 안에만 틀어박혀 있었다면 우리는 영원히 몰랐을 것입니다.

두옴 닐 에르그 분석가, 실 아피안 황제에게 보내는 서찰

마비된 동지들 옆에서 땅바닥에 무릎을 꿇은 에드윈이 두 손으로 움켜잡은 장검을 이마에 대고 있었다. 갈가리 찢어진 가죽 갑옷 여기저기서 피가 새 나오고 있는데 당장 봉합 수술이 필요할 정도로 상처가 심한 것 같았다.

죽은 츨리쉬 넷이 널브러져 있었다.

카미유와 살림이 나타나자 고개를 든 에드윈의 초췌한 얼굴에 미소가 번졌다.

"성공했구나?" 에드윈이 쉰 목소리로 물었다.

"네!"

그 소식에 전기 충격을 받은 것처럼 에드윈이 벌떡 일어났다.

"많이 다치셨어요?" 살림이 걱정스러운 얼굴로 물었다.

그러고는 죽어 넘어져 있는데도 무시무시한 즐리쉬들을 쳐다보면서 살림은 믿어지지 않는 얼굴을 했다. 저런 놈들과 싸웠는데 에드윈이 어떻게 살아남았을까? 살림은 임무를 성공하고 돌아온 카미유를 보고 긴장이 풀린 에드윈이 쓰러질 거라고 생각했다.

에드윈이 안심시켰다.

"몇 군데 찢어졌지만 중상은 아니다. 그보다는 많이 피곤하구나. 이제 나도 늙었으니까."

살림의 눈이 휘둥그레졌다.

"즐리쉬를 넷이나 처치했으면서 늙었다는 말을 하세요?"

에드윈이 미소를 지었다.

"에윌란의 검이 나를 도와줬지."

그렇게 말하면서 에드윈이 카미유를 쳐다봤다.

"간수는?"

그러나 카미유는 이미 스파이럴 속에 들어가 있었다. 이제 카미유는 친구들을 옭아맨 데생이 뭔지 알기 때문에 쉽게 풀 수 있었다. 그들은 마비되어 옴짝달싹 못했지만 무슨 일이 일어났는지 잘 알았다. 두옴 선생님이 눈물을 펑펑 흘리면서 카미유를 와락 끌어안았다.

"네가 해냈구나! 넌 정말 대단한 아이야!"

카미유가 단호한 얼굴로 분석가의 품을 빠져나왔다.

"아직 끝나지 않았어요. 빨리 가서 비욘과 다른 사람들을 도와야 해요!"

두옴 선생님의 얼굴이 어두워졌다.

"에윌란, 내 생각에는 이미……."

"아니에요. 아직은 희망이 있을지도 모르는데 그렇게 말하지 마세요!"

에드윈과 눈길을 주고받던 엘라나가 카미유의 말에 동의했다.

"이 아이 말이 맞아요. 가봐야 해요!"

카미유는 엘라나에게 고맙다는 미소를 보내고 에드윈에게 말했다.

"아직 싸울 힘이 있다면 내가 축지술로 데려갈 수 있는데……."

슬리쉬들과 싸우는 에드윈을 지켜봤던 엘라나가 개입하려고 했지만, 에드윈은 그럴 틈을 주지 않았다.

"난 괜찮아. 어서 가자."

"잠깐!" 아르티스가 외쳤다. "그런 몸으로 라이족과 싸운다는 건 어리석은 짓입니다! 상처를 치료하게 1분만 주세요."

어찌나 강압적인지 거의 명령에 가까운 어조에 놀란 에드윈은 아무 말도 하지 못했다. 명상 치료사는 에드윈의 어깨에 두 손을 얹은 자세로 눈을 감고 꼼짝하지 않았다. 옆에서 지켜보고 있다가 에드윈의 팔뚝에서 피가 멎는 것을 보면서 살림의 눈이 동그래졌다. 상처가 아물고 약간 부어오른 흉터만 남았다. 다른 상처까지 모두 아물자 아르티스가 한 발짝 물러섰다.

"이제 됐어요. 무리하지만 않는다면 괜찮을 겁니다."

에드윈이 신기하다는 듯 멀쩡하게 나은 팔을 움직이자 카미유가 지체 없이 에드윈의 손을 움켜잡았다.

"나도 데려갈 수 있니?" 엘라나가 물었다.

"안 돼요. 이유는 설명할 수 없지만 그럴 수가 없어요."

"괜찮아. 우리도 뒤따라갈게."

카미유와 에드윈이 눈 깜짝할 사이에 사라지자 일행은 미소를 지으면서 서로를 쳐다봤다.

"정말 비상한 아이야." 두움 선생님이 말했다. "저 아이가 무슨 일을 해냈는지 아는가?"

"식물인간들이 스파이럴의 빗장을 푸는 데 성공했을까요?"

아르티스가 물었다.

"이젠 식물인간이 아니라 파수병들이지. 스파이럴의 길이 열리고 있어. 빗장이 없어졌다는 걸 내 몸으로 느껴. 내가 십 년은 젊어진 것 같군. 마침내 내가 제대로 데생할 수 있게 되다니! 정말 환상적이로군."

"츨리쉬들이 다시 이미지네이션을 봉쇄하면 어떡하죠?"

"그건 불가능해! 이 모험이 시작되면서 에드윈이 벌써 여섯을 제

거했으니 도마뱀 전사들은 이제 몇 놈 남지 않았으니까. 몇 놈의 힘으로는 절대로 스파이럴을 봉쇄할 수 없어!"

엘라나가 땅바닥에 널브러진 괴물들을 살펴봤다.

"에드윈도 정말 놀라운 남자예요. 그렇게 뛰어난 사람을 본 적이 없어요. 자, 갑시다. 이미 늦었을까 두렵지만, 에윌란의 말이 맞아요. 그래도 우리는 희망을 가져야 해요, 혹시 모르니까."

카미유와 에드윈은 지하통로로 내려가는 입구에서 유형화되었다. 에드윈이 앞장서서 경계를 했지만 어디를 둘러봐도 싸워야 할 적이 보이지 않았다.

입구가 라이들의 시체로 막혀 있는데 비욘과 마니엘, 키암은 흔적도 없었다. 밖에서 나는 지독한 악취에 카미유가 얼굴을 잔뜩 찌푸렸다.

"이게 무슨 냄새죠?"

에드윈이 입 다물라는 손짓을 하면서 살금살금 나아갔다. 에드윈을 따라가던 카미유는 끔찍한 살육의 현장에 경악했다. 새까맣게 타 죽은 라이 50여 구가 땅바닥에 널브러져 있는데 아직도 연기가 풀풀 나고, 수풀과 나무에 붙은 불길은 거의 꺼져가고 있었다. 그런데 비욘과 마니엘, 키암이 커다란 바위에 앉아서 멍한 얼굴로 그 장면을 바라보고 있는 것이 아닌가.

에드윈과 카미유가 나타났을 때 비욘이 말하고 있었다.

"아하, 참! 드래곤이었다니까요!"

마니엘이 완강한 표정으로 고개를 내저었다.

"이 세상에 드래곤은 존재하지 않아!"

"설사 존재한다고 해도 드래곤이 무엇 때문에 우리를 도와주러 오겠나?" 키암 비트가 끼어들었다. "라이족은 불에 타는데 우리 쪽으로는 불길이 오지도 않았어."

카미유가 에드윈에게 윙크를 보냈다.

"그 드래곤은 우리의 친구이기 때문이죠."

카미유가 왔는지도 모르고 있다가 깜짝 놀란 세 남자가 바위에서 펄쩍 뛰어내렸고, 비욘은 하마터면 자빠질 뻔했다.

"뭐라고?" 비욘이 외쳤다. "이게 무슨 소리야?"

그제야 비욘이 카미유와 에드윈을 발견했고, 키암과 마니엘도 뛰어왔다.

"맙소사, 카미유! 네가 여기 있다는 건······."

"네, 성공했어요." 카미유가 활짝 웃으면서 말했다. "파수병들을 구해냈으니까 스파이럴은 곧 열릴 거예요."

"그럼 다른 사람들은?"

"오고 있어요."

비욘이 탄성을 지르면서 마니엘의 품에 뛰어들었다. 두 거구가 얼싸안고 서로의 등을 두드리면서 목청껏 노래를 부르는 사이에 키암은 호쾌하게 웃었다.

카미유는 어깨에 진 무거운 짐을 내려놓은 느낌이 들었다.

14

데생 기술로 에드윈에게 장검을 만들어줄 때 에윌란은 바로 눈앞 땅바닥에 꽂는 것이 아니라 두 손에 쥐어줄 생각이었다. 멋은 좀 안 나지만 훨씬 편했을 텐데!

익명의 작가

 승리가 날개를 달아준 걸까, 그들은 쏜살같이 말들이 기다리는 분지로 돌아갔다. 아르티스 발피에르는 명상 기술로 훼손된 자연을 복구했고, 부상당한 일행의 상처도 감쪽같이 치료해주었다. 비욘과 마니엘은 가는 도중에 일주일 정도 때고도 남을 땔감을 주워 모았다. 카미유를 본 아쿠아렐이 반갑다는 울음소리를 내며 발굽을 굴렀다.
 어둠이 내렸고, 모닥불이 훨훨 타오르고 있었다. 일행은 모두 불가에 둘러앉았다. 키암 비트가 준비한 저녁 식사를 하면서 그들은 이야기꽃을 피웠다.
 "내 얘기는 그만해요." 카미유가 말했다. "이제 여러분 차례예요."
 비욘이 마른기침을 하면서 목소리를 가다듬었다.

"놀랍게도 우리에게는 모든 게 아주 순조로웠어요. 솔직히 말해서 우리가 살아남지 못할 거라고 생각했는데……. 라이들이 야생 동물처럼 숲에서 마구 튀어나올 때는 정말 정신을 차릴 수가 없었는데 키암이 나서주는 바람에……."

비욘이 잠시 말을 중단하고 파엘족의 어깨에 손을 얹었다.

"에드윈이나 엘라나도 명사수들이지만 여기 있는 우리 친구에 비하면 아무것도 아닙니다. 키암이 화살로 열두 놈을 죽였지만 라이들이 새까맣게 몰려오는데 정신이 아찔했지요! 이어서 키암이 단검으로 공격하는 사이에 마니엘과 내가 합세했는데 라이의 수가 어찌나 많은지 한 무리를 없애고 나면 또다시 몰려오고…… 도무지 당해낼 수가 없더라고요. 이제 죽었구나, 생각하는데 갑자기 하늘이 시커메지더니 엄청나게 큰 괴물이 라이들을 향해 날아오더라고요. 그러더니 순식간에 끝나버렸죠. 놈들이 몽땅 타버렸으니! 그러고는 어마어마하게 큰 동물이 남쪽으로 날아가는 걸 봤어요. 그게 무슨 동물이었을까 궁금해할 때 에월란이 도착한 겁니다."

승리와 재회의 흥분을 가라앉히고 좀 더 차분한 기쁨을 원하는 것처럼 한동안 침묵이 흘렀다.

이상하게도 평소 가장 말수가 적은 마니엘이 먼저 입을 열었다.

"그럼 이제 여기서 모두 헤어지는 건가요?"

탁탁 튀는 모닥불 소리만 날 뿐 모두 잠자코 있었다. 잠시 후 아르티스가 말했다.

"나는 아스타리울 고원 남쪽에 있는 틴티안으로 떠날 겁니다. 그곳에 수도원이 있는데 내가 아직은 배울 게 많아서요."

"괜찮다면 내가 동행하겠소." 키암 비트가 제안했다. "늘 옹브르 숲을 가보고 싶었거든요. 방향이 같으니까 함께 가다가 당신은 수도원으로 가고 나는 숲으로 가면 됩니다."

이번에는 모두 비욘을 쳐다보자 어깨를 으쓱했다.

"나는 마니엘에게 내 할아버님의 농장에 가서 지내자고 약속했어요. 거기 있다가 제국 군대가 라이족을 궨달라비르 밖으로 몰아내는 데 우리의 도움이 필요할 경우가 생기면 돌아올 겁니다. 대장님도 그럴 거라고 생각하는데요."

"아니." 에드원이 말했다. "파수병들을 구해냈으니 이제 스파이럴이 열리면 데시나퇴르들이 힘을 발휘할 것이다. 따라서 라이족과의 전쟁은 이제 상황이 완전히 바뀔 것이고 승리는 우리의 것이다. 그렇지만 나는 그 전투에 참여하지 않을 것이다. 알제이트를 떠나기 전에 황제와 합의가 되었지. 에윌란이 임무는 달성했지만 아직 할 일이 남아 있기 때문에 나는 함께 행동하기로 한 약속을 지킬 것이다."

모두 쳐다보자 카미유가 말했다.

"내게는 모두 소중한 분들이라 정말 헤어지고 싶지 않아요. 그렇지만 우리는 각자 갈 길을 가야겠지요. 하지만 우리가 언젠가는 다시 만나게 될 거라고 확신해요. 이제 나는 엘레아 릴 모리엔발이라는 여자와 담판을 지어야 해요. 그 여자는 내 부모님을 배신했고, 나는 두 분이 어떻게 되었는지 알아내야 해요. 에드윈의 말대로 내일은 아직 끝나지 않았어요. 내 눈앞에 있었지만 지금쯤 그 여자는 아마 어디론가 도망쳤을 거예요. 그 여자가 간 곳을 찾아야 하는데 쉽지 않을 거라고 생각해요."

두옴 선생님이 카미유의 무릎을 토닥였다.

"그건 걱정하지 마라. 그 여자가 어디 있는지 내가 정확하게 알 수 있으니까."

깜짝 놀라는 카미유의 얼굴을 보면서 두옴 선생님이 설명했다.

"츨리쉬의 빗장이 풀렸고, 스파이럴이 열렸으니까."

"벌써요?" 살림이 끼어들었다. "난 아무것도 보지 못했고, 아무 소리도 못 들었는데요! 빛이 번쩍하거나 폭죽 터지는 소리…… 어쨌든 무슨 표시가 날 거라고 생각했어요."

"틀림없어. 소란이 일어난 걸 보면 빗장이 풀리는 순간 우리 데시나퇴르들이 스파이럴에 뛰어 들어갔다는 뜻이니까. 단언하는데 지금 라이족이 줄행랑치고 있어."

그 말에 살림은 미소를 지었지만 실망한 표정이 역력했다.

"며칠 동안 죽음을 무릅쓰고 싸웠는데 이렇게 끝나버리면 너무

억울해요. 그 광경을 두 눈으로 보고 싶었는데."

카미유가 한숨을 내쉬었다.

"우린 지금 영화 찍는 게 아냐, 살림. 두옴 선생님이 엘레아 릴 모리엔발에 대한 말씀을 하고 계셨는데 네가 끊었어. 내가 끝까지 들을 수 있게 해줄래, 아니면 계속 혼자 떠들래?"

살림이 대꾸하려고 하자 비욘이 어깨에 손을 얹었다.

"쥐방울, 입을 다물래, 아니면 폭죽 터지는 소리를 들을래? 내 말이 무슨 뜻인지 알면……."

살림이 비욘에 이어서 카미유를 쳐다봤는데 농담하는 얼굴이 아니었다.

"알았어요." 살림이 항복했다. "입 다물기 전에 하나만 물어볼게요. 츨리쉬의 빗장이 풀리면 이제 어떻게 되는 건데요?"

두옴 선생님이 빙긋이 웃으면서 말했다.

"스파이럴이 열리면 우리 데시나퇴르들이 전투에 뛰어들 수 있고, 제국의 정보 전달 체계가 복원되지. 한 시간 전에 정보가 들어왔는데 현재 엘레아 릴 모리엔발은 국경지대 요새에 있어. 나는 분석가이기 때문에 알라비리 사람들이 교환하는 모든 정보를 알 수 있거든. 파수병들은 축지술을 사용하여 그동안에 잃어버린 시간을 벌충하고 있고."

"그럼 요새로 가겠어요." 카미유가 결정했다.

"좋은 생각이다." 에드윈이 빙긋이 웃었다. "그렇지 않아도 몇 년 동안 집에 가보지 못했는데."

살림이 두 손을 비볐다.

"저도 가보고 싶어요."

"안 돼!"

엘라나가 나직한 소리로 말했지만 표정은 아주 단호했다.

"진짜 유감이다, 살림! 너 나한테 맹세했잖아. 3년 동안 내 곁에 있겠다고 한 약속 기억 안 나니? 생각이 바뀌었다는 말은 안 통해. 우린 내일 출발할 건데 요새와는 다른 방향이야!"

긴 침묵이 흘렀고, 카미유가 마침내 입을 열었다.

"농담이죠?"

엘라나가 카미유를 빤히 쳐다보면서 말했다.

"아니, 농담 아냐. 난 아주 진지해."

"그렇지만 에드윈의 목숨을 세 번 구해주기로 했고, 아직 한 번 남았잖아요. 그러니까 언니는 떠날 수 없어요."

카미유가 반박했다.

"그래, 그 말은 맞아. 하지만 이 남자는 도와줄 기회를 찾기가 쉽지 않아."

"하지만……."

"내 말 잘 듣고 나를 이해해줘." 엘라나가 말을 잘랐다. "나는 지켜야 할 약속이 두 가지가 있어. 그런데 이제는 더 이상 지체할 수가 없는 상황이라서 그중 하나를 선택할 때가 되었어. 지금까지는 네가 임무를 달성할 수 있게 돕는 것이 우선이었기 때문에 나는 기꺼이 참여했어. 하지만 이제 파수병들이 구출되었으니까 내가 속한 길드를 위한 의무를 생각해야 돼. 사적인 약속은 다음으로 미뤘다가 나중에 돌아와서 맹세를 지킬 수밖에 없어. 나는 내일 살림을 데리고 떠날 거야."

15

사랑은 가능한 모든 길을 열어주는 열쇠다.

메르윈 릴 아발론

"억지로 복종할 필요는 없어······."

카미유와 살림은 야영지에서 10여 미터 떨어진 언덕 꼭대기에 나란히 앉았다. 어둠이 내리면서 마음은 차분하게 가라앉았지만 둘은 고민에 빠졌다.

승리의 기쁨에 들떠 있던 일행은 엘라나의 선언에 아연실색했다. 그들이 좀 더 같이 있어달라고 부탁했지만, 엘라나는 완고하게 거절했다.

그러나 그녀의 결정에 대해 아무도 비난할 수 없었다. 그림자걸음들의 행동 규칙은 명예를 중시하는 것으로 유명했다. 엘라나와 친한 사이가 되었어도 그들은 그 결정을 존중해야 했다.

카미유와 살림 외에 가장 충격을 받은 사람은 에드윈이었다. 엘라

내가 하는 말을 들으며 그의 얼굴이 굳어졌고 눈빛이 노기를 띠었다.

그렇지만 에드윈은 입을 다물어버렸다. 에드윈을 쳐다보던 키암 비트가 엘라나에게 말했다.

"인간의 입에서는 왜 마음과 다른 말이 나오는 겁니까? 당신이 떠나는 진짜 이유는 두려움 때문이오. 당신의 감정을 말하는 것이 두렵고, 당신이 오래전부터 알고 있는 것을 인정하는 것이 두렵고, 사랑하고 있다는 걸 시인하는 것이 두렵고……."

"입 닥쳐요!"

엘라나의 목소리는 퉁명스럽지만 마음을 졸이는 듯 불안했다. 키암 비트는 한참 동안 엘라나를 유심히 쳐다보다가 씁쓸한 미소를 머금은 채 자리를 떴다.

쉽게 오지 않을 잠을 청하기 위해서라기보다는 카미유와 살림에게 마지막 작별의 시간을 주기 위해 하나둘 자리를 떴다. 어둠 속에 단둘이 남은 카미유와 살림은 가슴속에서 부글거리는 말을 선뜻 입 밖에 내지 못하고 있었다.

"억지로 복종할 필요는 없어……."

"그럴 수 없다는 걸 너도 잘 알잖아."

살림이 대꾸했다.

"이랬다저랬다 자꾸 변덕을 부리면 내 꼴이 뭐가 되겠어? 내가 맹세를 깨뜨린다면 너도 결국은 나를 싫어하게 될 텐데."

에윌란의 모험

"살림, 그런 바보 같은 말이 어디 있어? 난 절대로 너를 싫어할 수 없어. 왜냐하면……."

살림은 친구의 입술에 손가락을 댔다.

"쉿! 내가 속마음을 드러내는 것은 나는 입을 다물 수 없기 때문이야. 내가 말을 안 한다면 아마 물속에 빠졌을 때일 거야. 너는 아무 말도 하지 마, 그럴 필요 없으니까. 가슴이 아프더라도 내가 희망을 갖고 떠나게 해줘. 오케이?"

카미유는 가슴속에서 슬픔이 덩어리처럼 뭉치는 느낌이 들었다. 뺨을 타고 눈물이 주르륵 흘러내리자 카미유는 눈을 감았다.

살림이 한참 동안 카미유를 바라보다가 말을 이었다.

"너는 그 배신자를 응징하고 부모님을 찾아. 나는 에드윈과 비욘을 합친 것보다 훨씬 더 강한 사람이 될게. 내일 너와 헤어지면 난 아마 죽고 싶을지도 몰라. 하지만 3년 후, 우리는 다시 만날 거야. 그리고 그때 우리는 열일곱 살이야!"

카미유가 눈을 떴고, 둘은 잠자코 서로를 쳐다봤다. 살림은 더 쾌활한 어조로 말하려고 애를 썼다.

"열일곱 살! 그때 다시 만나면 입맞춤해도 되겠지?"

카미유가 목이 메는 목소리로 대답했다.

"그렇겠지. 그럴 수 있겠지……."

그 순간 애정이 가득한 카미유의 눈빛을 보면서 살림은 숨이 멎는 것 같았다.

이어서 카미유가 다정하게 말했다.

"하지만 왜 그때까지 기다려야 하는데?"

3권에 계속……

언아더월드의 용어 해설 및 등장인물

고푀르

30센티미터 길이에 무게가 3킬로그램이 나가는 복잡한 생활양식을 가진 양서류. 옹브르 늪지에서만 야생 상태로 서식한다. 고푀르는 이미지네이션의 스파이럴에 접근하지 못하게 막는 정신장애 충격파를 발산한다.

고푀르

혀로 먹이를 잡아먹는 식충 도마뱀이며, 옹브르 숲에 서식한다.

괴력거미

키가 1미터에 이르는 거미 형상의 괴물로 독침을 사용하며 몹시 공격적이다. 폴 산맥에 살며 축지술 능력이 있어서 즐리쉬들이 종종 괴력거미를 이용해서 사악한 목적을 이룬다.

궨달라비르

언아더월드에 인간들이 세운 제국. 수도는 알제이트.

그림자걸음

신체적 장점인 유연성과 민첩성을 놀라울 정도로 발달시켜서 도둑질에 능하다. 그림자걸음 길드의 행동 규칙은 몹시 엄격하다. 그러나 그림자걸음들은 자유분방하며 구속력을 거부한다.

니콜라

카미유와 살림의 국어 선생님.

담므

궨달라비르 의 물을 지배하는 자이언트 고래. 그중에서도 회색 고래 담므는 알라비리인 데시나퇴르들을 능가하는 신비한 능력을 지니고 있다.

두옴 닐 에르그

재능이 뛰어나고 성격이 까다롭기로 유명한 데생 기술 분석가. 데시나퇴르들을 테스트하여 타고난 능력의 위력을 규정하고 그 능력을 최상으로 사용할 수 있게 한다. 뛰어난 사고력과 명석한 두뇌로 제국의 정치에 영향을 주는 인물이다.

라이족

알라비리 사람들이 어리석은 오합지졸이라고 부르는 인간이 아닌 악한 종족으로 우둔하고 야만적이다. 궨달라비르 북쪽에 있는 거대한 왕국에 살고 있으며 츨리쉬들의 조종을 받아 제국을 위협하고 있다.

레지옹 누아르

궨달라비르 제국의 정예군.

마니엘

알보르의 영주, 사이 힐 무란 수하의 제국 군대 병사.

마티유 불랑제

아키로 질 사이얀 참조.

막심 뒤시엘
카미유의 양아버지이며 자만심에 빠져 있는 이기적인 사업가.

메르윈 릴 아발론
궨달라비르 최고의 데시나퇴르. 메르윈은 이미지네이션의 스파이럴에 츨리쉬들이 걸어놓은 첫 번째 빗장을 파괴하는 것으로 죽음의 시대를 종식하고 제국을 탄생시키는 데 기여했다. 궨달라비르에 내려오는 수많은 전설 중 가장 중요한 인물이다.

멘타이
카오스 용병대 계급제도에서 지위가 높은 전사로 데생 능력이 있다.

명상 치료사
수도원에서 공동체 생활을 하고 있으며, 데생 기술을 이용한 치료로 기적의 의술을 행하고 있다.

불랑제 부인
마티유의 양어머니.

비욘 윌 와야르

서른두 살에 에월란을 처음 만난 뒤 함께 모험하면서 험난한 일생을 보낸다. 허풍이 좀 심하지만 인정 많고 정의로운 금발의 기사. 비욘은 도끼를 다루는 데 있어서 타의 추종을 불허하는 달인이다.

사이 힐 무란

알보르의 영주인 사이 힐 무란은 라이족과 대치한 북쪽 평원에서 제국의 군대를 지휘하고 있다.

살림 콩도

카미유의 친구. 카메룬 출신의 쾌활한 소년. 카미유와 함께라면 세상 끝, 아니 지옥이라도 따라갈 각오가 되어 있다.

슈쇼테르

생쥐보다 조금 더 큰 설치동물. 뛰어난 데시나퇴르들은 축지술 능력이 있는 슈쇼테르를 이용하여 메시지를 전달한다.

시플레르

사슴 크기에 발굽이 있는 야생동물로 양과 비슷하다. 궨달라비르에 사는 알라비리 사람들이 고기와 가죽, 젖을 얻기 위해 사육한다.

식인귀

두 발 달린 육식 포유동물로 키가 3미터에 이른다. 식인귀는 반지능을 갖춘 종족으로 무리를 지어 살며 아주 공격적이다.

실 아피안

궨달라비르의 황제. 실 아피안은 에월란의 부모와 에드윈의 친구이다. 궁전은 제국의 수도 알제이트에 있다.

아르티스 발피에르

옹디안 수도원의 명상 치료사. 소심한 성격이라서 외부인들과 가까이 지내는 것에 익숙하지 않다.

아키로 질 사이얀

마티유 불랑제의 본명. 열한 살 때 궨달라비르를 떠나서 출생에 대한 기억이 전혀 없다. 불랑제 집안의 양아들로 성장한 아키로는 현재 열여덟 살이며 파리 미술학교에서 그림에 열중하고 있다.

알라비리 사람

궨달라비르 에 사는 주민.

알린족

남대양의 알린 군도에 사는 인간 해적. 수백 년 동안 퀜달라비르를 약탈하면서 제국에 사는 알라비리 사람들의 항해를 방해하고 있다.

알탄 질 사이얀

퀜달라비르에서 가장 강력한 데시나퇴르들로 구성된 파수병 기사단의 일원으로 에윌란과 아키로의 아버지. 제국에 대한 음모를 좌절시키려고 애쓰다 행방불명되었다.

에드윈 틸 일란

살아 있는 전설로 만인의 추앙을 받는 절대 무적의 전사. 제국의 군대 사령관이며 친위대 대장이자 정예군 레지옹 누아르의 수장 등 직함이 화려하고 많은 위업을 달성했음에도 비밀리에 활동하는 인물이다.

에윌란 질 사이얀

카미유 뒤시엘의 본명. 보랏빛 눈의 카미유는 개성이 강한 천재 소녀이며 데생 능력이 절정에 달해 있다. 뒤시엘 부부에게 입양되어 불행하게 살고 있지만, 퀜달라비르에서 강력한 데시나퇴르들로 이름 높은 알탄과 엘리시아의 딸이다. 우연히 퀜달라비르 제국을 찾아오게 되고, 츨리쉬들의 위협으로부터 나라를 구해야 하는 의무가 주어진다.

엘라나 칼딘

반항적이고 독립심이 강한 젊은 그림자걸음. 엘라나는 자신이 속한 길드에서 전설적인 그림자걸음으로 찬양되는 엘룬드릴 샤리아 킨의 뒤를 잇는 독보적인 존재로 인정받고 있으며 순수한 영혼을 잃지 않고 있다.

엘레아 릴 모리엔발

뛰어난 데시나퇴르지만 츨리쉬들의 공격을 받아 모든 능력이 마비된 식물인간으로 억류되어 있다가 에윌란의 도움으로 구출된다. 엘리시아와 알탄 질 사이얀만큼 강력한 파수병 기사단의 일원이지만 음흉한 인물이다. 야심에 차 있고 권력욕이 강한 데다 도덕 불감증이라서 상대하기가 몹시 까다롭다.

엘리스 밀 트루이프

알제이트 아카데미의 데시나퇴르 학생들을 위한 방대한 개론서를 저술한 것으로 유명한 데시나퇴르 교수.

엘리시아 질 사이얀

에윌란의 어머니. 미모와 지성을 겸비해서 궨달라비르의 여제가 될 뻔했지만 알탄을 선택하고 그의 아내가 되었다. 엘리시아와 알탄은 제국에 대한 음모를 좌절시키려다가 행방불명된 상태다.

이반 워우홈

알보르 지역에 사는 곡식 상인. 황무지에서 헤매는 카미유와 살림을 수레에 태워 목적지까지 데려다 준다.

이아크닐

불의 존재라고도 불린다. 이아크닐은 궨달라비르의 땅속 깊은 곳에서 살고 있다. 알폴의 주민들을 집단 이동하게 만들었다.

일리안 폴림

외륜선 셴의 진주호 선주이자 항해사.

주금

키가 50여 센티미터에 이르는 새로 날지 못하지만 다리가 길고 튼튼하여 빨리 달리는 타조와 비슷하다. 궨달라비르 평원에서 땅속에 둥지를 틀고 살며, 고기는 최고급 요리로 사용된다.

초원의 호랑이

몸무게가 200킬로그램이 넘는 고양이과 동물.

츨리쉬

도마뱀과 사마귀의 잡종으로 소름이 끼칠 정도로 사악한 괴물이다. 소수가 남아 있지만 가공할 능력을 지니고 있어서 라이족을 조종하여 퀜달라비르 제국을 위협하고 있다.

카르보이스트

옹디안 수도원 원장이자 명상 치료사. 카르보이스트 수도원장은 고위급 명상 치료사들과 마찬가지로 알보르 영주의 조언자로 제국의 정치에 중요한 역할을 한다.

카미유 뒤시엘

에윌란 질 사이얀 참조.

카오스 용병대

숨어서 활동하는 비밀 집단. 자기들의 규율 외에는 모든 형태의 규율을 싫어하며, 질서와 생명 파괴를 최종 목적으로 삼고 있다. 그들은 호시탐탐 제국을 위협한다.

키암 비트

활의 명사수이며 기지와 재치가 넘치는 파엘족. 키암 비트는 인간의 우둔함을 비웃지만, 알라비리 사람들에 대해 연대감을 보여준다.

파엘족

제국과 동맹을 맺고 바라일 숲 서쪽에 살고 있다. 자유를 사랑하고 개인주의 성향이 강한 종족으로 키는 작지만 유연성과 민첩성이 뛰어난 것으로 유명하다. 용맹한 투사들이며 대대로 라이족과 앙숙 관계다.

폴 베랑

독서에 빠져 사는 노숙자로 파리 하수도와 연결된 카타콤에서 살고 있다. 공원에서 자야 하는 상황에 처한 카미유와 살림에게 잠자리를 제공하는 것으로 인연을 맺었다.

프랑수아즈 뒤시엘

카미유의 양어머니로 자기중심적이며 가식적이고 거만하다.

프랑쉬나 수사관

카미유와 살림의 실종 사건을 맡고 있는 수사반장.

한스

알보르의 영주, 사이 힐 무란 수하의 제국 군대 병사.

항해사

특별한 기술을 사용하여 외륜선을 조종한다. 궨달라비르의 강, 특히 폴리마즈 강을 운항한다.

훌름

뚫고 들어갈 수 없을 정도로 울창한 정글이며, 야생 괴물과 신비한 존재들이 서식하고 있다. 노래를 부르면서 먹이를 유혹하는 식충식물도 이 정글의 이름을 따서 훌름이라고 부른다.

흡혈귀

인간의 모습과 닮은 악의적인 괴물이며, 아스타리울 고원에 살고 있다. 궨달라비르의 전설에 수없이 등장하지만 좀처럼 보기 힘들다.